이토록 사소한 멜랑꼴리

m·e·l·a·n·c·h·o·l·y

이토록 ^{사소한}

m·e·l·a·n·c·h·o·l·y

멜랑꼴리

김도언 장편소설

민음사

° 일러두기
이 소설의 제목에서 'melancholy'의 올바른 표기는 '멜랑콜리'이지만, 작가의 요청에
의해 '멜랑꼴리'로 표기하였음을 밝힌다.

차례

이토록 사소한 멜랑꼴리   7

작가의 말   249
작품 해설
멜랑콜리, 구원을 향한 둔주곡(遁走曲)_정은경   253

#89 소록도 국립 병원

'작은 사슴'이라는 뜻을 가진 섬 소록도는 그 이름만큼이나 빼어난 경관을 자랑하는 곳이다. 하지만 한센병 환자들을 격리 치료하기 위한 국립 병원이 들어서면서 이 아름다운 섬은 천형의 땅으로 불리기 시작했다. 그동안 이 땅을 축축하게 적신 한센병 환자들의 눈물과 한숨을 어떤 말로 다 설명할 수 있을까.

700여 명이 집중적으로 보호 치료되고 있는 소록도 국립 병원은 언뜻 보기에는 사기업에서 사원 연수용으로 지어 놓은 건물처럼 산뜻하고 매끈했다. 구름 한 점 없는 화창한 가을 날씨 때문인지, 병원이나 치료 시설들이 내뿜기 마련인 특유의 음울한 기운은 찾을 수 없었다.

병실의 문이 열리자 열서너 명 남짓한 위문객들이 수간호사의 안내를 받으며 병실 안으로 들어섰다. 그들이 막 들어선 병실은 소록도 국립 병원의 입원자 중 가장 상태가 좋지 않은 위중한 환자들만을 수용해 놓은 곳이었다. 오늘 이곳을 찾은 위문객들은 성라자로원의 자원 봉사자 모임인 '라자로돕기회' 소속 사람들이라고 했다. 수간호사가 환자들 한 사람 한 사람의 침대 앞에 머물면서 위문객들에게 환자의 이름과 상태 등을 상세하게 설명했다.

"이분은 김정애 할머님이시고 올해 연세가 일흔셋이세요. 5년 전에 들어오셨는데, 이미 그때부터 상태가 많이 안 좋으셨어요."

방문객들의 뒤편에 다소곳이 서 있던 소라는 수간호사의 설명을 들으며 입술을 파르르 떨었다. 환자들은 형편없이 짓무른 눈빛으로 멀리서 자신을 찾아온 사람들을 바라봤다. 희미한 입술로 방긋 웃으려는 환자도 있었다. 위문객들은 환자 가까이 다가가 머리칼을 쓰다듬고 그들의 손을 어루만졌다. 가슴에 성호를 긋고 기도를 하는 이도 있었다. 위문객 중 하나가 자신이 가져온 바구니를 열고는 잘 익은 홍시 한 알을 환자에게 내밀었다.

"이것 좀 드세요. 아주 달고 시원해요."

환자는 머리를 조아리며 위문객이 내미는 홍시를 받았다.

수간호사가 옆 베드의 환자를 가리켰다.

"이분은 김수임 님이시고 보시다시피 젊으신 분이에요. 올해 쉰둘이시죠. 여기 들어오신 지 10년이 훨씬 더 됐어요. 성라자로원은 어떤지 모르겠지만, 이곳에 입원한 환자들의 평균 연령이

70대거든요. 김수임 님은 이곳 환자들 중 가장 나이가 젊은 축에 속해요."

위문객들이 수간호사의 말을 듣고 고개를 끄덕였다. 안쓰럽고 딱하다는 표정이 역력했다. 소라 역시 동정과 연민이 가득한 표정으로 많지 않은 나이에 한센병 환자가 되어 이곳에 들어왔다는 김수임이라는 환자의 눈을 바라보았다. 진흙을 뭉개 놓은 것처럼 짓무른 환자의 눈과 소라의 눈이 잠깐 마주쳤던가. 이번에도 위문객 중 한 사람이 바구니를 열고 홍시 한 알을 환자에게 내밀었다. 환자가 발간 열매를 두 손으로 조심스럽게 받아 들었다. 그런데 알 수 없게도 홍시를 받아 드는 김수임 환자의 손길이 사뭇 떨렸다. 환자는 홍시를 받아 들고는 그것을 가슴께에 꼭 품었다. 그러고 있는 환자의 눈빛이 먼 허공을 바라보았다. 그 눈앞에는 아주 먼 옛날의 고요한 절집 하나가 떠올랐다. 홍시를 가슴에 품은 환자는 파르라니 머리를 깎고 용맹 정진 중이던 젊은 스님을 생각했다. 그 수려하고 맑은 얼굴을 떠올렸다. 환자의 눈에서 눈물 한 줄기가 흘러내렸다.

환자는 아주 오래전 자신이 젊은 스님에게 함부로 내밀었던 홍시 한 알을 내심 떠올리고 있었다. 그리고 그것은 누군가의 꿈속에서 재현되었다.

#1 주택가 골목 단층집 앞

인구 50만 남짓을 헤아리는 도청 소재지의 구도심에 속하는 이 동네는 붉은 기와지붕이 낮게 엎드려 있는 한옥들과 웅장한 맛을 잃고 퇴락한 양옥들이 마치 시위라도 하는 것처럼 골목의 좁은 폭을 사이에 두고 마주 서 있는데 얼핏 한가롭고 헛헛한 느낌을 준다. 오래된 구도심의 주거지가 대부분 그런 것처럼 원칙 없는 구획과 도로 정비 때문에 눈이나 비가 오면 포장도로가 오랫동안 질척거리는 것도 뭐 하나 내세울 것 없는 이 동네의 특징이랄 수 있다.

펙이나 낡아 보이는 1.5톤 이삿짐 트럭이 꽤 알심 있는 기세로 오르막인 골목길을 오르더니 단층집 대문 앞에 멈춰 선다. 짐칸에 실린 이삿짐은 한눈에 보아도 혼자 사는 독거인의 짐이라는 것을 알 수 있을 정도로 단출하기 그지없다. 덩치가 있는 짐이라곤 책상과 컴퓨터와 조립식 옷장, 그리고 작은 냉장고가 전부다. 노끈에 묶여 있는, 수백 권은 됨 직한 책 더미들이 조촐한 세간 사이에 쌓여 있다는 것이 여느 이삿짐과는 좀 다를 뿐이다.

차 문이 열리자 키가 크고 통이 넓은 청바지를 입은 호리호리한 운전기사와 창백한 표정의 선재가 차에서 내려선다. 운전기사는 목에 걸친 수건으로 이마의 땀을 훔치면서 쉰 목소리로 너스레를 떤다.

"오늘 날씨 아주 삶네요, 삶아. 무슨 놈의 날씨가 이렇게 덥담.

그런데 무슨 책이 이리도 많아요?"

그는 그렇게 말하면서도 아무런 대답을 하지 않아도 상관없다는 표정이다.

"그냥 학교 다닐 때 보던 책이에요."

선재 역시 건성으로 대답하며 담배를 한 대 꺼내 문다. 몇 모금 담배 연기를 뿜어낸 선재가 뒷주머니에 꽂아 놓았던 목장갑을 빼어 손에 낀다. 운전기사도 그걸 보고는 이삿짐을 묶어 놓은 고무 로프를 익숙한 손놀림으로 풀기 시작한다.

선재는 짐칸에 실린 자신의 짐을 하나하나 들어서 단층집의 단칸방으로 옮긴다. 그러고 있자니 어쩔 수 없이 서늘한 감상이 몰려온다. '아, 이곳에서 나는 또 얼마나 내가 동의할 수 없는 의뭉스러운 세월을 보내야 하는 걸까.' 선재는 자신의 삶이, 희망이 거세된 뜨내기의 삶 같다고, 뿌리 없이 휩쓸리는 부초의 삶 같다고 느낀다.

이상하게도 주인집 여자는 코빼기도 보이지 않는다. 부동산 중개업자와 함께 계약서에 도장을 찍던 날 잠깐 보았던 젊은 주인집 여자는 오늘 단칸방에 세입자가 이사 들어온다는 걸 알면서도 집을 비운 모양이다. 머리를 쪼아 대는 뙤약볕은 여전히 바늘 끝처럼 따갑기만 하다. 짐이 많지 않아 10여 분 정도 부지런히 부리고 나자 이삿짐이 모두 단칸방 안에 수납된다. 이삿짐 옮기는 것을 건성으로 도와주던 운전기사가 선재의 눈치를 슬그머니 보며 운임을 치를 것을 요구한다.

"전부 해서 6만 원 주면 돼요."

그러자 선재가 눈을 휘둥그레 치켜뜨며 반문을 한다.

"네? 저는 5만 원으로 알고 있는데요."

"아니에요. 6만 원이에요. 우리가 움직인 거리가 얼만데. 늘 그렇게 받았어요. 이거 깎으면 이문도 안 남아."

호리하고 서글서글한 인상이지만 어딘가 얄망궂어 보이는 운전기사가 거의 울상이 되어서는 하소연을 한다. 어느새 말투도 하대를 섞고 있다. 선재는 그 눈길을 피하지 않고 마주 보며 말한다.

"아니에요. 어제 사무실과 통화할 때 거기 아가씨가 5만 원이라고 했어요."

"아니라니까. 6만 원 줘야 해요. 아가씨가 그렇게 말했을 리가 없다고."

"그럼 제가 지금 거짓말을 하고 있다는 거예요? 분명히 5만 원이라고 말해서 제가 차를 보내 달라고 한 거예요. 6만 원, 저는 못 드려요. 사무실에 한번 확인해 보세요."

선재는 그렇게 내뱉고는 납빛처럼 완강한 표정을 지으면서 5만 원을 지갑에서 꺼내 기사 앞으로 내민다. 운전기사는 자신이 차고 있던 손목시계와 강경한 표정을 짓고 있는 선재의 얼굴을 번갈아 쳐다보더니, 잔뜩 일그러진 표정으로 선재가 내민 지폐 다섯 장을 받고는 화난 사람처럼 부리나케 차에 올라탄다. 그러면서 차문을 닫기 전 선재에게 한마디를 던진다.

"젊은 사람이 그렇게 강퍅하면 못써. 하루 벌어 하루 먹고사는 우리 같은 사람은 좀 봐주기도 해야지."

그러자 선재의 입가가 씰룩하고 움직인다.

"그게 무슨 말이에요. 내가 뭘 어쨌다는 거예요. 내가 당신한테 뭘 어쨌다는 거냐고!"

선재의 목소리가 턱없이 높게 올라간다. 두 눈에 핏발이 선다. 운전석 안에서 선재를 바라보는 운전기사의 표정에는 질렸다는 기색이 역력하다.

"아유 젊은 사람이, 참."

그는 차 문을 소리 나게 닫고는 시동을 건다. 곧 트럭이 먼지와 소음을 일으키며 골목을 떠난다. 선재는 무표정한 얼굴로 트럭이 떠난 단층집 대문 앞에 우두커니 서 있다. 그런데 그의 고개가 조금씩 앞으로 숙여진다. 그의 표정이 점차 어두워지더니 폐지처럼 일그러진다. '내가 지금 무얼 한 거지?' 잠시 후 땀인지 눈물인지 모를 축축한 것이 방울로 맺혀서는 그의 뺨을 흘러서 바닥으로 떨어진다. 선재는 어느새 이토록 강팍해진 자신의 초상이 더없이 서럽고 마뜩잖은 것이다.

#2 입시 학원 사무실

벌겋게 녹슬고 해진 물받이 홈통과 칠이 벗겨진 외벽 때문에 지은 지 족히 20년은 된 듯한 허름한 시멘트 골조 4층 건물은, 양

옆으로 들어선 매끈한 산부인과와 오피스텔에 가려 있어서 더욱 외관이 음습하고 우중충해 보인다. 이 동네에 오래 산 사람의 말에 의하면 이 건물은 원래 등기소 건물이었다고 하는데, 지금은 영락을 반영이라도 하듯 문을 닫지 않을 만큼만 겨우 수업을 꾸려 가는 입시 학원과 작은 식당과 사채업자의 개인 사무실이 세 들어 있다.

건물 앞에 서서 외관을 살피던 선재는 건물의 인상부터 어딘지 모르게 음흉하고 간살맞다는 생각을 한다. 건물 현관을 지나 두 사람이 겨우 지날 만한 좁은 계단을 올라 학원의 유리문을 밀치면서 선재는 잠깐 이곳에 섣불리 들어선 자기 자신을 힐책했다. '지금이라도 돌아서서 나갈까.' 하지만 마리오네트 인형처럼 선재의 발이 자신도 모르게 사무실 안쪽으로 들어선다. 학원 사무실 안에는 가벼운 정장 차림의 남자 두 명이 낡은 천 소파에 앉아 있다. 마른 바람이 불 때마다 햇볕이 드는 창을 통해 뿌연 먼지들이 뒤섞이며 솟아오르는 것이 보인다.

선재는 일주일 전 이 학원의 국어 강사 모집 공고를 보고 이력서를 냈고, 지금 면접을 보기 위해 사무실을 찾은 참이다. 아마도 천 소파에 무표정하게 앉아 있는 두 사내도 선재와 사정이 다르지 않을 것이다. 두 사내는 잔뜩 굳은 표정으로 서로의 눈치를 살필 뿐 아무런 말이 없다. 그렇다고 긴장감이나 적대적인 경계심 따위가 느껴지는 것도 아니다. 조금만 눈여겨보면 그들의 표정이 면접을 보러 온 이들의 표정치고는 지나치게 어둡고 풀이 죽어 있다는 걸 알 수 있다. 그들은 하나같이 지쳐 있고 어딘지 모르게 추레한 인상마저 준다. 좀 더 살진 쪽의 사내는 이마에 땀이 송골송골 맺혀 있는데 보기가 안쓰러울 정도다. 간간이 한숨을 내쉬는 그에게서 의욕이나 열정 같은 것은 눈을 씻고 찾아보려야 찾을 수가 없다. 어쩌면 날씨 때문에 그런 것인지도 모른다. 최근 며칠 동안, 햇볕은 세상을 녹여 댈 것처럼 기세등등하게 내리쬐었다. 아닌 게 아니라 10년 만의 폭염이 찾아왔다는 이번 여름의 더위에 대해서 사람들은 질릴 대로 질렸다는 표정을 지으며 혀를 내두른다.

"무슨 놈의 날씨가 이렇게 덥지. 미치겠네, 정말."

정적을 깨듯 사무실 안쪽 작은 방의 문이 열리고, 체크무늬 남방을 입은 텁수룩한 구레나룻을 기른 한 남자가 나와서는 손수건으로 이마의 땀을 닦아 내며 혼잣말을 한다. 학원 관계자처럼 보이는 그는 소파에 앉아 있는 사내들과 선재를 번갈아 보고는 성의 없이 한마디를 툭 내던진다.

"오늘 면접 보러 오신 분들이죠? 조금만 기다려요."

밖에서 대기하고 있던 두 사내의 시선이 일제히 그 남자에게로 쏠린다. 선재도 그 남자에게 자연스레 눈길이 간다. 소파에 앉아 있던, 이마에 송골송골 땀이 맺혔던 사내가 몸을 일으키며 구레나룻의 남자에게 넙죽 인사를 한다.

"안녕하세요?"

하지만 구레나룻 남자는 그를 거들떠보지도 않고, 정수기 쪽으로 다가가 종이컵에 물을 받아 벌컥벌컥 들이켠다. 선재는 구레나

롯 남자의 인상이 그다지 마음에 들지 않는다. 어딘지 신뢰할 수 없는, 가볍고 거친 분위기를 가지고 있다.

살진 사내가 다시 구레나룻 남자에게 말을 건넨다. 그는 확실히 좀 조급한 모양이다.

"오늘 여기 모인 세 사람 중에 한 명이 강사로 채용되는 건가요?"

그는 체구와는 달리 소심한 표정으로 미간을 좁히며 구레나룻 남자를 바라본다. 구레나룻 남자는 이번에도 살진 사내의 말을 무시한다. 아무런 대꾸도 하지 않고 사내를 향해 씨익, 웃음을 던지고는 등을 돌려 자신이 나온 방문을 열고 들어간다. 두 사내와 선재는 쓰게 입맛을 다시고는 그의 뒷모습을 허랑하게 좇는다. 잠시 후 사내가 들어갔던 방의 문이 다시 열리더니 구레나룻 남자가 얼굴만 쭉 내밀고는 선재를 향해 말한다.

"이선재 씨 먼저 들어오세요."

무연한 눈빛으로 허공에 눈길을 주고 있던 선재는 살짝 옷매무새를 고치고 가볍게 헛기침을 한 다음 방 안으로 들어간다. 그의 뒤를 사내들이 생뚱한 눈빛으로 오랫동안 바라본다. 입이 마르는지 혀로 입술을 닦는 쪽도 있다. 어쨌건 두 사람 다 지루하기 짝이 없다는 표정이다.

선재가 안내된 방 안으로 들어서자 나이가 40대 후반쯤 돼 보이는 배불뚝이 남자가 구레나룻 남자와 함께 원탁에 앉아 있다.

"이리 와서 앉아요. 나는 여기 부원장을 맡고 있는 사람이고, 옆에 계신 분은 이 학원의 원장님이오."

구레나룻을 기른 사내가 예의 성의 없이 빠르고 공격적인 말투로 말한다. 뒤쪽에 놓인 책상은 허름한 사무실과 도통 어울리지 않을 만큼 호사스러운 것인데, 원장의 명패가 올려져 있다. '원장 오철중.' 배불뚝이 원장의 이름이군. 선재는 그 이름을 한 번 일별하고는 얼른 눈길을 거두어들이고 가볍게 인사를 건넨다.

"처음 뵙겠습니다. 이선재입니다."

"그래, 학원에서 4년 정도 강의를 해 본 경험이 있다고 했는데 고등학교 3학년, 그러니까 대입반 수업도 가능한가요?"

구레나룻 남자는 선재를 쳐다보지도 않고 이력서에만 눈길을 주면서 말한다. 옆 자리에 앉은 원장이라는 남자는 반쯤 눕듯이 의자에 기대고 앉아 알 듯 모를 듯한 미소를 지으며 선재를 바라본다. 그는 마치 이 상황을 즐기고 있는 것만 같다.

"네, 물론입니다. 대입반 수업을 진행해 본 적이 있습니다."

"희망 연봉은 여기에 적은 대로인가요? 우리 여건에서는 좀 과한 듯싶은데, 지금 학원가가 워낙 불황이어서 말이야. 내가 여기 계신 원장님한테는 잘 말씀드려 볼 텐데, 양보를 좀 해야 할 거예요. 뭐 궁금한 거 있나요?"

"아니요. 없습니다."

"됐어요. 그럼 나가 봐요."

"잠깐, 잠깐만."

그때 아무런 말도 하지 않고 있던 원장이 낮은 목소리로 끼어든다.

"여기, 이력서를 보니까 마지막으로 직장을 그만두고 1년 정도 일하지 않은 걸로 되어 있는데, 아무런 일도 하지 않은 그 1년 동안에는 무엇을 하며 지냈나요? 나는 사람들이 혼자 있을 때 과연 어떻게 시간을 보내는지가 궁금하거든."

선재는 시를 썼다고 말할 수는 없었다. 그렇다고 성의 있게 답변하고 싶은 마음도 들지 않았다. 이미 선재는 좀 심드렁해져 있었다. 그래서 어느 책에선가 본 적이 있는 말을 그대로 입 밖으로 내어 놓고 말았다. 결코 면접관에게 할 수 있는 적절한 대답은 아니었다.

"그냥 나 자신을 견뎠습니다."

"그냥 자신을 견뎠다고, 그게 무슨 말이지?"

원장이라는 사람은 이해할 수 없다는 표정을 지으며 뒷머리를 긁적인다. 선재는 대수롭지 않은 표정으로 원장을 바라볼 뿐 대답하지 않는다. 부원장이라는 사람이 원장과 선재의 눈치를 빠르게 살피더니 성가시다는 듯 내뱉는다.

"알았어요. 이만 나가 봐요."

선재가 방문을 열고 밖으로 나온다. 그리고 그 문틈으로 다음 사람을 호명하는 구레나룻 남자의 목소리가 들린다.

"김호기 씨 들어오세요."

밖으로 나온 선재는 숱이 많은 직모의 머리칼을 쓸어 넘기면서 나직하게 한숨을 내쉰다. 혼자 남게 된 사내가 머뭇머뭇 그에게 다가와 다시 질문을 던진다.

"무얼 묻던가요?"

선재는 쩍쩍 달라붙는 사내의 눈길을 뒤로하고 터벅터벅 계단을 내려간다. 건물 밖으로 완전히 빠져나온 그는 고개를 돌려 건물을 힐끗 올려다본다. 그 눈길이 한없이 나른하다. 성별이나 이름 따위 자신을 드러내는 모든 표징을 다 지워 낸 표정이다. 그는 무언가를 씻어 내듯 두 손으로 얼굴을 한 번 문지르고 가볍게 한숨을 내쉰다. 그러고는 무겁고 느리게 걸음을 내딛는다. 선재의 입술이 살짝 움직인다.

"집에 가서 시원한 맥주나 한잔해야겠어. 그게 좋겠어."

#3 대로, 주택가의 너른 골목길

선재는 자신의 1995년식 프라이드가 서 있는 건물 모퉁이 주차장으로 걸어간다. 주차장으로 걸어가는 내내 독이 오른 뱀의 꼬리처럼 알 수 없는 신경질이 솟아난다. 대책 없이 자기 자신에게 화가 치민다. 원장 면접을 볼 때 그에게 했던 말이 마음에 걸리는 것이다. 선재는 자신을 다그친다.

'나 자신을 견딘다고? 도대체 그게 무슨 말이야? 알량한 자존심 따위가 아직도 남아 있나? 내 주제에 이 정도 학원의 강사면 뭐가 어떻다고. 도대체 내가 얼마나 고결하다고 심통을 부리는 거야.'

차 안은 찜통과 다를 게 없다. 뜨겁게 달아오른 시트가 선재의 땀이 찬 엉덩이에 척 달라붙는다. 선재는 차창 네 개를 모두 내린다. 그러고는 겉주머니에서 담배를 꺼내 문다. 담배도 텁텁하기만 할 뿐 아무런 맛이 없다. 두 모금 정도를 빨던 담배를 차창 밖으로 던져 버린 선재는 깊은 한숨을 내쉬면서 두 손으로 핸들을 잡고 머리를 처박는다. 그러고 1~2분 정도가 흘렀을까. 학원 입구에서, 학원 사무실에 자기보다 먼저 와서 대기하고 있던 두 사내 중 한 사람이 걸어 나오는 것이 보인다. 면접을 잘못 보았는지 그의 표정도 썩 밝지는 않는다.

'저 사람은 나보다 나이도 많아 보이는데, 어쩌다 이런 변두리 학원까지 흘러들게 됐을까.'

선재는 그의 눈에 띌까 싶어 급히 시동을 걸고 차를 출발시킨다. 세상에서 입사 면접을 같이 본 사람들처럼 어색한 관계가 또 있을까. 차를 몰고 10분쯤 달려 8차선 대로에 접어들었을 때 선재의 차는 신호 대기에 걸린다. 인도 턱에 서 있던 사람들이 저마다 잰 걸음으로 횡단보도를 건너기 시작한다.

신호가 다시 바뀌어서 출발을 하려고 할 즈음, 열 개들이 두루마리 화장지를 든 키 작은 노파가 갑자기 횡단보도에 들어서는 것이 보인다. 선재는 급히 브레이크를 밟는다. 다행히 노파를 치는 건 면했지만 뒤쪽에서 쿵, 하는 소리와 함께 충격이 가해진다. 선재가 차에서 내려 보니, 30인승 미니버스가 선재의 뒤 범퍼를 받았다. 버스의 문이 열리고 내린 사람은 키가 작고 깡마른 체구의 사내다. 그는 머리에 쓰고 있던 낡은 야구 모자를 벗고 손바닥을 쓱쓱 비비며 선재에게 다가온다.

"아이고, 이거 어쩌죠? 정말 미안하게 됐습니다. 정말 어쩌죠."

그러고 있는 사이 밀려 버린 뒤차들이 성질 급한 짐승처럼 클랙슨을 빵빵 울린다. 뙤약볕이 선재의 정수리에 철근처럼 꽂힌다. 선재는 깡마르고 왜소한 사내를 일별하고는 그에게서 아무것도 기대할 것이 없다고 생각한다. 그의 움푹 파인 볼과 상대적으로 도드라져 보이는 광대뼈, 술에 찌들었을 누런 눈, 해진 바지 차림의 입성을 보자, 그만 지금의 상황이 너무나 딱하다는 생각이 든 것이다. 범퍼의 도색만 조금 벗겨졌을 뿐 차가 크게 부서진 것도 아니다. 선재는 어서 이 한낮의 도로를 벗어나고 싶다는 생각이 들었다.

"됐어요. 아저씨, 앞으로는 조심하세요. 그냥 가세요."

그렇게 말한 선재는 서둘러서 운전석에 오르고는 다시 시동을 건다.

"아니, 아니, 이거 미안해서 어쩌나. 어디 다친 데라도 없는지. 흠흠."

사내는 선재의 뒤를 따라오면서 주절댄다. 차들은 여전히 클랙슨을 울리며 빵빵댄다. 순간 눈을 깊이 찔러 오는 햇볕. 왠지 모르게 화가 난 선재는 목소리를 높여 그 사내를 내쫓는다.

"괜찮아요! 얼른 가시라니까요."

다시 차를 출발시킨 선재는 맥이 빠진다. 누군가에게 아무런 이유도 없이 지독한 수모를 당한 것 같은 기분이다. 하지만 그게 바로 자신이 처해 있는 부인할 수 없는 현실이 아닌가. 겨우 동네에 이른 선재는 작은 슈퍼 앞에서 차를 세운다. 주머니에서 만 원짜리 지폐 한 장을 끄집어내서는 슈퍼에 들어간다.

"시원한 캔 맥주 좀 줘요."

"날이 참 덥죠? 맥주가 제격이지. 오늘 같은 날엔."

손님이 없어 파리채로 파리만 쫓던 초로의 사내가 힘 빠진 목소리로 선재를 반긴다. 선재는 캔 맥주 다섯 개와 땅콩 한 봉지를 사 가지고 나온다. 선재는 이마에 흐르는 땀을 연신 손바닥으로 훔치면서 양미간을 잔뜩 찌푸린다. 마침 슈퍼의 유리창에 부딪친 햇볕이 그의 눈언저리를 강하게 찌른다. 선재는 손으로 그늘을 만들며 푹푹 한숨을 내쉰다. 그러고는 다시 프라이드에 올라타서 힘겹게 변속기어를 움직인다.

#4 단층집 선재의 자취방

주택가 골목의 흰색 주차선 안에 승용차를 주차한 선재가 한 손에는 벗어젖힌 정장 상의를, 또 다른 손에는 캔 맥주가 들어 있는 검은 비닐봉지를 들고 내린다. 그는 여전히 지글지글 타오르는 태양이 솟아 있는 하늘을 잔뜩 찡그린 얼굴로 바라보면서 단층집의 대문 안에 들어선다. 이 단층집은 선재가 혼자서 자취를 하는 월세 방이 있는 곳이다. 그가 단층 주택에 자취방을 얻어서 이사를 온 지는 보름 정도 되었다. 그는 대문 앞에서 오른쪽으로 꺾어 덧니처럼 나 있는 문간방으로 걸어간다.

방에 들어서는 것과 동시에 핸드폰의 전화벨이 울린다. 선재가 주섬주섬 호주머니를 뒤져서 핸드폰을 꺼내 든다.

"여보세요. 아, 선규구나."

군대에 가 있는 동생에게서 걸려 온 전화다.

"뭐라고? 일주일 뒤에 휴가를 나오게 되었다고? 아, 잘됐구나. 그래, 기다리고 있을 테니 전화하렴."

동생은 일주일 뒤에 휴가가 잡혔다는 소식을 전하고는 서둘러 전화를 끊는다. 선재는 최전방에서 복무하는 동생 선규를 생각할 때면 늘 마음이 안쓰러워진다. 자신도 혹독한 병영 생활을 경험해 본 터라 동생이 겪고 있을 고통과 설움이 남다르지 않게 느껴졌기 때문이다. 소심한 성격의 선재는 제대하고도 몇 년 동안 군대가 등장하는 꿈에 시달려야 했다. 그것은 말할 것도 없이 식은땀을 줄줄 흐르게 하는 사납고 고통스러운 악몽이었다. 자신은 분명 전역 신고를 하고 제대했는데, 느닷없이 입대 영장이 다시 날아온다거나 갓 자대 배치를 받은 이등병이 되어 고참들에게 기합을 받고 가혹 행위를 당하는 장면들이 눈앞에 잡힐 듯한 현실감을 가지며 그의 꿈자리를 드나들었다. 소스라치게 놀라 손을 휘저으며 깨어나서 그것이 꿈인 것을 알았을 때 얼마나 가슴을 쓸어내리며 안도했던가. 선재는 명색이 형이면서도 동생인 선규를 위해 어떤 것도 해 줄 수 없는 처지가 서글펐다. 여태껏 면회도 한

번 가 보지 못하지 않았는가. 선재는 자신과 동생의 불행이 어쩌면 어떤 불가해한 운명이 아주 오래전부터 예정해 놓은 것인지도 모른다는 생각을 한다.

선재와 선규의 아버지는 스무 살의 나이로 파르라니 머리를 깎고 출가를 결행한 납자(衲子)였다. 불문(佛門)에 들어 뼈를 깎는 수행 끝에 구족계를 수계한 아버지는, 하지만 한 여자를 만나면서 돌이킬 수 없는 파계를 하게 된다. 그 여자가 바로 선재와 선규를 낳은 여자, 즉 두 형제의 친모다. 선재와 선규를 낳은 여자는 절집의 밥을 짓는 보살이었는데 그만 상좌였던 아버지와 눈이 맞아서 염염한 정을 통하고 만 것이다. 두 사람은 뜨겁게 사랑했고 야반도주를 결행했다. 아버지는 승복을 벗어던지고 머리를 기르고는 어머니와 함께 작은 분식집을 열었다. 그들은 다정하고 금실 좋은 부부였다. 불법의 계율마저 초월한 사랑의 결실인 양, 두 사람 사이에서 선재와 선규 두 형제가 차례로 태어났다. 어머니는 선재와 선규를 정성껏 사랑으로 키웠다. 그런데 선규가 중학교를 졸업하고 고등학교에 입학하던 해부터 그녀는 시름시름 앓기 시작했다. 누구도 예상하지 못했던 병증이었다. 처음에는 눈 밑이나 콧등이 짓무르기 시작하더니 나중에는 그 증세가 온몸으로 퍼져 나갔다. 한눈에도 심상치 않아 보이는 병이었다. 나중에야 알게 되었지만 어머니의 병은 놀랍게도 세상 사람들이 문둥병이라고 부르는 한센병이었다. 아버지는 그런 어머니 옆에서 어떻게 할지 몰라 넋을 놓고 덜덜 떨기만 할 뿐이었다. 어머니의 코가 문드러졌을 때부터 아버지는 매일 술만 마셨다. 꺼이꺼이 울며 술을 들이켰다. 나중에 보다 못한 이웃 사람이 병원 의사를 집으로 데려와서 어머니를 보였고, 어머니를 진찰한 의사는 놀란 눈으로 어딘가에 전화를 걸었다. 의심할 여지가 없는 한센병이라고 했다. 한센병이 무엇인가? 천형이라 일컬어지는, 병 중에서도 가장 끔찍하고 참혹하다는 병이 아니던가. 아픈 것도 서러운데 아픈 사람이 욕을 먹는 병이 아니던가. 아버지가 받은 충격은 컸다. 어머니의 발병이 자신이 파계를 하고 법문을 뛰쳐나온 탓이라고 굳게 믿은 아버지는 섭생을 끊고 술만 입에 댔다. 어머니는 보건소 직원들에 의해 나환자를 전문으로 보호 치료하는 소록도의 국립 병원으로 보내졌다. 선재와 선규에게는 납득할 수 없는, 하지만 받아들여야만 하는 생이별이었다. 두 형제는 자신들에게 일어난 엄청난 비극을 어떻게 받아들여야 할지 몰라 잔뜩 겁먹은 눈을 끔벅거리며 서로를 바라볼 뿐이었다. 그러고는 서로 말을 잃어 갔다. 어머니가 문둥병자라는 사실이 혹여 친구들에게 알려질까 봐, 이웃들에게 알려질까 봐, 두 형제는 철저하리만큼 몸을 숨기고 말을 아꼈다. 혹시 안 보는 사이 누가 먼저 발설하지나 않을까 늘 서로를 감시하고 경계했다. 그러면서 자연스레 두 사람의 관계는 형제지간이라고 하기가 뭐할 정도로 서먹해졌다. 선재와 선규는 자신이 문둥이의 자식이라는 사실을 이 세상에서 유일하게 알고 있는 서로의 존재가 견딜 수 없이 거북했는지도 모른다. 아니 무엇보다도 천형이라는 문둥병이 어느 날 자신들의 몸을 침범해 자신들의 육체를 갉

아먹지나 않을까 두려웠을 것이다. 술만 마시던 아버지는 어느 날 이른 아침 집을 나가더니 다시는 돌아오지 않았다. 이장은 아버지가 머리를 깎고 다시 출가했다는 말을 전해 왔지만, 형제는 어쨌거나 그때부터 삶이 자신들 앞에 냉혹한 현실로 던져졌다는 사실을 민첩하게 깨달았다.

두 형제는 철저하게 자신들의 길을 걸었다. 선재는 어렵게 대학에 들어가서 시인이 되겠다는 꿈을 꾸며 글을 썼고, 선규는 상고를 나와서 법무사 사무실에서 사무 보조원으로 일했다. 두 형제는 1년에 한두 번 정도만 만났을 뿐, 아무런 대책 없이 학교를 졸업하고 사회에 편입된 이후로는 형제의 각별한 정을 나눌 만한 기회를 갖지 못했다.

#5 단층집 선재의 자취방

'일주일 뒤쯤이면 학원의 연락을 받을 수 있을까. 선규한테 일 없이 노는 모습을 보이긴 싫은데.'

선재는 갑갑한 정장을 벗고 흰색 반소매 티셔츠와 푸른색 반바지로 갈아입는다. 그러고는 부아라도 난 사람처럼 닫혀 있는 창문들을 거칠게 열어젖힌다. 그는 창턱을 짚고 밖을 내다보며 깊이 심호흡을 한다. 그의 코와 입으로 한껏 달궈진 한낮의 더운 공기가 들어온다. 선재는 모든 것이 귀찮고 갑갑하다고 느낀다.

잠시 후 무너지듯 방에 주저앉은 선재는 날짜가 지난 신문지를 찾아 바닥에 펼친다. 그리고 그 위에 캔 맥주와 땅콩이 담긴 비닐봉지를 쏟아 놓는다. 선재는 캔 맥주 하나를 들어 '찌걱' 꼭지를 따고는 고개를 뒤로 젖혀 벌컥벌컥 들이켠다.

"캬하아."

선재의 입에서 옅은 탄성이 새어 나온다. 한낮의 짜증 섞인 기억들이 일시에 달아나는 것만 같다. 혼자 마시는 맥주가 선재의 기대를 저버린 적은 없다. 선재는 입가를 한 번 훔치고 다시 캔 맥주를 입에 대고 기울인다. 그러면서 창밖으로 아득하게 펼쳐진 푸른 하늘을 바라본다. 어딘가로 멀리멀리 떠날 수만 있다면……. 도대체 여행을 해 본 게 언제인지 모르겠다.

순간 마당 쪽에서 팍팍, 젖은 빨래를 터는 소리가 들린다. 주인집 여자가 빨래를 널고 있는 모양이다. 선재는 천천히 맥주를 삼키면서 마당 쪽으로 귀를 쫑긋 세운다. 다시 팍팍, 빨래를 터는 소리가 들려온다. 선재는 그 소리가 하나도 귀에 거슬리지 않고 외려 상큼하게 느껴진다. 마치 젖은 빨래에서 튕겨진 물방울들이 공중으로 솟아오르는 것이 보이는 듯해서 시원하기까지 하다. 하지만 사실을 말하자면, 젖은 빨래를 터는 소리는 주인집 여자가 내는 소리 중에서 가장 투박한 소리에 속한다. 선재는 주인집 여자가 얼마든지 아름다운 소리를 낼 수 있다는 걸 알고 있다. 왜냐하면 아름다운 소리를 낼 수 있을 정도로 주인집 여자는 충분히 젊기 때문이다.

선재는 이 집에 들어온 이후 주인집 남자를 한 번도 본 적이 없
다. 주인집 여자와, 가끔 집에 드나드는 꽤 불량스러운 차림새의
남자를 보았을 뿐이다. 선재는 주인집 여자와 그 불량한 남자가
남매지간일 거라고 짐작만 하고 있을 뿐이다. 주인집 여자의 남편
은 어딘가 멀리 가 있는 모양이다. 주인집 여자가 결혼한 여자라
는 걸 선재가 알게 된 것은, 월세 계약을 하는 날 여자의 입에서 '남
편'이라는 말이 나왔기 때문이다. 여자는 수줍은 표정으로 이렇게
말했다.

"남편이 지금 집에 없어요. 남편이 있다면 이런 일에 제가 나서
지는 않을 텐데 말이에요……."

선재는 그때부터 주인집 여자의 남편이 어떻게 생겼는지, 무슨
일을 하는 사람인지 궁금해졌다. 남편이 왜 집에 없는지 묻지 못
한 것이 후회가 됐다. 늦은 밤 잠이 오지 않거나 늦은 아침을 먹
고 아무런 할 일이 없을 때, 선재는 팔베개를 하고 누워 주인집
여자와 집에 없는 그녀의 남편을 생각한다.

'어째서 젊은 여자가 이런 집에서 혼자 살고 있을까. 그런데 혼
자 사는 여자치고는 빨래가 너무 많단 말이야. 남편이라는 사람
은 왜 이렇게 오래도록 모습을 드러내지 않는 것일까? 혹시 남편
과 헤어진 게 아닐까. 헤어졌다면 무슨 연유로 헤어진 것일까. 이
혼을 한 건가, 아니면 별거인가? 남편이 다른 여자와 눈이 맞아서
딴살림을 차린 걸까, 아니면 혹시 사별을 했나?'

선재는 캔 맥주 하나를 더 딴다. 그러고는 입에 벌컥벌컥 들이

붓는다. 학원에서 연락이 올까. 선재는 자신의 마음을 알 수가 없다. 자신이 무엇을 원하는지 도통 모르겠다. 강사로 채용되어도 그만, 그렇지 않아도 그만이라는 생각이 든다. 아무리 둘러보아도 더 이상 자신에게는 열정 따위가 남아 있지 않다는 생각이 든다. 하지만 이제 통장에는 잔고가 거의 남아 있지 않다. 어머니는 멀고 먼 남쪽의 섬에서 문둥병을 앓으며 허물어져 가고, 아버지는 어느 깊은 산속을 통곡하면서 헤매고 있을 것이다. 그 어디에도 누구에게도 자신을 의탁할 수 없는 것이다. '난 문둥병자의 아들이며 파계승의 아들이다.' 그런 생각이 머릿속을 온통 헤집을 때는 그만 삶을 포기하고 싶은 생각이 움쑥 끼어들기도 한다. 하지만 선재는 자살을 실천할 만큼 성정이 독하지 못하다. 그게 불행이라면 불행이겠다.

#6 같은 단층집, 소라의 방

소라가 화장대 앞에 앉아서 거울을 들여다본다. 막 세안을 해서 거울에 비친 얼굴이 맑고 환하다. 소라는 스킨으로 얼굴을 가볍게 마사지하고는 수분을 공급하는 에센스를 찍어 가볍게 두드리고 그 위에 영양 크림을 바른다. 그러고는 다시 한참 거울 속에 비친 자신의 얼굴을 들여다본다. 그러다 문득 무슨 생각이 들었는지, 루주를 꺼내서는 입술에 정성껏 바르기 시작한다. 압술을 다 바른 소라는 다시 거울을 향해 활짝 웃어 본다.

소라는 가볍게 어깨를 들썩이고는 화장대 맨 아래 서랍을 열어서 그 안에 들어 있는 편지지를 꺼낸다. 장롱을 열어서 베개를 꺼내고는 그것을 가슴께에 받치고 방바닥에 엎드린다. 소라는 그 자세 그대로 편지를 쓰기 시작한다. 군대에 가 있는 남편에게 편지를 쓰려는 것이다. 소라는 볼펜으로 꾹꾹 누르며 한 글자 한 글자 편지를 써 내려간다. 글을 쓴다기보다는 마치 글자 연습을 하는 사람 같다. 방 한쪽 책상 위에는 남편이 쓰던 컴퓨터가 있지만 그녀는 컴퓨터에 익숙하지가 않다. 요즘 컴퓨터나 인터넷을 못 다루는 사람이 없다고 하는데, 소라에게 컴퓨터는 여전히 어색하고 불편하고 부담스러운 '기계'일 뿐이다.

편지가 잘 쓰이지 않는지, 그녀는 한 손으로 턱을 괴고 가볍게 콧노래를 흥얼거린다. 그런 상태로 한참 골똘히 생각하던 소라는 갑자기 손에 쥐고 있던 펜을 편지지 위에 던져 놓고 몸을 일으킨다. 편지는 겨우 몇 줄만이 채워져 있을 뿐이다.

보고 싶은 당신에게.

잘 지내고 있어요? 소라도 잘 지내요. 지금은 빨래를 하고 있는 중이에요. 오늘도 무척이나 덥네요. 햇볕이 아주 좋아서 빨래를 하기에는 참 좋은 날씨인데, 당신 있는 곳도 굉장히 덥겠죠? 아니, 그곳은 산속이라서 여기보다 덜 더울지도 모르겠군요. 아무튼 어디 아프지 말고 건강하게 잘 지내요. 잠도 잘 자고, 밥도 많이 먹고요.

소라는 여기까지 쓰고 나니 더 이상 할 얘기가 없다는 걸 느낀다. 예전에는 편지나 일기 같은 것을 곧잘 쓰곤 했는데, 지금은 몇 줄 채우기도 힘들다.

'내 감수성이 무뎌졌나? 아유, 내가 몇 살이나 되었다고.'

소라는 그렇게 생각하며 쿡, 웃는다. 방바닥에는 구겨진 종이 뭉치가 여러 장 나뒹굴고 있다. 소라는 그것을 보고 가볍게 한숨을 내쉰다. 고개를 절레절레 흔들기까지 한다. 소라는 구겨진 편지지들을 모아서 휴지통에 버린다. 그러는 모습이 소녀처럼 귀엽고 새침하다.

휴지통 속의 구겨진 편지지를 다소 처연한 눈빛으로 바라보던 소라는 갑자기 무슨 생각이 들었는지 장롱의 서랍을 열고는 계절이 지난 옷가지들을 끄집어내기 시작한다. 그리고 다락문을 열고 다락으로 올라가서 빛바랜 커튼을 꺼내 온다. 그러고는 그것들을 품에 잔뜩 안고 가서 모조리 세탁기의 통 안에 집어넣는다. 세탁기의 '세탁 시작' 버튼을 꾹 누른 소라는 방 안에 들어와서 멍하니 앉아 천장을 바라본다. 그녀의 입에서 휴, 하고 한숨이 터진다. 소라는 무슨 생각이 들었는지 DVD 플레이어의 전원을 켜고 DVD 한 장을 넣는다. 그러고는 볼륨을 크게 틀어 놓는다. 그녀의 표정에 한결 화색이 돈다. 편지 쓰기는 이미 까맣게 잊은 것 같다.

소라가 틀어 놓은 DVD는 만화영화다. 「아기 공룡 둘리」. 그녀는 「아기 공룡 둘리」나 「월리스와 그로밋」 같은 만화영화를 좋아한다. 그것들을 보면서 소녀처럼 한없이 소리 높여 웃는다.

"하르르, 하르르."

이미 여러 번 본 것이지만 소라는 언제나 같은 장면에서 웃는다. '난 내가 생각해도 너무 어린가 봐. 만화영화가 이토록 재밌는 걸 보면.' DVD가 다 돌아가면 자연스레 졸음이 찾아온다. 베개를 안은 채 벽에 등을 기대고 있던 소라의 몸이 옆으로 스르르 기울어진다. 군대에 있는 남편에게 편지를 쓰다 만 그녀는 꿈도 없이 달콤한 낮잠을 잔다. 낮잠에서 깨어나면 전자동 세탁기는 작동을 다 끝내고 멈춰 있다. 소라는 낮잠을 자면서 세탁기가 돌아가는 소리를 듣는 걸 좋아한다. 우웅 우웅 우웅. 그 소리는 어린 시절 엄마 품에서 낮잠을 잘 때 들려오던 헬리콥터 소리와 비슷하다. 그 품의 온기와 냄새와 아득하기만 한 유년의 기억을 세탁기 소리는 다 데려온다.

소라는 다섯 살 무렵의 어느 한때를 기억해 낸다. 그것은 꿈같기도 하고 현실 같기도 하다.

'엄마가 남동생인 호준이와 내 손을 꼭 잡고 부산에 있는 막내이모네 집에 가던 날. 엄마는 나와 호준이에게 호떡을 하나씩 사서 쥐어 주고는, 기차표를 사 오겠다며 내게 호준이의 손을 꼭 붙잡고 있으라고 했지. 그런데 호준이는 눈앞에서 엄마가 멀어지자 손사래를 치며 울면서 엄마 뒤를 따라갔지. 엄마의 빠른 걸음을 종종걸음으로 쫓아갔지. 나는 호준이의 손을 놓치지 않으려고 힘을 꽉 주었는데도 호준이는 내 손아귀를 풀고는 엄마에게로 달려갔어. 나는 엄마가 시킨 대로 호준이의 손을 꼭 붙잡고 있지 못한 것 때문에 혼이 날까 봐 발을 동동 굴렀지. 갑자기 시커먼 구름이 눈앞에 엉켜 드는 것만 같았지. 내 눈에서는 결국 눈물이 흘러내렸어. 얼마나 시간이 흘렀을까. 호떡에서 흘러내린 뜨거운 흑설탕 물이 손에 진득하게 굳었을 때 엄마가 나타났어. 그런데 내 앞에 나타난 엄마의 옆에 호준이는 없었지. 엄마는 말했어. 호준이, 호준이 어디 갔어? 나는 그 서슬에 놀라, 겨우 참고 있던 울음을 터뜨렸지. 엄마는 나는 나 몰라라 하고 그 넓고 복잡한 역사 안을 정신없이 뛰어다녔어. 결국 호준이는 엄마와 내가 기차를 놓치고 세 시간이 지나서야, 역 광장의 슈퍼 앞에서 발견되었지. 나는 호준이를 보고 또 뭐가 서러웠는지 엉엉 울었어. 엄마가 돌아가시지 않았다면 호준이도 정신을 차리고 건실한 생활을 할 수 있었을 텐데. 호준이는 엄마 말이라면 잘 따랐는데 말이야. 아, 그리운 엄마.'

　소라에게 낮잠을 자는 시간은 이제 더 이상 불러낼 수 없는 추억의 공간으로 들어가는 시간이다. 꿈속에서는 엄마도 살아 있고 그 옆에 귀엽고 예쁜 호준이도 어리광을 부리며 서 있다. 소라가 그들을 바라보며 빙그레 웃는다. 하지만 그렇게 웃을 수 있는 시간은 그리 길지 못하다. 언제 울릴지 모르는 건넌방의 장난감 나팔 소리와 전화벨 소리가 소라의 평안한 잠을 깨우는 것이다.

휴일 오전, 작은 입시 학원에서 부원장으로 일하는 철민이 혼자서 늦은 아침을 먹고 있다. 그의 앞에 놓인 식탁에는 끓인 지 며칠이나 지났는지 김치들이 가장자리에 말라붙어 있는 김치찌개 냄비와 역시 말라붙은 총각김치, 시든 풋고추, 습기를 먹어 구운 것인지 알 수 없을 정도로 눅눅한 김 등이 올려져 있다. 그는 냄비를 든 채로 고개를 잔뜩 처박고는 미욱스럽게 찌개를 퍼먹는다. 이부자리는 개키지 않은 채 방 한구석에 밀려 있다. 재떨이의 담배꽁초는 마치 탑처럼 쌓여 수북하다.

이런 아침이 철민에게는 익숙하다. 30대 후반인데도 아직 결혼을 하지 못한 그는 사촌 형 철중이 원장으로 있는 학원에 빌붙어서 기생하고 있는 처지다. 성정이 급하고 까다롭고 괴팍하기까지 한 그는 학원에서 사회 과목을 맡고 있지만, 아이들을 가르치는 일보다는 동료 선생들의 이력이나 사생활에 관심이 많은 사람이다. 원장이 그에게 그런 역할을 부여했는지 어쨌는지는 알 수 없지만 말이다.

철민이 막 시퍼런 풋고추를 집어 한입 깨물었을 때 갑자기 그의 핸드폰 벨이 울린다.

'아이, 밥 먹는데 누구야.'

그의 입에서 밥풀이 튄다. 턱, 숟가락을 내려놓고 전화기를 낚아챈다.

"여보세요!"

마치 상대에게 따지기라도 하는 듯한 목소리. 방금 철민이 깨문 풋고추는 몹시 매운 것이다. 전화는 시골집에 있는 노모에게서 걸려 왔다. 철민은 혀를 내두르며 고추의 매운맛을 떨치려고 노력한다. 이마에 땀이 송골송골 맺히고 이미 눈자위는 벌겋게 달아오르고 있다. 그의 노모는 다짜고짜 노총각으로 혼자 사는 철민의 처지를 타박하기 시작한다.

"철민이냐, 나 어미다. 너도 알지? 요 아랫말에 사는 장씨네, 그니가 오늘 둘째 손자를 봤다고 하더라. 그래그래, 성구가 둘째를 본 거지. 도대체 나는 언제 한번 손자새끼를 안아 볼 거나. 내가 살날도 얼마 안 남았는데 말이다."

매운 고추 때문에 혀를 들쭉날쭉하며 입술을 바르르 떨던 철민이 못 참겠는지, 한쪽 손으로 주전자를 집어 든다. 하지만 주전자는 텅 비어 있다. 잔뜩 인상을 찡그린 철민이 주전자를 내던지듯 내려놓으며 신경질적으로 소리친다.

"아, 또 그 소리예요. 걱정 마시라니까요. 내가 알아서 할 테니까. 난들 이러고 싶겠어요? 아이, 씨팔!"

그러자 전화기 속 철민의 어머니는 거의 울먹이는 소리를 낸다.

"야, 이놈아. 내 생전에 며느리가 차려 주는 밥상 한번 받아 보려는지 모르겠다. 어째 말년 팔자가 이리도 서럽누. 이제는 제 어미한테 욕지거리까지 다 하고! 네 아비 죽고서 내가 별별 설움을 다 당하는구나."

"고추가 매워서, 나 참……, 고추 때문에 그런 거예요."

"그게 뭔 소리냐. 칠칠치 못한 녀석 같으니라고. 생전 제 어미한테 전화를 하길 하나. 그래, 철중이가 잘해 주기는 하니? 그 녀석도 내 눈에는 영 못 미덥더라만."

"그런 걱정은 마세요. 어떻게 시작한 학원인데요. 철중이 형이나 나나 다 생각이 있다고요. 철중이 형은 내게 잘해 줘요. 나한테 학원을 맡기다시피 했어요."

"이놈아, 아이들 가르치는 일은 정성으로 해야 하는 거야. 건성건성 하지 말란 말이야. 난 지금도 너처럼 별중맞은 녀석이 학원에서 아이들을 가르친다는 게 영 마음에 걸린다."

"무슨 말을 그렇게 해요. 얼른 전화 끊어요. 저 밥 먹어야 해요."

전화를 서둘러 끊은 철민은 몇 번 더 찌개를 우악스레 퍼먹더니 밥상을 한쪽으로 밀쳐 놓고는 담배를 꺼내 문다. 그는 한숨처럼 거칠게 담배 연기를 허공에 내뿜는다. 그의 입을 빠져나온 담배 연기가 토네이도처럼 공중에서 한 번 휘익 굽이치더니 금세 사라져 버린다.

학원에 출근하지 않는 오늘 같은 날이 오히려 철민에게는 곤혹스럽다. 집에서는 딱히 할 일이 없고, 학원에 나가 봐야 교무실이나 강의실이 텅 비어 있어서 허울 좋은 부원장 행세를 하려야 할 수가 없다. 철민에게는 학원에 출근하는 게 편하지 휴일에 집에서 혼자 시간을 보내는 건 영 못할 짓이다. 잠시 후 철민은 반바지를 꿰어 입고 외출 준비를 한다. 짧은 티셔츠와 느슨한 반바지를 입어서 살진 아랫배가 다 드러나 보인다. 그는 그런 방만한 자세로 담배를 입에 문 채 동네 비디오 가게에 간다. 그러고는 얼굴이 익은 젊은 점원에게 능청스럽게 묻는다.

"요즘 뭐 화끈한 것 없냐?"

"아, 있고 말고요. 「어둡고 깊은 방」이라고, 끝내 주는 게 하나 있어요."

"그래, 그것 좀 줘 봐."

철민은 점원이 찾아 가져온 비디오테이프의 케이스를 앞뒤로 돌리면서 한참 동안 자세히 살펴본다. 그러고는 결심했다는 듯 그것을 카운터에 내려놓는다.

"내일까지 갖다 주면 되지?"

"모레까지 갖다 주셔도 돼요."

그런데 그때 중학교 3학년쯤 돼 보이는 아이가 철민의 옆얼굴을 빤히 쳐다보더니 알은체를 한다.

"선생님! 사회 선생님 아니세요?"

철민이 휘둥그레진 눈으로 아이를 내려다본다. 철민은 그 아이가 학원에서 자신의 수업을 듣는 학생이라는 걸 금방 알아차린다. 철민은 자기도 모르게 비디오테이프를 등 뒤로 감춘다.

#8 단층집 안채 작은 방

낮인데도 볕이 들지 않아 어두운 작은 방, 용덕이 자리에 붙박여 누운 채 초점 없는 눈으로 천장을 응시하고 있다. 그의 눈은 정확히 10초에 한 번씩 끔벅거린다. 그마저도 힘겨워 그때마다 그의 몸이 휘청하는 것만 같다. 용덕의 얼굴은 수석처럼 앙상하고, 거칠고 윤기 잃은 머리털은 이리저리 솟구친 채 볼품이 없다. 그의 딱딱하게 굳은 표정은 그가 깊은 병이 든 환자라는 것을 금방 알 수 있게 한다.

얼마 안 있어 용덕의 입에서 끄응, 끙, 작고 가느다란 신음 소리가 새어 나오기 시작한다. 그의 인상이 조금 일그러진다. 용덕은 오른손을 힘겹게 움직여 허리께 뒹굴고 있던 장난감 나팔을 집어 든다. 그러고는 간신히 입 쪽으로 가져간다. 핏기 잃은 입술 사이에 장난감 나팔을 끼워 문 용덕은 볼 가득 바람을 물고는 있는 힘을 다해 내뿜는다. 그 작은 것에서 가느다랗게 나팔 소리가 새어 나온다.

뿌오뿌오뿌오.

그러나 그 소리는 맥없이 방 안만 맴돌 뿐 어떤 반향도 일으키지 못한다. 용덕의 눈자위에 빨갛게 핏줄이 서면서 다시 장난감 나팔을 문 입술에 힘이 들어간다.

뿌오뿌오뿌오.

도대체 용덕은 왜 장난감 나팔을 부는 것일까. 용덕은 한 번 더

온 힘을 다해 장난감 나팔을 문 입에 힘을 줘 바람을 불어 넣는다.

뿌오뿌오뿌오.

그러자 잠시 후 방문이 열리고 소라가 들어선다. 낮잠을 자고 있었던 모양인지 그녀의 눈가가 약간 발갛다.

"아버지 부르셨어요."

그녀의 입술이 높낮이 없이 움직인다. 소라를 발견한 용덕의 표정이 아주 조금 밝아진다.

"음머머 음머머."

무슨 말인지 알아들을 수 없는 신음 소리를 내뱉은 용덕은 소라를 보고 손으로 자신의 아랫도리를 가리킨다. 소라는 무슨 뜻인지 알겠다는 듯 고개를 끄덕이며 방구석에 놓여 있던, 손잡이가 달린 환자용 변기를 집어 든다. 소라는 용덕의 등 뒤에 팔을 넣어 일으키고 그의 아랫도리를 벗긴다. 그 모든 행동이 이미 손에 익은 듯 자연스럽고 익숙하다. 용덕의 사타구니에 전 퀴퀴한 땀 냄새가 소라의 코를 파고든다. 소라는 환자용 변기를 용덕의 아랫도리 가운데에 갖다 댄다. 잠시 후 용덕이 소라의 팔에 의지한 채 몸을 바르르 떤다. 쪼글쪼글하게 수축된 그의 성기에서 오줌이 찔끔찔끔 나오기 시작한다. 그것을 보는 소라의 표정은 한없이 무료하다.

3분 정도 지났을까, 용덕이 강팍한 턱을 아래위로 흔든다. 다 됐다는 신호다. 소라는 환자용 변기의 뚜껑을 닫고는 용덕을 조심스럽게 자리에 누인다. 용덕이 고통스러운지 끙끙 쇳소리를 내머 힘겹게 자리에 눕는다. 그런 그를 소라가 안쓰러운 표정으로 바라본다. 소라가 한 손으로 용덕의 머리칼을 쓰다듬으며 용덕의 귀에다 입술을 가져다 대고 말한다.

"아버지, 다리 좀 주물러 드릴까요?"

"음머머 음머머."

용덕이 한쪽 팔을 겨우 들어 등 쪽을 가리킨다. 등이 가렵다는 걸 말하려는 모양이다. 소라는 용덕의 말을 알아듣는다. 소라는 다시 고목처럼 뻣뻣한 용덕의 등 뒤에 팔을 넣어서는 그의 몸을 반 바퀴 굴려 배와 얼굴이 바닥을 향하게 한다. 베개를 집어서는 용덕의 가슴께에 받쳐 준다. 그러고는 두 손으로 용덕의 등 전체를 천천히 마사지하기 시작한다. 용덕의 입에서 또다시 알 수 없는 신음이 흘러나온다.

"호으음 호으음."

소라는 옷 안으로 손을 넣어 허연 비듬이 핀 용덕의 등을 계속 주무르다가는 손바닥으로 가볍게 치기도 한다. 그런데 갑자기 용덕이 캑캑거리며 밭은 숨을 몰아쉬기 시작한다. 금방이라도 숨이 넘어갈 것처럼 얼굴이 사색이 된다.

"아버지, 아버지 왜 그러세요?"

놀란 소라가 소리를 치며 용덕을 끌어안는다. 그때 용덕의 입에서 노란 신물과 함께 점심때 먹은 호박죽이 쏟아져 나온다. 역겨운 냄새가 나는 토사물이 용덕의 옷 앞섶과 매트리스와 소라의 팔을 다 적신다. 소라의 눈에서 뜨거운 눈물이 흘러내린다.

"씩씩한 군인이던 아버지가 어쩌다 이렇게 되셨을까."

소라는 젖은 수건을 가져와서는 용덕이 뱉어 놓은 토사물을 치우며 그렇게 중얼거린다.

#9 단층집 선재의 자취방

선재가 한 손으론 팔베개를 하고 누운 채 건성으로 책을 읽고 있다. 그가 손에 들고 읽는 책은 대학 동기인 인명이 2년 전쯤 펴 낸 시집이다. 시집의 페이지를 넘기면 넘길수록 자신의 마음 한자리에 알 수 없는 질투와 시샘의 감정이 스며드는 걸 어쩔 수 없다. 특히 빼어난 시구들을 대할 때면 그 질투심이 최고조에 이른다. 가슴의 심장 박동이 자신도 모르게 빨라지면서 양 볼에 발그레 홍조까지 띠는 것이다.

시인, 그것은 선재가 이루지 못한 꿈, 얻지 못한 이름이었다. 그는 얼마나 시인이 되고 싶어 했던가. 시인이 되기 위해 얼마나 많은 번민과 고통의 밤을 보냈던가. 시에 대한 주체할 수 없는 열망과 신념 때문에 얼마나 자주 아프고 어지러웠던가. 하지만 선재는 시인이 되는 마지막 관문에서 번번이 좌절했다. 해마다 12월이면 각 신문사에서 주최하는 신춘문예에 응모를 하고, 간절한 마음으로 두 손을 모으고 신문사의 연락을 기다렸건만, 선재의 전화벨은 한 번도 울리지 않았다. 선재는 그토록 염원했으나 끝내 시인이라는 작위를 얻지 못했던 것이다. 그에 반해 시를 쓰는지조차 몰랐던 선재의 친구 인명은 보란 듯이 어느 날 시인이 됐고 재작년에 시집까지 펴낸 것이다. 선재는 그것을 세상이 자신에게 가해 오는 가당치 않은 핍박이라고 생각했다. 그렇기 때문에 받아들일 수가 없었다.

선재의 푸른 청춘은 문학을 향한 맹목적인 구애와 배신, 그리고 그에 따른 참혹한 절망으로 채워졌다고 해도 과언이 아니다. 문학이 자신을 배신할 때마다 선재는 술에 취해 맨주먹으로 시멘트 담벼락을 부서져라 내리치기도 했다. 밤에 골목에서 숨죽여 울면서 벽을 내리쳤다. 그러나 깨지는 건 벽이 아니라 피로 물든 자신의 주먹이었다. 선재는 자신의 주먹을 깨뜨린 벽에 오줌을 갈기거나 토사물을 뿌리면서 위악적인 자학을 하기도 했다.

'왜, 왜 내 시는 외면을 당해야만 했던 것일까. 나는 왜 시인이 될 수 없었던 걸까.'

그 시절을 생각하고 있자니 어쩔 수 없이 독한 환멸이 몰려온다. 선재는 인명의 시집을 가만히 방바닥에 내려놓는다. 자신의 불운과 절망에 겹쳐져 읽히기 때문에 인명의 시를 더 이상 객관적으로 읽어 낼 수가 없었던 것이다. 인명의 시집은 출간된 이후 평단과 독자들로부터 좋은 평가를 받았다. 선재는 친구인 인명의 성공조차도 마음 편하게 인정할 수가 없었다. 들리는 소문에 의하면 인명은 곧 두 번째 시집을 펴낼 예정이라고 한다.

'2년 만에 또 시집을 묶어 낸다니 참 부지런하기도 하군.'

선재는 친구가 시인으로 성장해 나가는 모습을 지켜보는 일이 영 편치가 않다. 우뚝한 시인으로 커 나가는 친구의 모습은 더 이상 시를 쓰지 않는, 신경질과 불만과 짜증만 늘어 가는 속물이 다 된 자신의 초상을 몹시 서럽고 슬프게 비춰 주기 때문이다. 방 한쪽 구석에는 빈 맥주 캔 두어 개가 찌그러진 채로 뒹굴고 있다. 그것이 지금 자신이 어떤 상황에 처해 있는지를 너무나도 분명하게 보여 주는 것만 같다. 그때 선재의 귓가에 미세한 바람처럼 아주 작고 희미한 소리가 들려온다. 그 소리에 취하기라도 한 사람처럼 그가 천천히 몸을 일으킨다. 그는 소리가 들려오는 벽 쪽으로 다가가서 귀를 벽에 바짝 밀착시킨다.

"하르르 하르르"

물 흐르는 소리처럼 들리는 그 소리는 울음소리다.

'울음소리 같은데……, 저 여자가 왜 울고 있을까?'

벽 너머에서 들려오는 소리는 주인집 여자, 소라의 울음소리가 분명하다. 선재는 벽 너머에서 들려오는 소리가 뜻밖에 울음소리라는 것을 깨닫자, 마치 자기에게 무슨 일이라도 일어난 것처럼 마음이 심란해진다.

'무슨 안 좋은 일이 있나? 아, 궁금해 미치겠군.'

특별히 할 일이 없을 때, 선재는 벽 너머에서 들리는 주인집 여자의 소리를 듣는다. 이 집에 이사를 오고 나서부터 그것은 선재에게 빼놓을 수 없는 일과가 되었다. 선재는 여기에 입주한 첫날 밤부터 이 집이 전혀 방음이 안 된다는 사실을 깨달았다. 첫날 이삿짐 정리를 마치고 조용히 누워서 담배 한 대를 피우고 있는데, 어딘가에서 자부락거리는 소리들이 들려오기 시작한 것이다. 선재는 그 소리가 벽 너머 주인집에서 들려오는 소리라는 것을 깨닫고는 잠시 낙담하지 않을 수 없었다.

'아니, 도대체 집을 어떻게 지어 놨기에 이렇게 방음이 안 되지.'

유독 시끄러운 것을 싫어하는 선재는 그렇게 푸념하며 주인집 여자를 찾아가 따져야겠다는 생각까지 했다. 그러면 보증금을 좀 돌려받을 수도 있으리라 싶었다. 그런데 뒤이어 들려온 주인집 여자의 웃음소리에 선재는 그만 마음을 고쳐먹고 말았다. 그 소리가 너무나 듣기 좋았기 때문이다. 외려 벽에 가까이 다가가 귀를 대고 그 소리에 귀 기울이고 싶다는 생각을 하게 되었다. 자세히 들어 보니 웃음소리는 주인집 여자가 만화영화를 보면서 혼자 웃고 있는 소리였다. 주인집 여자의 웃음소리를 듣고 있으면 선재는 마음이 더없이 편안해지는 걸 느꼈다.

첫날 그랬던 것처럼 선재가 벽 너머로부터 가장 자주 듣는 소리는 주인집 여자의 웃음소리다. 주인집 여자는 언제나 잘 웃는다. 웃음소리야말로 주인집 여자가 내는 소리 중에서 가장 아름다운 소리다. 선재는 주인집 여자의 방에서 나는 소리를 다 듣는다. 벽에 귀를 바짝 대고 숨을 고르면서 그는 벽 너머의 미세한 소리를 기다린다. 간혹 벽 너머에서는 책 읽는 소리도 들리는데 그 소리는 선재가 웃음소리만큼이나 좋아하는 소리다.

주인집 여자는 가끔 방 안에 누워 여성지나 베스트셀러 따위를 소리 내어 읽기도 하는 모양이었다. 선재가 직접 눈으로 보지 않고도 주인집 여자가 방 안에 누워서 잡지를 읽는다는 생각을 한 것은 왠지 잡지 같은 것은 누워서 읽는 것이 어울릴 것 같다는 일종의 선입견 때문이었다. 아무튼 주인집 여자의 소리를 듣고 있으면 선재의 얼굴에는 어느새 말간 미소가 피어오르곤 했다.

하지만 선재가 가장 기다리는 주인집 여자의 소리는 바로 노래를 부르는 소리다. 선재는 벽 너머로부터 노랫소리를 들을 수 있는 날을 가장 운이 좋은 날이라고 생각한다. 노래는 주인집 여자가 설거지를 할 때 가끔 부르는데 그릇들이 부딪치는 소리, 수돗물이 쏟아지는 소리 등과 섞여서 또렷하게 들리지는 않는다. 그러나 귀 기울여서 집중해 들어 보면 그녀가 즐겨 부르는 노래는「로렐라이 언덕」이나「오빠 생각」정도라는 것을 알게 된다. 그 노래들이 한결같이 슬픈 곡조를 가진 곡들이라는 사실을 깨달았을 때 선재는 주인집 여자에게 맹렬한 호기심이 드는 걸 느꼈다.

벽 너머에서 들려오는 소리는 이제 웬만하면 다 해독할 수 있는데, 선재로선 도저히 해독이 불가능한 소리가 하나 있다. 그것은 '뿌오뿌오뿌오' 하는 소리다. 어떻게 들으면 장난감 소리 같기도 하고 피리 소리 같기도 한 그 소리는 다른 소리들과 달리 선재의 신경을 곤두서게 하는 것이었다. 무엇 때문에 벽 너머에서 그런 소리가 들려오는지 선재는 도무지 알 수가 없다.

벽 너머 흐느껴 우는 여자의 소리는 얼마 안 있어 멈추었다. 선재는 안도의 숨을 쉬며 벽에 갖다 댔던 귀를 떼었다.

하루 일과가 끝난 ○○부대 사병 막사의 내무반, 상병 계급장을 단 영표가 수심이 가득한 얼굴로 관물함에 몸을 기댄 채 앉아 있다. 다른 동료들은 모두 편한 트레이닝복으로 갈아입었는데, 영표는 아직 전투복 차림 그대로다. 암적색의 굳은 입술이 야무지게 다물어져 있는 그의 표정은 전체적으로 퍽이나 어둡다. 동료들이 지나가면서 모두들 한 번씩 그를 흘끔거린다. 세면장에서 샤워를 하고 나오는지 목에 황갈색 수건을 두른 동료가 침상으로 올라오면서 영표에게 말을 건넨다.

"이 상병, 왜 그래? 안 씻어? 와이프 생각하는 거야?"

"와이프는 무슨……."

영표가 돌아앉으며 말꼬리를 흐린다. 그러는 그의 얼굴에 더욱 짙은 음영이 드리운다. 영표는 지그시 눈을 감고 깊은 한숨을 내쉰다. 맞은편 침상에서 군복을 다리며 5일 앞으로 다가온 휴가 준비를 하고 있던 선규가 다리미를 옆에 내려놓으며 곱지 않은 시선으로 영표를 바라본다.

영표는 관물함에서 수첩을 꺼내 열어 보고 집에 돌아갈 날짜를 세어 본다. 정기 휴가를 다녀온 지 3개월가량 되었으니 앞으로 몇 달은 더 기다려야 할 것이다. 제대하려면 아직 1년 정도 남아 있다. 아내는 무얼 하고 있을까. 요즘은 전 같지 않게 편지도 뜸한 편이다. 영표는 양미간을 찌푸리며 다시 한번 길고 긴 한숨을 내쉰다. 어린 아내를 혼자 두고 온 그는 좀처럼 마음이 놓이지 않는다. 아내처럼 사랑스러운 여자를 사내들이 가만 내버려 둘까? 다음 달에는 대대적인 사단 훈련이 시작된다. 사단 훈련을 마치면 유격 훈련이 기다리고 있다. 그리고…… 계속되는 훈련과 교육.

영표는 수첩 갈피에 끼워 놓은 아내의 사진을 꺼내 바라본다. 그리움이 사무치는지 그의 얼굴이 금세 벌겋게 상기된다. 그때 맞은편 침상의 선규가 잘 다려진 군복의 날 선 주름을 만족스러운 듯 바라보면서 말한다. 비아냥거리는 투의 목소리엔 심술이 가득하다.

"난 닷새 뒤면 밖에 나간다. 너, 와이프가 그렇게 보고 싶으면 손가락이라도 하나 잘라서 의병 제대나 하지 그러냐."

"무슨 말을 그렇게 합니까!"

영표는 수첩을 덮으면서 선규를 사납게 쏘아본다. 그러자 선규가 달려들듯 벌떡 몸을 일으키면서 윽박지른다.

"어쭈, 저 새끼 말하는 것 좀 봐! 네가 날 째려보면 어쩌겠다는 거야. 제대 석 달 남겨 두고 별 더러운 꼴 다 보겠네."

그 새파란 서슬에 영표 옆에 있던 영표의 동기가 사근사근한 목소리로 선규를 제지한다.

"아유, 이 병장님이 좀 참으세요. 이 상병이 무얼 어쨌다고 그러십니까. 이 병장님 휴가 기분 망치시겠습니다."

"너는 또 뭐야, 이 새꺄. 저 새낀 항상 나한테 불만이 많다는 표정이었어."

"아유, 이 상병이 좀 예민한 성격이잖습니까. 그러니 이 병장님이 참으십쇼."

하지만 선규는 계속 침상에 선 채로 맞은편에 있는 영표를 손가락으로 가리키며 호된 목소리로 소리를 지른다.

"암튼 너 조심해. 나이 좀 들었다고 자꾸 맞서려고 하는데 말이야. 나 민간인 되려면 아직 더 있어야 한다. 내가 군복 벗기 전에 널 손봐 주고 나갈 수도 있으니 조심하라고."

#11 단층집 안방

소라는 리모컨 버튼을 눌러서 텔레비전의 전원을 끄고는 화장대 서랍을 연다. 그녀는 남편이 그리운 나머지 서랍 깊숙이 넣어 둔 결혼 패물함을 꺼내 본다. 금속 재질로 만들어진 패물함에 손이 닿자 어쩐지 오싹한 차가움이 느껴진다. 패물함을 열자 결혼반지의 반짝임이 가시처럼 눈에 와 박힌다. 어쩌면 이런 이물감이 남편과 떨어져 지낸 그동안의 공백을 가르쳐 주고 있는 것인지도 모른다. 남편과 떨어진 지 벌써 13개월여. 그녀는 반지를 꺼내어서 두 손 사이에 넣고 꼭 쥐어 본다. 소라의 눈시울이 금세 불그스름해진다.

'그이는 잘 지내고 있을까?'

소라는 반지를 다시 한번 보듬어 보고는 패물함 제자리에 집어

넣는다.

소라는 군 복무 중인 영표가 하루빨리 제대하기만을 기다린다. 영표와 소라가 결혼을 한 건 재작년의 일이었다. 영표의 입대 직전이었고, 소라의 나이 스물세 살 때였다. 일찍이 입영 통지서를 받은 영표는 무슨 이유에선지 계속 입대를 연기하더니 어느새 서른 살 목전에 이르고 있었다. 영표로선 더 이상 입대를 연기할 수 없었다. 두 사람이 처음 만난 건 결혼식을 올리기 3년 전, 어느 놀이 공원에서였다. 소라는 오랜만에 만난 고등학교 동창들과 놀이 공원에 가서 바이킹이라는 놀이 기구를 타고 있었는데, 영표는 바로 그 바이킹의 기계 시설을 다루는 기사 겸 놀이 공원의 계약직 사원이었다. 위아래로 큰 궤적을 그리며 바이킹이 움직일 때마다 소라는 까르르 탄성을 내지르며 활짝 웃었다. 마음껏 소리를 내지르며 해맑게 웃는 소라의 모습이 영표에게 신선한 감동을 안겨 주었다. 바이킹이 멈추었을 때, 영표는 소라 일행에게 한 번 더 바이킹을 탈 수 있도록 선심을 베풀었다. 영표는 밝고 화사한 모습의 소라를 보고는 한눈에 반해 버린 것이다. 정해진 시간이 다 지나서 소라가 바이킹에서 내릴 때 영표는 그녀에게 다가가 연락처를 물었다. 소라 역시 친절하고 상냥한 영표에게 별생각 없이 연락처를 알려 주었다. 그가 친오빠처럼 따뜻하게 느껴졌기 때문이다. 이후 두 사람은 좋은 감정을 가지면서 정식으로 교제를 시작했다. 소라는 시간이 지날수록 진지하면서도 상냥한 영표를 좋아하기 시작했고, 영표도 밝고 착한 소라에게 사랑의 감정을 느끼게 되었다.

　영표가 결혼식을 올리고 한 달 만에 입대를 하자, 소라는 친정에 돌아와 병들고 늙은 아버지의 병 수발을 들기 시작했다. 지극 정성으로 남편 뒷바라지를 하던 어머니가 교통사고로 돌아가시자 얼굴에서 웃음을 싹 감추시고 통절의 시간을 견뎠던 아버지는 5년 전 풍을 맞아 이제 혼자서는 변도 못 가릴 정도로 상태가 안 좋아졌다. 소라는 어머니 생각만 하면 자기도 모르는 새 눈가에 눈물이 맺히곤 한다.

　'아버지와 금실이 그렇게도 좋으셨는데.'

　어머니가 교통사고를 당했다는 소식이 알려진 날, 군대에서 소령으로 근무하시던 아버지는 군용 지프차를 타고 군복 차림으로 달려왔다. 어머니는 아버지도 알아보지 못하고 차가운 병원 응급실 베드에서 그대로 숨을 거두었다. 너무나도 허망한 죽음이었다. 아버지는 주위의 시선에는 아랑곳하지 않고 군복이 질척해지도록 꺼이꺼이 오열했다. 응급실 복도를 지나가던 사람들이 아버지의 울음소리에 한 번씩 걸음을 멈추고 쳐다보았다. 아버지의 울음은 그것으로 다한 게 아니었다. 장례식을 치르는 내내, 하관을 할 때까지도 어린아이처럼 마구 울어 대서 주변에 있던 친지들이 민망할 정도였다. 특히 어머니의 영정 앞에서 이모와 외삼촌들이 울 때 아버지는 바닥을 뒹굴 정도로 슬퍼했다. 아버지는 겉으로는 강직하고 씩씩한 군인이었지만 그만큼 여리고 순수한 성정을 가진 사람이었다. 무엇보다 어머니 없이는 어떤 것도 혼자서 할 수 없는 사람이었다. 어머니와 사별한 이후 아버지는 무서운 속도로 변해 갔다. 입에 대지 않던 술도 마시게 되었고, 말수도 줄어들었다. 외려 한번 입을 열면 터무니없이 큰소리를 치며 호기를 부렸다. 그와 함께 화를 내는 경우도 전과는 비할 바 없이 잦아졌다. 소라와 호준에게 그렇게 상냥했던 아버지였는데, 호준이 말썽을 일으키기라도 하면 매섭게 손찌검을 하기도 했다. 그때부터 호준도 아버지에게 반항하기 시작했다. 아버지에게 그랬던 것처럼 어린 호준에게도 어머니는 절대적인 존재였다. 고집이 세고 성정이 영악했던 어린 호준을 어르고 달랠 수 있는 사람은 어머니밖에 없었다. 아버지나 소라 앞에서 그악스럽게 심통을 부리던 호준도 어머니가 타이르면 금세 표정을 바꾸며 순해지고는 했다. 호준에게도 어머니의 갑작스러운 죽음은 도저히 받아들일 수 없는 고통이었을 것이다. 아, 그리운 어머니, 어리고 순수했던 호준이, 상냥하고 친절했던 아버지, 그리고 자신의 몸 안에 잠시 깃들었다가 스러져 간 생명. 소라는 이 모두를 되찾을 수만 있다면 어떤 대가라도 치를 수 있다고 생각했다.

소라는 남편이, 군대에 가고 나서 조금 변했다고 생각한다. 그렇게도 상냥하던 사람이 무척 퉁명스럽고 사나워진 것이다. 남편은 가끔 집에 전화를 걸어온다. 남편은 전화를 늦게 받는 것을 몹시 싫어한다. 물론 군대에서 전화를 하는 것이 여러모로 눈치도 보이고 주어진 시간도 빠듯하기 때문일 것이다. 하지만 전화를 조금만 늦게 받아도 남편은 마구 소리 지르면서 화를 낸다.

"도대체 뭐 하다가 지금 전화를 받는 거야? 지금 옆에 누가 있는 거야? 응!"

그러나 그렇게 화를 내도 여전히 소라는 남편이 그립기만 하다. 얼마나 더 떨어져 있어야 남편이 돌아올 수 있을까. 아마도 지금까지 헤어져 있었던 만큼의 세월을 더 기다려야 할 것이다. 그 생각을 하니 소라의 기분이 금방 우울해진다.

소라는 빨래를 널고 나서 문간방의 세입자에게 공과금 내라는 말을 해야겠다고 생각한다. 그런데 그런 말을 하기가 퍽 쑥스럽게 여겨진다. 말하지 않아도 정해진 날짜에 공과금을 가져다준다면 얼마나 좋을까. 소라는 세입자인 선재가 무슨 일을 하는 사람인지, 하루 종일 방에서 무엇을 하는지 가끔은 궁금하다. 방음이 안 되는 벽을 사이에 두고 있는 선재의 방에서는 별다른 소리가 들려오지 않는다. 아주 가끔 텔레비전 소리와 라디오 소리만이 들려올 뿐이다.

소라는 세탁기에서 탈수까지 끝낸 빨래들을 끄집어내어 대야에 담고는 햇살이 내리쬐는 마당으로 나온다. 그리고 하나하나 탁탁, 털면서 빨래들을 널기 시작한다. 소라는 남편의 철 지난 옷을 널다가 남편이 자신을 안아 준 지도 근 석 달이 다 되어 간다는 생각을 한다. 소라는 남편의 품이 사무치게 그리워진다. 정말이지 남편은 언제 오는가. 다음 달이면 자신의 생일이기도 한데 남편은 기억하고 있을까.

#12 단층집 마당

선재는 캔 맥주를 한 손으로 치켜들고는 앙 벌린 입가에 대고 재게 흔든다. 맥주 몇 방울이 그의 입으로 떨어진다. 선재는 이제 막 캔 맥주를 세 개째 비운 참이다. 빈 맥주 캔을 찌그러뜨려서 방바닥에 내던지는 순간 그는 문득 요의(尿意)를 느낀다. 선재의 발그레한 얼굴에 홍조가 더욱 선명해진다. 선재가 세 들어 사는 문간방에는 실내 화장실이 따로 없기 때문에 용변을 보려면 마당을 가로질러서 대문 옆에 나 있는 화장실로 가야 한다. 세가 싼 집에는 다 그만한 이유가 있는 것이다. 어쨌든 화장실이 마당에 있다는 것은 여간 불편한 일이 아니다. 마당에 주인집 여자라도 있으면 사정은 더욱 난감해진다. 선재는 귀찮은 표정을 숨기지 않으면서 슬리퍼를 신는다. 실외 화장실에 가서 볼일을 볼 때마다 선재는 산다는 것의 비애를 실감한다. 사람의 삶에 품위를 부여하기 위해서 가장 먼저 요구되는 것은 안락한 배설 환경이 아닐까 하는 생각마저 들 정도로 선재는 실외 화장실에 가는 것이 싫다. 그래서 볼일은 되도록 집 밖에 나와 있을 때 해결하는 편이다.

마당 한쪽에서는 팍팍, 팍팍, 여전히 물기 머금은 빨래를 터는 소리가 들려온다. 주인집 여자는 아직도 마당에서 빨래를 널고 있는 모양이다. 선재는 훅훅, 심호흡을 하고 나서는 마당으로 나선다. 마당에서는 하얀 민소매 옷을 입은 소라가 빨랫줄 가득 하얗고 파란 빨래들을 널고 있다. 빨래 중에는 누렇게 색이 바랜 기저귀도 있다. 그것을 본 선재의 눈이 좀 휘둥그레진다. 선재는 그 전에도 빨랫줄에 널린 주인집의 빨래를 몇 번 본 적이 있지만, 기저귀를 본 것은 이번이 처음이다.

'아기도 없는 집에 웬 기저귀일까.'

선재는 잠깐 그것이 궁금해진다. 혹 소라에게 아기가 있는 것은 아닐까. 그러나 선재는 벽 너머에서 아기의 울음소리를 들은 기억이 한 번도 없다는 걸 기억해 낸다. 아이가 있다면 울음소리가 들리지 않았을 리가 없다. 작은 물소리도 다 들리는데 아이의 울음소리가 어떻게 안 들릴 수 있단 말인가. 선재의 상상력은 조금 더 비약한다. 어쩌면 주인집 여자에게, 다른 사람에게는 말할 수도 없고 보일 수도 없는 그런 아이가 있는 게 아닐까. 울음소리도 없이 애를 키우는 여자가 있다면 그 여자는 얼마나 많은 비밀을 가지고 있을까. 선재는 혼자 골똘한 생각을 하며 화장실 앞으로 나아간다. 빨랫줄에 널린 젖은 빨래들이 나풀거리며 그의 발간 얼굴에 스친다.

소라가 너는 빨래는 언제나 많다. 바람에 나풀거리는 빨래들 사이에서 소라의 옆모습이 선재에게 아름다운 여신의 환영처럼 보인다. 저 여신의 환영과 마주치지 않을 도리가 없다. 당신은 너무 아름답군요. 그렇게 말하고 싶은 선재의 입술이 약간 씰룩인다. 소라와 선재는 마주쳐도 서로 말을 건네는 법이 없다. 집의 젊은 여주인과 젊은 세입자는 처음부터 그렇게 되었다. 누가 그것을 원했는지, 그리고 왜 그렇게 되었는지는 아무도 모른다. 소라는 선재를 보고 공과금 생각을 떠올리고, 선재는 널린 빨래들을 요리조리 피해서 화장실 앞까지 간다.

#13 다세대주택 반지하

애앵 애앵 애앵.

몇 시나 됐을까? 깊은 새벽, 어디선가 아이의 울음소리가 맹렬히 들려오기 시작한다. 동네 주민들 몇은 웬 고양이들이 저렇게 운담, 건성으로 투정하고는 다시 귀를 막고 잠에 빠져 든다.

울음소리가 새어 나오는 곳은 다세대주택의 반지하 방이다. 깊이 잠들었던 진호의 귀에도 아이들의 울음소리가 들려온다. 그는 한참 동안 손사래를 치며 뒤척이고 나서야 잠에서 깨어난다. 진호는 지금 울고 있는 아이들이 자신의 세 살배기 쌍둥이임을 깨닫는다. 어제 자정 무렵까지 고3반 운행을 한 뒤 새벽까지 1층 식당 주인과 술을 마시고 들어와 곤히 잠들었던 그는 잠을 깨우는 쌍둥이들의 울음소리가 귀에 몹시 거슬린다.

애앵 애앵 애앵.

울음소리는 시간이 지날수록 더욱 사납고 극성스러워진다. 마치 굵은 빗발이 창을 때리는 것처럼 요란스럽다. 잔뜩 찌푸린 진호의 눈살에 뭉텅, 어둠이 씹히는 소리가 들린다. 진호는 숙취 때문에 골치가 무척이나 아프다. 만사가 귀찮고 성가시다. 손을 더

듬어 아내를 찾는다.

"여보, 여보, 아이들이 울잖아. 어떻게 좀 해 보란 말이야."

"으음."

아내는 울음소리도 들리지 않는지, 진호의 기척도 느끼지 못하는지 여전히 깊은 잠에 빠져 있다. 진호는 그런 아내에게 공연히 화가 치민다.

"여보, 여보, 일어나서 어떻게 해 보란 말이야. 애들이 울잖아?"

진호는 두 손으로 관자놀이를 지그시 누른다. 두통은 그가 조금만 신경을 쓸 때면 어김없이 찾아오는 것이다. 그것을 아는지 모르는지 아이들의 울음소리는 그치지 않는다.

"젠장맞을, 으음."

진호는 외마디 신음을 내뱉고는 자리에서 일어난다. 그사이 시간이 좀 지났는지, 창가에 희미한 여명이 돌기 시작한다. 진호는 머리맡에 가져다 놓은 손목시계를 주워서 본다. 새벽 4시 50분. 멀리에서 성당의 새벽종 소리가 들리고, 당뇨기가 있는 아내의 부은 볼이 어둠 속에서 희붐하게 드러난다.

"불쌍한 사람 같으니."

진호는 어둠 속에 웅크리고 앉아서 아내의 얼굴을 쳐다보며 그녀가 좀 안쓰럽다는 생각을 한다. 조금 전 아내에게 치밀었던 부아가 부끄러워진다. 애앵 애앵 애앵. 여전히 아이들의 울음소리는 요란스럽다.

"근데 아기들이 왜 저렇게 울까."

툭하면 감기다 배탈이다 하며 약을 물고 사는 아이들은 이미 두 돌이 훨씬 지났는데도 우우…… 마마…… 소리밖에 할 줄 모른다. 아내는 아는 후배한테 들었다면서, 아이들이 자폐아일 수도 있다는 말을 했다. 진호는 아내의 입에서 자폐아라는 말이 나왔을 때 그 말이 정확히 무슨 뜻인지 알 수가 없었다. '자폐아라니, 그게 도대체 뭐지? 큰 병인가?' 진호는 그냥 그렇게 모르는 체하면서 아내 후배가 했다는 말을 애써 잊어버리려고 했다.

진호는 쌍둥이를 하나씩 안고는 어르기 시작한다. 아이들에게서 열이 느껴진다. 그는 까칠까칠한 턱을 아이들의 얼굴에 갖다 댄다. 감기 기운인가? 약이 어디 있더라. 아침이 밝는 대로 약을 찾아서 먹여야겠다. 진호는 조금 더 아이들을 어르고는 좁은 주방으로 나간다. 잠시 후 방 쪽에서는 다시 아이들의 울음소리가 들리기 시작한다. 그는 주방의 남루한 싱크대를 열고 작은 주전자를 꺼내서는 물을 담아서 가스레인지에 올려놓는다. 물이 끓자 인스턴트커피를 타서 후후 불며 마신다. 뜨거운 커피가 한 모금 몸 안으로 들어가니, 지끈지끈 아프던 골치가 좀 맑아지는 것 같다. 진호는 흐린 눈으로 동이 터 오는 먼 하늘을 멍하니 바라본다. 그러나 낮은 촉수의 전구처럼 뿌옇게 밝아 오는 여명이 진호에게는 조금도 반갑지 않다. 출근하여 부원장인 철민에게 시달릴 생각을 하니 한숨밖에 나오지 않는다. 자신의 삶이, 아이들의 울음소리에 단잠에서 깨어 쪼그리고 앉아 커피를 마시는 삶이, 학원 버스를 몰며 끔찍하게 말을 듣지 않는 아이들과 입씨름을 벌여야 하는 삶이, 마치 자신이 사는 반지하 방처럼 늘 지하에 반쯤 몸을 담그고 있어야 하는 운명같이 갑갑하고 한심하게 느껴진다.

"여보, 여보."

그때 방에서 아내의 힘없는 목소리가 들린다.

"여보, 여보, 어디 있어? 아이들이 아픈가 봐요."

"응. 나 여기 있어."

진호는 그렇게 대답하고 방 쪽으로 움직이려다 커피를 바지춤에 엎지르고 만다. 얼룩진 인생.

#14 단층집 마당

마당 대문 옆에 붙은 화장실에서 볼일을 마친 선재가, 화장실 문틈으로 마당의 동태를 살피더니 다소 뭉그적거리는 동작으로 밖으로 나온다. 뿌연 햇살에 눈이 따가운지 그의 눈매가 좀 가늘어지더니 눈초리가 치켜 올라간다. 마당에 깔린 블록들은 오븐에 구워진 비스킷처럼 바짝 말라 있다. 마당 가득 널린 하얀 빨래들이 너풀너풀 흩날릴 때마다 향이 첨가된 세제 냄새가 선재의 얼굴에 훅 끼쳐 온다. 그 냄새는 물컹하고 달콤하다. 선재는 사랑하는 사람의 살 냄새가 바로 이럴 것이라고 생각한다. 이런 냄새가 바로 외로움과 슬픔을 몰아내는 냄새일 거라고 말이다.

주인집 여자는 상체를 굽혀 이제 막 대야에서 마지막 빨래 하나를 들어내고 있다. 그러는 사이 웃옷이 치켜 올라가 그녀의 하얀 허리께가 다 드러나 보인다. 그것이 햇살보다도 더욱 날카롭게 선재의 눈을 찌른다. 선재는 가늘게 뜬 눈으로 그것을 다 본다. 한 팔로 감아도 맞춤하게 감길 것 같은 매끈한 허리다. 선재는 자신의 생각에 얼굴을 붉히고는 고개를 숙이고 너풀거리는 빨래들을 피하면서 자신의 방 쪽으로 다가간다.

그때 주인집 여자가 선재를 부른다. 그녀로선 작심한 대로 밀린 공과금을 내라는 말을 하려는 참이다.

"저기요."

선재가 그 소리에 놀라 화급하게 몸을 돌린다. 몸이 얼어붙는 것만 같다.

"네, 절 부르셨어요?"

"……."

소라는 선재가 자신을 돌아보고 섰을 때, 불현듯 그가 남편과 같은 또래의 젊은 남자라는 데 생각이 미친다. 그런 생각이 들자, 이상하게도 가슴이 두근거리면서 해야 할 말을 잊고 만다. 선재 역시 아무 말 없이 마주 서 있는 상황이 어색하고 불편해서 자신도 모르게 마음이 조급해진다.

"저에게 하실 말씀이라도……."

"아, 아니에요. 그냥, 제가 할 말을 까먹었어요. 들어가 보세요."

선재는 아쉬운 표정을 지으며 소라에게서 돌아선다. '왜 나를 불러 세운 걸까.' 그런 생각을 하며 자신의 방으로 돌아온다. 소라는 그의 뒷모습을 보는 동안 이상하게 귓불이 뜨거워지는 걸 느낀다. 소라는 물이 묻은 두 손으로 앞섶을 붙잡고는 한동안 손가락을 꼼지락거린다.

#15 ○○아파트 205동 506호

"선숙아, 일어나야지. 선숙아."

허리와 허벅지가 지나치게 굵고 둔해서 한눈에도 불편해 보이는 선숙의 어머니가 거실에서 방문을 열고 들어오며 선숙의 잠을 깨운다. 선숙은 이불이 말린 살진 다리를 버둥거리면서 게슴츠레 눈을 뜬다. 곧이어 하품이 터져 나온다.

"우리 예쁜 선숙이 일어나야지. 벌써 해가 중천에 떴는데."

"으, 알았어요, 엄마. 일어날게요."

이부자리를 밀쳐 내고 일어나면서 보니, 어머니가 손에 포도를 들고 먹고 있다. 저렇게 늘 먹을거리를 손에 들고 사니 살이 찔 수밖에.

"엄마는 잠시도 쉬지 않고 먹는 거예요?"

"얘가 무슨 서운한 말을. 내가 언제 잠시도 쉬지 않고 먹는다고."

"곧 점심 먹어야 할 텐데, 뭘 드시고 있으니까 그렇죠. 아무튼 옷 갈아입게 나가 있으세요."

"그래, 얼른 나와서 씻고 점심 먹자."

선숙은 자신의 비만 체질이 어머니에게 물려받은 유전자 때문이라고 믿었다. 그래서 주전부리를 하는 어머니를 볼 때마다 공연히 화가 난다. 선숙은 침대에서 일어나자마자 여느 때처럼 먼저 화장대 앞에 놓여 있는 체중계에 올라간다. 체중계 눈금을 바라보는 그녀의 표정이 어느새 어두워진다. 선숙은 한숨을 푸후 내쉬며 화장대 거울 앞에 앉는다. 거울 속에는 여전히 살진 얼굴이 가득하다. 선숙의 눈가에 그늘이 생긴다. 거울 속 그녀의 눈은 살에 밀리면서 단춧구멍만 하게 작아지고 턱밑의 살은 보기 흉하게 겹쳐서 늘어져 있다. 언제나 변함없는 모습이다. 선숙은 두 손으로 얼굴을 감싸면서 살짝 도리질을 친다.

'아, 조금도 달라지지 않았어.'

선숙이 거실로 나가니, 어머니가 이번에는 주스를 마시고 있다. 선숙은 그런 어머니를 한번 째려보고는 화장실로 향한다. 화장실에서 세안을 마친 선숙이 수건을 목에 두르며 다시 거울에 비친 자신의 모습을 본다. 또다시 금방 낙담한 얼굴이 된다. 거울은 정직하고 언제나 그녀에게 냉담하다.

'두고 보라고. 나는 엄마처럼 되지 않을 거야.'

화장실에서 나오니, 어머니가 점심을 차려 놓고 식탁에서 부른다.

"선숙아, 점심 먹자. 오늘은 네가 좋아하는 베이컨을 넣고 밥을 볶았어."

학원에서 수학 강사로 일하고 있는 선숙은 자정 무렵 퇴근해서 정오 지난 시간에 출근을 한다. 그래서 점심 식사가 하루의 첫 식사인 셈이다. 하지만 선숙은 여느 때처럼 점심을 포기한다.

"아니에요. 전 안 먹어요. 그냥 나갈래요."

"아니, 얘가 또 안 먹겠다는 거야? 그러다가 쓰러지면 어떡하려고. 하루에 대여섯 시간씩 수업을 하려면 얼마나 힘이 드니. 잘 먹어 둬야지."

아닌 게 아니라, 자정 무렵 마지막 고3반 수업을 진행하려면 다리가 풀려서 금방이라도 주저앉을 것만 같은 피로감이 몰려온다. 하지만 선숙에게는 비만에서 탈출하는 것이 훨씬 중요하고 가치 있는 일이다.

"밖에 나가서 사 먹을게요. 걱정 마요, 엄마."

방으로 들어간 선숙은 어렵게 구한, 그녀의 몸에 겨우 맞는 청바지를 옷장에서 꺼내 힘겹게 입은 다음 어깨에 숄더백을 멘다. 뒤뚱거리는 몸에 매달린 숄더백이 마치 장난감 소품처럼 작고 앙증맞게 느껴진다.

사실 선숙에겐 한 시간 남짓한 출퇴근 시간이 가장 큰 곤욕이다. 결코 호의적이지 않은 시선으로 흘끔거리는 사람들이 못내 불편하기 때문이다. 80킬로그램에 달하는 비만한 여자를 좋게 보는 사람은 이제 이 세상에 없는 모양이다.

'저 여자 다리 좀 봐. 도대체 뭘 얼마나 먹기에.'

사람들은 거리낌 없이 선숙의 비만을 조롱한다. 그때마다 선숙은 자신의 비만한 몸 전체가 벌겋게 달아오르며 애드벌룬처럼 팽창하는 것을 느낀다. 그런 비애는 당해 보지 않은 사람은 알지 못

하는 것이다. 웰빙 바람이 불어오면서 텔레비전이나 신문은 모두 날씬하고 건강한 사람들을 찬양한다. 반대로 비만한 사람들은 절 제력이 부족하고 게으른 사람으로 치부한다. 선숙은 출근길 버스를 타면서, 사람들의 시선을 받으며 버스에 오르면서 곧잘 이런 상념에 잠긴다.

'세상 사람 누구의 눈에도 띄지 않고 살 수 있는 방법이 있으면 얼마나 좋을까. 아니 세상 모든 사람의 시선을 다 받고도 부끄럽지 않을 수 있다면 얼마나 행복할까.'

선숙이 요즘 자동차 학원에 다니며 운전을 배우는 것도 그 때문이다. 남들의 눈총을 받아 가며 버스와 지하철을 타는 시간을 조금이라도 줄여 볼까 하고 결정한 고육지책이다. 운전면허를 취득하고 차를 장만하게 되면 출퇴근 버스에서 사람들 틈에 끼어 허덕이거나 거리에서 공연한 조롱을 받는 곤욕은 덜 수 있을 것이다. 그런데 자동차 학원의 강사가 선숙에게 몹시 불친절하다는 게 문제라면 문제다.

#16 단층집 선재의 자취방

소라의 야릇한 시선을 뒤로하고 방에 들어온 선재는 벽에 등을 기대고 비스듬히 누워 지나간 잡지를 집어 들고 건성으로 들춘다. 선재는 시선은 그대로 잡지에 둔 채 팔을 뻗어 맥주 캔을 집어 든다. 맥주 캔을 입 쪽으로 기울이던 그의 인상이 약간 일그러진다. 냉기가 식어 버린 맥주가 좀 쓴 모양이다.

정오 조금 지나 혼자 마시는 술은 취기를 제법 빨리 부른다. 네 깡통을 비우고 나니 기분이 어른어른해지면서 졸음이 밀려온다.

호르르르 호르르르.

그때 벽 너머에서 주인집 전화벨 소리가 들린다. 벽 너머의 전화벨 소리는 마치 물 흐르는 소리처럼 환각적이다. 곧이어 후두둑, 누군가 실내로 뛰어드는 인기척이 들린다. 주인집 여자 소라가 전화를 받는 모양이다. 소라는 전화벨이 울리면 반드시 채 두 번이 울리기 전에 송수화기를 집어 든다. 선재는 그것을 잘 알고 있다. 전화벨 소리가 두 번 이상 울리는 걸 들은 적이 없으니까. 오늘처럼 빨래를 널다가도, 혹은 밥을 하다가도, 노래를 부르다가도, 화장실에 가다가도, 잠을 자다가도 주인집 여자는 전화벨이 울리면 마치 먹이를 채는 수리부엉이처럼 날쌔게 달려와서는 송수화기를 채어 드는 것이다. 선재는 그러는 것을 한 번도 눈으로 보지 않았지만 소리만 듣고서도 충분히 알 수 있다고 생각한다. 선재는 애니메이터처럼 소라의 움직임을 한 컷 한 컷 머릿속에서 그려서 그것을 빠르게 연결해 본다. 그러자 벽 너머 여자의 모습이 눈앞에 선명하게 살아난다. 소라는 전화를 받기 위해 그 밖의 나머지 일을 하는 것만 같다. 전화를 받기 위해 그녀는 전화기의 바깥에 머문다. 전화는 누구한테서 오는가. 선재는 몹시 궁금하다. 하지만 물어볼 수도 없고 알 수도 없다. 소라는 도대체 어떤 전화를 기다리는가. 선재는 그 생각을 하다가 술기운에 젖어 까무룩 잠이 든다.

#17 단층집 선재의 자취방 앞

마당을 가로지르는 빨랫줄에 빨래를 다 넌 소라가 빈 대야를 집어 들려는 찰나, 안채에서 전화벨이 울린다. 소라는 여느 때처럼 남편의 전화일지 모른다는 생각을 하며 전화기를 향해 뛰어간다. 슬리퍼를 채 벗지도 못하고, 거실에 뛰어든 소라는 송수화기를 집어 든다.

"여보세요? 네, 어디시라고요? 아, 네네, 알았어요."

풀이 죽은 듯한 목소리로 시무룩하게 몇 마디 말을 하더니 소라가 곧 송수화기를 내려놓는다. 전화는 동사무소에서 걸려 온 것이다. 음식물 쓰레기 전용 수거함을 받아 가라는 내용이다. 남편의 전화가 아니어서 시무룩해진 소라는 자신이 전화를 받기 위해 급하게 뛰어드느라 거실 바닥에 뒤집힌 슬리퍼를 처연한 눈빛으로 바라본다. 소라는 슬리퍼를 집어서 현관 밖에 내놓고는 잠시 거실을 서성인다. 그러다가 무슨 생각이 났는지 고개를 끄덕인다. 소라는 단칸방에 세 들어 사는 선재에게 아까 마당에서 하지 못했던 말, 그러니까 공과금 내라는 말을 하기로 한다. 소라의 표정이 다소 밝아진다. 서랍을 뒤져서 공과금 고지서를 찾아 손에 든 소라가 슬리퍼를 신으려다가 무슨 생각이 났는지 다시 방으로 들어간다. 소라는 화장대의 거울 앞에 앉는다. 빗질을 하고 얼굴을 요리조리 돌려서 살펴본다. 그러더니 얼굴에 파운데이션을 살짝 바른다. 그러고는 거실의 냉장고로 가서 참외 세 개를 꺼내 비닐봉지에 담는다. 방을 나온 소라는 슬리퍼를 신고 아주 천천히 선재의 문간방으로 간다. 알 수 없게도 숨이 좀 가빠진다. 소라는 복화술을 하는 인형처럼 소리 없이 중얼거린다.

'저기요. 전기세랑 수도세를 주셔야 하겠는데요. 아니, 아니다. 이게 아니고 좀 더 분명하게 말해야지. 이렇게 말이야. 저기요, 전기세랑 수도세가 나왔어요. 지금 주실 수 있으세요?'

선재의 자취방 문 앞에 선 소라는 잠시 방 안쪽의 동정을 살피지만 아무런 소리도 들려오지 않는다. 분명히 방에 있을 텐데도 어떤 기척도 들려오지 않는 것이다.

똑똑똑.

소라가 결심한 듯 심호흡을 하고는 노크를 한다. 그러나 방 안쪽에서는 여전히 아무런 대꾸가 없다. 분명 사람이 방 안에 있을 텐데도 응답이 없는 것이 소라는 이상하다고 느껴진다. 그때 빠끔히 열려 있는 창문이 소라의 눈에 들어온다. 소라는 창문 밑으로 다가가 한껏 발뒤꿈치를 들어 올려서는 창문 안쪽을 들여다본다. 방의 희붐한 어둠 속에서 사물들이 서서히 모습을 드러내기 시작한다. 한쪽 벽면에는 책장이 있는데, 빈틈없이 책이 꽂혀 있다.

'무슨 책이 저렇게 많아. 도대체 뭐 하는 사람이지?'

휘둥그레진 소라의 눈에 방 한가운데에서 누운 채로 낮잠에 빠진 선재의 모습이 들어온다. 그는 아주 깊이 잠든 모양이다. 선재의 옆에는 빈 맥주 깡통들이 구겨진 채 널려 있다. 까치발을 하고 있는 소라의 발목이 저리기 시작한다. '대낮부터 술을 마시고 잠을 자다니. 도대체 무슨 일을 하는 사람일까? 혹시 낮부터 술을 마시지 않고서는 견딜 수 없는 고통이 있는 것일까? 저 남자에게는 어떤 슬픔이 있는가. 저 남자는 누구인가.' 소라는 공연히 선재에게 마음이 쓰인다.

#18 신도심 유흥가 길거리

무스를 발라서 머리칼을 치켜세우고 어깨가 다 드러나는, 몸에 꼭 들러붙는 민소매 티셔츠를 입은 호준이 친구이자 후배인 명구와 건들거리면서 길을 걷고 있다. 길에는 두 사람 외에는 아무도 없다. 한낮의 태양이 두 사람의 그림자를 바싹 태울 듯이 내리쬐는, 너무 밝고 환해서 오히려 적막한 대낮이다.

명구가 길바닥에 침을 뱉으면서 껄렁한 목소리로 말한다.

"호준 형, 요즘 왜 이리 덥지. 씨발, 이렇게 더워서야 사타구니에 땀띠 나겠네. 인간들도 다들 어디 짱박혔는지 하나도 보이지 않네."

"씨발, 그러게 말이야. 암튼 이런 날은 시원한 모텔 방에서 잠이나 때려 주는 게 상책인데. 근데 담배 있나?"

“아니, 아까 형이 피운 게 돗대였어.”

“아이, 씨발. 담배부터 구해야겠네.”

호준은 20미터쯤 전방에 있는 슈퍼를 발견하고는 발걸음을 그쪽으로 옮겨 놓는다. 슈퍼 안에 들어서니 손님은 하나도 없고, 50대 후반은 되어 보이는 몹시 뚱뚱한 몸집의 주인 남자가 배꼽을 드러낸 채 카운터 앞에 앉아 꾸벅꾸벅 졸고 있다. 가게 한쪽의 낡은 에어컨에서도 찬바람이 나오는데, 그 앞에는 선풍기까지 하나 돌아가고 있다.

“아유, 이 아저씨 완전 호사 누리고 있네. 뭘 잡수셔서 이렇게까지 배가 나왔누.”

명구가 그렇게 주인아저씨를 보면서 혼잣말로 야유를 하자, 호준은 무슨 생각이 들었는지 명구의 입을 가로막는다. 그러고는 낮은 목소리로 속삭인다.

“야, 너는 저기 카운터에 있는 담배나 챙겨. 난 이걸 좀 가져가야겠다.”

호준은 주인 남자 앞에서 돌아가고 있는 선풍기의 전원 코드를 뽑아서는 선풍기를 한 손으로 들어 올린다. 그걸 보고 명구가 키득 웃는다. 명구도 어느새 빠른 손놀림으로 담배 다섯 보루를 챙긴다. 밖으로 나온 호준과 명구는 50미터 정도를 날쌔게 달리고는 가쁜 숨을 몰아쉰다. 명구가 장난기 가득한 표정으로 호준을 툭 치며 묻는다.

“형, 그 선풍기는 뭐야. 어디에 쓰려고 그런 걸 가지고 나와.”

그러자 호준이 정색을 하면서 진지한 표정으로 말한다.

"집에 갖다 주려고 해. 내일쯤 한번 들르려고. 뭐 해, 인마. 담배나 풀어 봐."

명구가 슈퍼에서 가지고 나온 보루를 뜯는 동안 호준은 흡족한 얼굴로 선풍기를 바라본다.

#19 단층집의 안채 현관

호준이 잔뜩 건들거리는 동작으로 한낮의 골목길을 걷고 있다. 한 손으로 연신 이마에 흐르는 땀을 훔친다. 그의 다른 손에는 선풍기가 들려 있다. 그가 어느 단층집 대문 앞에서 멈춘다. 그러고는 주먹으로 대문을 퉁퉁 치면서 큰 목소리로 누군가를 부른다.

"누나, 누나. 나 호준이야. 문 좀 열어."

얼마 후 단층집의 대문이 열리고 소라가 나타난다. 호준을 본 소라의 입가에 금세 미소가 피어오른다.

"아, 호준아, 어서 와. 이게 얼마 만이니?"

호준이 반색하는 소라의 표정을 생뚱맞은 눈으로 잠시 훑어보고는 그녀를 지나쳐서 안채 쪽으로 향한다. 소라가 호준을 뒤쫓아 가며 묻는다.

"어디서 오는 길이야, 응? 그리고 손에 든 건 뭐야?"

"내가 어디서 오는지는 알아서 뭐 하려고. 그런 거 알려고 하지 말고 이거나 받아."

호준이 손에 들고 있던 선풍기를 거실 바닥에 내려놓는다.

"이게 뭐야? 웬 선풍기야?"

"응, 아버지 방에 놔 드려. 이렇게 더운데 집에 선풍기가 한 대뿐이라는 게 말이 돼?"

"아, 난 또 뭔가 했네. 우리 주려고 가져온 거구나. 그래, 고마워. 잘 쓸게, 호준아."

소라의 남동생인 호준은 구멍 난 청바지, 어깨가 다 드러나는 알록달록한 민소매 티셔츠를 입고 싸구려 선글라스와 요란하게 찰랑대는 체인 목걸이까지 하고 있다. 호준은 신발을 벗지 않은 채 현관 턱에 걸터앉아서 불량스럽게 담배를 빼어 문다. 그런 호준을 보며 소라가 쓴웃음을 지어 보인다.

"근데 호준아, 대체 뭘 하고 지내는 거야. 갈수록 집에 오는 것도 뜸하고. 잠은 어디서 자니? 밥은 잘 먹고 다녀?"

그러자 호준이 몹시 성가시다는 표정으로 소라를 올려다본다.

"아이 씨, 그런 거 궁금해하지 말라니까 그러네. 성가시잖아."

소라는 안채로 다시 들어가 컵에다 얼음을 섞은 주스를 가득 따라 가지고 와서 호준의 옆에 내려놓는다. 호준은 피우고 있던 담배를 마당에 함부로 던져 버리고는 팔을 등 뒤로 뻗어 비스듬히 상체를 젖힌 채 냉랭하고 사나운 목소리로 말한다.

"누나, 돈 있으면 좀 줘 봐라."

그렇게 말하는 호준은 소라의 눈을 똑바로 쳐다보지 않는다.

"그래, 잠시만 기다려."

소라는 방으로 들어가 만 원짜리 열 장을 가지고 나온다.

"여기 있어. 이 정도면 되겠니?"

소라가 말하기 무섭게 호준이 신경질적으로 덥석 그 돈을 낚아 챈다. 호준은 돈을 세어 보지도 않고 호주머니에 꾸겨 넣는다. 소라가 호준의 눈을 바라보며 나지막한 목소리로 말한다.

"돈이 필요하면 언제든지 말해."

그러자 호준이 버럭 소리를 지른다.

"그만 좀 해. 내가 뭐 거지새낀 줄 알아."

"그래그래, 알았어."

호준은 소라에게 용돈을 타면서도 속내로는 그것을 몹시 모멸스럽게 생각한다. 왜냐하면 그 돈은 자신이 그토록 싫어하는 아버지의 연금에서 나온다는 것을 알고 있기 때문이다. 고등학교를 채 마치지 못한 채로, 건달패들과 어울려 다니는 호준은 누나에게서 탄 용돈으로 여자들과 술을 마시고 잠을 잔다. 그의 팔뚝에는 담뱃불로 지진 자국이 다섯 군데나 있다. 보기에 무척 흉측스러우나 호준에게 그것은 대단한 자랑거리다.

소라가 호준 옆에 다소곳이 앉으면서 다시 조심스럽게 말을 건넨다.

"아버지는 그냥 그러셔."

"누가 물어봤어? 나는 아버지가 어떤지 전혀 궁금하지 않아."

"그래도 아버지인데. 네가 온 걸 알면 아버지도 무척 기뻐하실 텐데."

"누나, 제발 그런 소리 좀 안 할 수 없어!"

호준은 어머니가 교통사고로 세상을 떠나고 나서부터 마음 둘 곳을 못 찾고 방황하기 시작했다. 학교에서 아이들과 이틀이 멀다 하고 자주 싸움질을 벌였고 성적도 눈에 띄게 떨어졌다. 집에 돌아오는 시간이 점점 늦어지더니 어느 날부턴가는 외박을 하기까지 했다. 당연히 아버지와 불화가 일어날 수밖에 없었다. 하지만 아버지도 호준의 엇나간 기세를 꺾기에는 이미 너무 쇠약한 존재였다. 당신의 반려였던 어머니가 교통사고를 당해 속절없이 세상을 떠났을 때 이미 치유할 수 없는 상처를 받은 것이었다. 그러니까 아버지와 호준은 똑같은 상처를 가지고 서로에게 으르렁거렸던 것이다.

학교에서 뛰쳐나와 낮에는 주로 당구장에서 지내고 밤에는 시내의 공원이나 술집에서 지내던 호준은 급기야 고등학교에서 퇴학을 당했고, 아버지는 그런 호준을 자식으로 인정하지 않았다. 호준 역시 집에 아무런 미련을 남기지 않고 보란 듯이 가출해 버리고 말았다. 그러고는 줄곧 건달패로 거리를 떠돌고 있는 것이다. 어린 학생이나 부녀자를 위협해서 금품을 갈취하는 것쯤은 호준에게 이제 너무나 익숙한 일이다. 언제나 잘 웃는 소라도 남동생인 호준을 생각하면서 웃지는 않을 것이다. 남동생의 팔뚝에는 담뱃불로 지진 자국이 다섯 군데 있다. 그런 무시무시한 자국을 보면서 웃을 수 있는 사람은 얼마 되지 않을 것이다.

"누나, 나 이제 갈게. 조만간 한 번 더 올게."

"어떻게 신발도 벗지 않고 그냥 가니. 아버지 좀 보고 가지."

"아이 참, 됐다니까 그러네. 그 선풍기나 잘 써. 날 더운데 전기세 아낀다고 고생하지 말고."

호준은 빠른 걸음으로 성큼성큼 걸어서 대문을 열고 빠져나간다.

#20 골목, 단층집 선재의 자취방

동네 슈퍼에서 라면과 밀가루와 계란과 맥주를 사 가지고 골목에 들어서던 선재가 막 자신이 세 든 단층집의 대문을 열고 나오는 호준을 발견한다. 호준과 선재는 아주 짧은 순간 눈이 마주친다. 선재는 못 볼 것을 보기라도 한 것처럼 호준에게서 빠르게 눈길을 거두어들인다. 그러고는 걸음을 멈추고 잠시 뜸을 들였다가 고개를 돌려서 빠르게 멀어져 가는 호준의 뒷모습을 바라본다.

'저 친구는 누구지? 주인집 여자와 어떤 사이일까?'

그게 무엇이든, 선재는 언젠가부터 주인집 여자 소라와 관계된 생각을 하고 있노라면 자신도 모르게 호흡이 빨라지는 것을 느낀다. 마당에 들어서니, 소라가 현관문 앞에서 호준이 막 빠져나간 대문 쪽을 바라보고 있다. 선재가 그녀를 보고는 흠칫 놀란다. 당황한 건 소라도 마찬가지다. 그녀는 높낮이가 없는 평범한 목소리로 묻는다.

"어디 다녀오시나 봐요."

"네, 가게에 다녀와요. 저, 그런데…… 방금 어떤 남자가 여기
서 나가던데."

"네, 동생이 다녀갔어요. 그럼 이만."

소라는 부끄러운 듯 그렇게 말하고는 현관문 안쪽으로 들어가
버린다.

'아, 동생이었구나. 그런데 차림새가 심상치 않던데.'

그런 생각을 하며 자취방에 들어온 선재는 담배에 불을 붙여
서 한 대 피우고는 멍한 표정으로 핸드폰 폴더를 열어 본다. 하지
만 그 어디에서도 그를 찾는 문자나 전화는 없다.

'학원에 면접 봤던 일이 잘 안 되었나.'

돼도 그만 안 돼도 그만이라고 생각했지만, 막상 핸드폰에 학
원에서 연락이 왔다는 어떤 표시도 없자 선재는 자기 자신이 몹
시 구차하고 궁색해지는 것을 느낀다. 아닌 게 아니라 선재는 어
젯밤 30분마다 한 번씩 핸드폰의 액정을 확인하는 자신을 발견하
고서는 화들짝 놀라기까지 했다. 선재는 잠깐 방바닥에 드러누웠
다가 다시 일어나서는 주방으로 나가 가스레인지에 라면 물을 올
려놓는다.

#21 모텔 마리아 301호

새벽 1시. '모텔 마리아'의 3층 방. 원형 침대 위에서 젊은 남녀가 가쁜 숨을 몰아쉬면서 섹스를 하고 있다. 두 사람 모두 한 치도 양보할 기색이 없는 것처럼 서로의 몸에 달라붙어 빨고 핥고 흔들면서 몸을 들썩인다. 에어컨에서 '강' 모드의 냉기가 나오기는 하지만, 이 방 안은 두 사람의 열기로 후끈해져서 화장대의 거울에 김이 서릴 정도다. 얼마 후, 두 사람의 신음 소리가 최고조에 이르더니, 둘 다 일시에 몸을 축 늘어뜨린다.

호준이 자신의 몸 밑에 눌린 채 눈을 감고 숨을 고르는 미진의 머리칼을 쓰다듬으며 말한다.

"어때, 이번에도 좋았어?"

그러자 여전히 눈을 감은 채로 미진이 교태 가득한 목소리로 말한다.

"아이 참, 그걸 말해야 알겠어."

그 소리에 호준이 득의만만한 웃음을 지으며 다시 미진의 목에 코를 박는다.

"나 담배 좀 피울래."

미진은 자신의 몸 위에서 버둥거리는 호준을 살며시 밀어내고는 담배에 불을 붙인다.

"너 학원에서도 담배 피우니?"

호준이 호기심 가득한 눈으로 미진을 바라보며 묻는다.

"미쳤니? 여기서만 피우는 거야. 네 몸이 내 몸에서 빠져나간 후의 공허함을 메우기 위해서."

담배를 끼운 미진의 손가락 끝의 손톱이 눈부시게 반짝인다. 그것은 조개껍질 같기도 하고 유약을 바른 사기 조각 같기도 하다. 그녀는 자신의 손톱에 매우 만족해한다. 미진은 옆에 누워 있는 호준의 얼굴에 장난스럽게 담배 연기를 훅 내뿜는다. 호준이 가볍게 쿡쿡대며 눈을 치켜뜬다. 미진이 고개를 젖히며 웃는다.

"넌 정말 죽이는 데가 있어."

호준은 그렇게 말하면서 한쪽 팔을 미진의 젖가슴 쪽으로 뻗쳐 온다. 털이 듬성듬성 난 굵은 손마디가 힘 있어 보인다. 젖가슴에 머물고 있는 호준의 손을 미진은 그대로 둔다. 그러자 남자의 손이 여자의 젖가슴을 천천히, 하지만 집요하게 주무르기 시작한다.

"아아."

미진의 입에서 신음 소리가 새어 나오고 그 입술 사이로 농염한 담배 연기가 흘러나온다. 미진의 손이 담배를 재떨이에 내려놓고 호준의 굵은 팔을 어루만진다. 그 팔뚝의 중간쯤에는 담뱃불로 지진 자국이 다섯 개 있다. 미진은 그 흉터를 신기하다는 듯 바라보다가 조개껍질 같은 손톱으로 지그시 눌러 본다. 그러자 호준이 표정을 일그러뜨리며 여자의 젖가슴에 머무르고 있는 손아귀에 꽉 힘을 준다. 미진은 다시 낮게 신음한다. 그러는 미진의 표정은 어딘지 모르게 슬프고 나른해 보인다. 미진이 갑자기 뭔가 생각난 사람처럼 호준의 턱을 어루만지면서 다정한 목소리로 묻는다.

"근데 오늘은 뭐 했어?"

"뭐 하긴 그냥 놀았지."

"노는 인생이라, 참 좋겠다. 이렇게 더운 날 목이 쉬도록 떠들어 대는 사람도 있는데."

"난 가끔 네가 영어 선생이라는 게 너무나 신기해."

"선생은 무슨. 그냥 노가다이지."

"나, 사실 아까 오후에 누나네 집에 갔다 왔어. 근데 씨발, 누나네 집에 갈 때마다 기분이 좀 더러워져."

"누나가 왜?"

"누나가 말이야, 졸라 착하거든. 난 암튼 착한 것들하고는 안 맞나 봐. 나한테 졸라 잘해 준단 말이야."

"큭, 착한 사람들이 좀 답답한 구석이 있긴 해. 그런데 누난 뭐하는 사람인데?"

호기심이 가득한 표정으로 미진이 묻자, 호준도 역시 담배에 불을 붙이면서 대답한다.

"그냥 살림하는 여자야. 근데 매형은 지금 군대에 가 있어. 씨발, 매형이라는 새끼도 졸라 맘에 안 들어. 두 사람이 결혼한 것도 매형이 누나를 따먹어서 임신을 시켰기 때문이거든. 누나는 처음에는 결혼할 생각까지는 없었던 모양인데, 임신 사실을 알고는 어쩔수 없이 매형과 결혼해 버린 거지. 근데 우습게도 그 아이는 임신 4개월째 자연 유산이 됐어. 누나는 그 일 때문에 울고불고. 매형 새끼는 얼마 안 있어 군대에 붙들려 가고. 그 나이 처먹도록 군대도 안 갔다 왔던 거야."

"흠, 네 집도 꼬인 집이구나. 엄마는 안 계시다고 했지?"

"씨발, 엄마 애긴 하지 마."

그러면서 호준이 미진의 한쪽 젖가슴을 입으로 콱 깨문다.

"아얏."

미진이 그러지 말하는 손짓을 하며 눈을 흘긴다.

#22 단층집 선재의 자취방

선재의 핸드폰 벨이 울린다. 한낮의 깊은 잠에 빠져 있던 선재
가 꿈결에 그 소리를 듣는다. 그는 꿈속에서 생각한다. 주인집의
전화벨이 울리는구나. 주인집 여자가 발을 동동 구르며 전화를 받
겠지. 선재는 얕은 꿈속에서 주인집 여자가 뛰어가는 장면을 상
상한다. 해맑고 수줍은 모습의 주인집 여자. 그녀의 가늘고 하얀
손이 제발 나를 잠재워 달라는 듯이 울어 대는 송수화기를 집어
든다. 그러나 전화 벨소리는 그치지 않고 우르렁 우르렁 계속 울
린다. 어찌된 일일까. 주인집 여자는 분명히 송수화기를 집어 들
었는데. 선재는 그제서야 그 전화 벨소리가 자신의 핸드폰에서 흘
러나오는 소리임을 깨닫는다. 부스스 눈을 뜬 선재가 도리질을 치
며 핸드폰 폴더를 열고 통화 버튼을 누른다.

"여보세요."

저쪽에서 몹시 사무적이고 건조한 남자의 목소리가 들려온다.

"○○ 학원이에요. 당신이 국어 강사로 채용됐음을 알려 드립니다. 다음 주 월요일부터 출근하면 돼요."

면접을 본 지 닷새 만의 연락이다. 선재는 기분이 묘하다. 사람의 마음이라는 것이 이렇게 간사한 것일까. 연락이 없을 때는 그토록 초조하고 불안하더니, 막상 연락을 받으니 다시 묘한 반발심이 생기는 것이다. 어쨌건 선재는 그 순간 자신이 다시 직장을 갖게 되었다는 것을 알았다. 면접을 볼 때 학원의 원장은 선재에게 이렇게 물었다.

"직장이 없을 때 하루 종일 무엇을 합니까?"

선재는 에밀 시오랑의 말을 흉내 내며 무심한 표정으로 대답했다.

"저 자신을 견딥니다."

선재는 그렇게 말했던 자신이 좀 쑥스러웠다. 그것은 면접에 임한 사람이 고용의 권한이 있는 사람에게 할 수 있는 말은 아니었다. 선재는 그 말이 패배와 절망으로 점철된 자신의 파괴적인 자의식에서 유발된 것이란 걸 모르지 않았다. 그런 열패감이 그 순간 그렇게 비집고 나왔던 것이라고. 면접을 보고 온 지 닷새 되는 날에 연락이 왔다. 닷새 동안 선재는 전화기 앞에 머무르며 캔 맥주 열여덟 통을 비웠다. 그리고 선재는 다시 직장을 갖게 된 것이다. 그곳은 구도심에 있는 4층짜리 낡은 건물에 세 든, 규모가 작은 입시 학원이다. 자취방에서 무려 한 시간이나 소요되는 거리에 있는 그 학원에는 마음에 들지 않는 인상을 가진 원장과, 역시 마음에 들지 않는 인상을 가진 부원장이 있다. 그들 말고 그 학원에 또 어떤 사람들이 있는지 선재는 알지 못한다.

"국어 강사로 채용됐음을 알려 드립니다. 다음 주 월요일부터 출근하시면 돼요."

선재는 자신의 채용을 통보하는 목소리가 지나치게 담담하고 어딘지 모르게 무례하다는 것이 마음에 걸렸다. 그 목소리는 아마도 면접을 보던 날 자신에게 질문을 했던 구레나룻 사내의 것일 터다. 이왕이면 좀 밝은 목소리로 채용되었다는 소식을 전해 주면 안 되나. 그 때문인가. 채용 연락을 받은 자신의 마음속에 묘한 반발심과 복잡한 회의가 생기는 것은. 그는 이제 얼마 되지도 않는 박한 월급을 받기 위해 아침마다 한 시간 동안 붐비는 거리에서 위험한 운전을 해야만 할 것이다. 전혀 사랑스럽지도 않고 순수하지도 않은 아이들에게 국어를 가르칠 것이다. 그 일이 자신에게 얼마나 가혹한 수모를 안길지 선재는 가히 짐작할 수조차 없다. 그래서 더 서글프다. 하지만 선재는 자신에게 선택할 수 있는 권한이나 여지가 거의 없다는 것을 너무나 잘 알고 있다. 그는 돈이 필요하고 어떻게든 이 의뭉스러운 삶을 버텨 나가야만 한다.

선재는 작년 여름에 1995년식 프라이드 중고를 구입해서 오너가 되었다. 유량계의 눈금이 수입 없는 그에게 소화불량을 가져다준 것은 이미 오래전의 일이다.

#23 옛 일기장에서 — 선재의 일기

엄마의 얼굴이 헐어 간다. 오늘은 눈이 쑥 들어가셨다. 엄마는 절집에서 수도를 하시던 아버지를 파계시킬 만큼 미인이었는데, 이제는 도저히 그렇게 부를 수 없는 얼굴이 되었다. 나는 이제 예쁜 엄마를 갖지 못한 아들이다. 아버지는 술만 마신다. 아버지는 엄마의 머리칼을 쓰다듬으며 술을 마신다. 엄마의 병은 무엇일까. 엄마는 외출을 하지 않고 집 안에만 있는데, 식구들과도 눈을 마주치지 않으려고 한다. 식사도 안 하신다. 식사를 안 하실 뿐만 아니라 식사를 챙겨 주시지도 않는다. 요리는 엄마의 취미였는데, 이제 엄마는 그 취미를 잃으셨다. 동생 선규는 매일 "엄마 왜 그러는 거야?"라고 묻지만, 나는 뭐라고 대답할 수가 없다. 아버지도 말을 잃어버린 이처럼 아무런 말을 하지 않는다. 아버지는 엄마가 하지 않는 밥을 짓고 빨래를 할 뿐이다. 오늘 낮에 엄마는 아버지가 빨래를 너시는 것을 보고는 어흑, 하고 울음을 터뜨리셨다. 엄마의 울음소리가 들리자 아버지는 대문을 열고 밖으로 나가더니 소주를 사 오셨다. 아버지는 속상하신 것이 분명한데, 가만히 보면 엄마가 아픈 것이 마치 자기 탓이라도 되는 것처럼 자책하시는 것 같다. 엄마의 얼굴이 왜 헐어 갈까. 한사코 병원에 가지 않으려는 어머니, 그리고 그것을 그대로 들어주는 아버지. 아버지는 엄마의 얼굴이 왜 헐어 가는지 알고 계신가? 학교에서도 집중이 되지 않는다. 수업 시간에도 멍하니 시간을 보내 버린다. 친구 누구에게도 엄마가 아프다는 얘기를 하지 못한다. 왜냐하면 엄마의 병은 내가 볼 때 너무나 끔찍하고 참혹하기 때문이다. 내년이면 나도 중학교 3학년인데 어찌해야 할지 모르겠다. 더 이상, 여기서 더 이상 엄마의 얼굴이 망가지지 않았으면 좋겠다.

#24 옛 일기장에서 — 소라의 일기

엄마가 돌아가신 지 일주일이 지났다. 일주일 정도 지나니까 우느라 퉁퉁 부은 눈이 조금이나마 원래의 모습으로 돌아온 것 같다. 아버지는 아직도 멍한 눈으로 천장을 바라보며 누워 계신다. 낮 동안 계속 누워 있다가 저녁 무렵이면 엄마의 사진을 보고 슬프게 우신다. 아버지가 우는 모습을 보면 나도 눈물을 참을 수가 없다.

엊그제는 교회에서 목사님과 교인들이 와서 아버지를 위로했는데, 엄마가 좋아하던 찬송가 256장을 부르자 다시 아버지의 눈에서 눈물이 터졌다. 아버지는 엄마를 진정으로 사랑하셨던 모양이다. 아버지는 군인인데, 엄마가 돌아가신 후 내가 알고 있던 그런 모습이 아니시다. 엄마가 사고를 당하기 전에는 늘 씩씩하고 강직했던 분인데, 엄마가 돌아가시고 나자 딱할 정도로 풀이 죽어 버리셨다. 호준이도 풀이 죽은 건 마찬가지다. 그 아이는 아마 너무 놀라서 말을 잃어버린 것 같다. 엄마를 지극히 따르던 호준이는 엄마가 이 세상에 안 계시다는 사실을 어떻게 받아들일까. 호준이는 잠을 자다가도 벌떡벌떡 일어난다. 엄마, 하고 부르면서 일어난다. 아마도 꿈에 엄마가 나왔던 모양이지. 사나운 차가 엄마의 몸을 들이받아 날려 버릴 때 엄마는 얼마나 아프셨을까. 그것을 생각하면 내 가슴이 찢어지게 슬프다. 나는 마지막으로 눈을 감은 엄마를 보지 못했다. 아버지와 작은아버지가 나와 호준이를 응급실에 누워 있는 엄마에게서 떼어 냈기 때문이다. 하늘에 계신 하나님, 우리 엄마를 꼭 지켜 주세요.

#25 군부대 사병 막사 내무반, 탄약고 부근

일과가 끝난 자유 시간, 내무반에 사병들이 트레이닝복 차림으로 쉬고 있다. 잠시 후 일직 하사가 편지를 가지고 들어오자 사병들의 시선이 일제히 그쪽으로 쏠린다.

"자자, 주목! 오늘 도착한 편지를 나눠 주겠다."

일직 하사는 그런 역할을 하는 자기 자신이 뿌듯한지, 흡족한 표정으로 편지의 수신인으로 지정된 사병들의 이름을 밝은 목소리로 호명한다.

"한차현."

일직 하사가 그렇게 호명하자 자신의 이름이 불린 사병이 "네! 이병 한차현." 하며 뛰어나온다. 한쪽에서 "자식 좋아하기는." 하고 핀잔을 주는 소리가 들린다.

"박장호."

"네, 상병 박장호."

"김태용."

"네! 이병 김태용."

"구재명."

"네, 병장 구재명."

일직 하사는 구재명에게 편지를 넘겨주면서 재미있다는 목소리로 말을 건넨다.

"구재명은 제대가 두 달밖에 안 남았는데도 편지가 오네."

"하하, 제가 원래 인기 빼면 시체잖아요."

일직 하사는 손에 들려 있던 예닐곱 통 되는 편지의 수신인을 다 호명하고는 행정반으로 돌아간다. 그가 돌아가자 영표의 얼굴에 수심의 그림자가 일기 시작한다. 오늘도 아내의 편지가 없다. 아내의 편지를 받아 본 게 어느덧 3주는 다 되어 가는 것 같다. 영표가 풀이 죽은 표정으로 멍하니 있는 모습을 건너편 침상의 선규가 아까부터 살피고 있던 참이다. 선규가 끌끌 혀를 찬다. 영표는 그런 선규의 얼굴을 한 번 째려보더니 슬리퍼를 신고는 허탈한 표정으로 내무반을 나와서 탄약고 쪽의 언덕으로 터벅터벅 올라간다. 그는 평평한 풀밭을 찾아서 벌렁 드러눕는다. 선선한 저녁 바람이 영표의 얼굴을 스쳐 가지만, 그의 표정에는 여전히 수심의 그림자가 역력하다.

‘지금 아내는 무엇을 하고 있을까. 왜 나에게 편지를 쓰지 않는 걸까. 마음이 변했나. 혹시 다른 남자를 만나고 있지는 않을까. 내일은 본부 중대 앞 공중전화에 가서 전화를 해야겠다.’

그런 생각을 하던 영표가 담배를 피우기 위해 담뱃갑에서 한 개비를 꺼내 무는데, 단독 군장 차림의 사병 하나가 언덕 밑에서 영표 쪽으로 허겁지겁 달려온다. 그가 소리를 지르며 영표를 찾는다.

“한영표, 한영표, 어딨어!”

영표는 귀찮다는 표정으로 잔뜩 인상을 찌푸리더니 마지못해 대답한다.

“저 여기 있습니다.”

영표에게 다가온 이는 영표의 동기 박 상병이다.

“아니, 여기서 뭐 하고 있어? 한참 찾았잖아!”

영표는 여전히 뜨악한 표정으로 동료를 바라본다.

“왜 무슨 일인데?”

“근무 교대 시간이 1분도 안 남았어. 어서 전투복으로 갈아입어!”

그제서야 영표는 자신이 오늘 저녁 야간 경계 근무 순서라는 것을 깨닫는다.

해는 이미 창을 환하게 밝혀 놓았는데, 방 안은 괴괴한 정적에 잠겨 있다. 핸드폰 전화벨이 울리면서 그 정적이 깨진다. 늦잠에 빠져 있는 철민이 겨우 몸을 일으켜서는 텔레비전 장식장 위에 놓여 있는 핸드폰을 집어 들어 폴더를 연다. 얼굴에는 짜증스러운 표정이 가득하다. 전화는 비디오 가게에서 걸려 온 것이다.

"아저씨, 짱구네 비디오예요. 테이프 좀 갖다 주세요. 아저씨가 빌려 가신 게 신프로라서요."

"그래, 알았어. 인마, 그런 걸로 전화까지 하냐. 걱정 마. 오늘 나가는 길에 갖다 줄 테니."

철민은 서둘러 전화를 끊고 나서는 흐린 눈을 끔벅거리며 두 손으로 뒷머리를 마구 긁적인다. 그러고는 다시 자리에 벌러덩 드러눕는다. 하지만 한 번 달아나 버린 잠기운이 다시 돌아오지 않는 모양이다. 철민의 몸이 꿈틀대기 시작한다. 그는 목이 마른지 머리맡 쪽으로 손을 뻗어 헤집는다. 그러는 사이 발치에 놓인 밥상을 발로 찬다. 그 바람에 상 위의 주전자가 엎어지면서 물이 쏟아진다. 주전자는 머리맡에 있었던 것이 아니라, 발 아래쪽 상 위에 놓여 있었던 것이다. 몸체에서 떨어져 나간 주전자 뚜껑은 모로 서서 바닥을 뱅그르르 돌다가 주저앉는다. 철민은 짜증이 잔뜩 섞인 소리를 내뱉는다.

"아이, 이게 뭐야."

철민이 눈을 비비면서 보니 VTR과 연결된 텔레비전이 켜진 채로 지지직거리고 있다. 그리고 그 옆에는 빈 맥주병 네 개가 뒹굴고 있다. 어젯밤 비디오를 보면서 맥주를 마시는 도중에 그대로 잠이 들었나 보다. 수상기 주변에는 비디오테이프들이 네댓 개 널려 있다. 몸을 일으킨 철민은 탁상시계를 집어 들어 시간을 확인하고는 기지개를 켜며 늘어지게 하품을 한다. 그러고는 언제나 그랬듯이 담배부터 찾아 입에 문다. 담배를 한 모금 빨고 나서야 그의 눈동자가 좀 선명해진다. 지독한 골초인 철민은 담배를 피우는 것으로 하루를 시작해서 담배를 비벼 끄는 것으로 하루를 마친다. 보통 하루 동안 피워 대는 담배가 두 갑 정도이고 술자리가 있으면 세 갑을 넘긴다. 그래서 그에게선 늘 담배 냄새가 떠나지 않는다.

엎어진 주전자를 들어 입에 갖다 대고 물을 벌컥벌컥 들이켠 철민은 담배를 필터 끝까지 깊이 빨고는 재떨이에 아무렇게나 눌러 끈다. 그러고는 지지직거리는 텔레비전 수상기의 전원 코드를 거칠게 뽑아 버린다.

평소 외양에는 전혀 신경을 쓰지 않는 철민은 늘 그랬던 것처럼 비듬이 듬성듬성한 머리칼을 손빗으로 쓰윽 넘기고는 물수건으로 퉁퉁 부은 얼굴을 대충 닦고 집을 나선다. 낼모레면 마흔인데도 결혼을 하지 못한 그는 이제 혼자 사는 쓸쓸함이나 비애에 어떤 친근감까지 가지고 있는지도 모른다.

철민은 다시 담배 한 대를 꺼내 입에 문다. 막 담배에 불을 붙이려는데, 철민의 핸드폰이 다시 울린다. 철민은 액정 화면을 통해 발신 전화번호를 보고는 시골집의 노모에게서 걸려 온 것임을 확인한다. 그 즉시 철민이 핸드폰 본체에서 배터리를 분리해서 바닥에 던져 버린다.

"에이, 노인네 극성하고는."

철민은 고개를 뒤로 젖히고는 후유, 하고 공중을 향해 길고 긴 연기를 뿜어낸다.

#27 단층집 선재의 자취방

깊은 새벽, 선재가 꿈을 꾸고 있다. 꿈속에서 일어나고 있는 일들이 실감 나는지 그의 표정에 미세한 변화가 일어난다. 입가에 엷은 미소가 피어오르는 듯싶다가는 또 어느 결에 바짝 마른 입술 사이로 안타까운 신음 소리가 새어 나오기도 한다. 선재의 꿈, 그것은 어느 산속의 절집에서 시작한다.

산사의 저녁, 불을 질러 놓은 듯 불그스름한 서녘 하늘의 노을이 대웅전의 뒷자리를 온통 요요한 빛깔로 물들인다. 산객들의 발길이 드문드문 이어지던 요사채 앞뜰도 어둑신한 기운이 내려앉는 것과 동시에 적막해져서는 간혹 청설모들만이 함부로 가로지를 뿐이다.

공양을 하는 보살 하나가 입가에 야릇한 미소를 지으며 정짓간에서 나와, 마침 일주문 앞에서 천도제를 끝낸 유족들을 배웅하고 있는 정명(靜明) 스님 앞으로 다가간다. 보살의 손에는 물컹한 것이 하나 들려 있다.

"스님, 이것 좀 드셔요."

보살이 내민 건 보기에도 탐스러운 발간 홍시 한 알이다. 스님은 짐짓 엄한 표정을 지으며 말한다.

"이제 막 천도제를 마쳤는데…… 보살님이나 드세요."

"아이 참, 스님이 드시라니까요."

그러면서 보살은 스님의 코앞으로 홍시를 들이민다. 보살의 목소리에 교태가 들어 있다고 생각하는 사이 정명의 코앞으로 그윽한 향기가 지나간다. 스님은 찌르듯이 눈앞을 스쳐 지나간 보살의 하얀 팔목을 본다. 현기증이 인다. '이처럼 깊은 절간에서 공양이나 하기에는 너무나 젊고 아름다운 보살이구나.' 스님은 보살을 향한 것이 분명한 자신의 삿된 심사를 읽어 내곤 마치 못 볼 것을 본 사람처럼 마음이 언짢다.

보살은 이제 스무 살이나 되었을까. 정명은 출가하여 불문에 든 지 어언 10년이다. 그가 막 행자에 들었을 때 상좌들은 스님을 시험하기 위해 본존상 앞에 삼천 배를 해 보라고 말했다. 좌복도 내주지 않은 채로. 수행이 전혀 되지 않은 초행자에게 삼천 배는 죽음을 무릅써야지만 가능한 것이다. 하지만 정명은 삼천 배를 쉬지 않고 묵묵히 해냈다. 무릎이 짓물러 패고 손목이 꺾이면서 마침내 코피까지 터졌지만 신음 한 번 내지르지 않고 마지막 일배를 다할 때까지 흐트러짐이 없었다. 그러자 상좌들이 숙연한 표정으로 고개를 끄덕이며 스님을 향해 합장을 했다.

사미계를 받고 나서 수행하는 내내 정명 스님은 큰스님의 총애를 한 몸에 받는 수좌로 지냈다. 그는 어김없이 도량석 목탁 소리가 들리는 계오축시(鷄塢丑時)에 잠자리를 털고 일어나 마음을 정갈히 가다듬었다. 불, 법, 승의 삼보를 늘 마음속에서 다잡고 놓지 않으면서 참선, 간경, 염불, 진언, 기도, 참회, 사경, 계율을 충실하게 수행했다. 성성적적(惺惺寂寂)의 단아하기 이를 데 없는 시간이었다. 삼엄하기 그지없는 5년여의 수행을 마치고 구족계를 수계했을 때 큰스님은 정명을 따로 불러 말했다.

"속가를 떠난 이래 50년을 수행한 나도 이제는 해탈에 이르지 못할 것을 알겠다. 하지만 너는 능히 이를 수 있을 것이다. 너를 해치려는 무리가 끊임없이 다가올 때마다 늘 삼가고 삼가거라."

정명은 그 말을 늘 마음에 새기며 용맹 정진했다. 하지만 젊은 여자 하나가 공양주 보살로 절에 들어온 이후부터 이상하게 마음에 뜬구름 같은 헛된 상념이 스며드는 것을 느꼈다. 그것을 아는지 모르는지 보살도 정명을 볼 때마다 입가에 실실 웃음을 흘리는 것이었다.

보살이 쥐어 준 발간 홍시를 먹고 부끄러운 듯 입가를 훔치면서 정명은 자신의 마음속을 가르며 떠가는 구름 한 조각을 본다. 그 자신도 구름처럼 흐르는 대로 가고 싶은가.

그러고서 얼마쯤이나 지났을까. 꿈속의 시간은 앞뒤가 없구나. 한가로운 매미 울음소리만이 산중에 울려 퍼지는 심심한 오후다.

젊은 보살은 절 앞을 유유히 흐르는 도랑 가에서 홀로 빨래를 하고 있다. 마침 도랑 건너 방장 스님이 면벽 수도를 하기 위해 거하고 있는 암자에 공양을 하러 가던 정명 스님은 쭈그려 앉아서 빨래를 하는 보살을 발견한다. 말려 올라간 치맛단 아래로 보살의 허벅지와 종아리가 다 드러났다. 정명은 그만 눈을 질끈 감고 만다. 그러다가 예의 현기증을 느끼고는 징검돌을 헛짚어 도랑에 빠지고 말았다. 낭패였다. 보살이 입을 가리지도 않고 웃는다. 보살은 곧고 바른 큰스님의 수좌가 자기에게 한눈을 팔아 도랑에 빠졌다는 사실이 퍽이나 재미난 모양이다. 보살은 물결에 떠내려가는 장삼을 그대로 두고는 도랑물로 뛰어들어, 넋을 놓고 어쩔 줄 몰라 하는 정명을 부축한다. 속가의 나이로 스물여덟 살의 정명은 스님이기 이전에 단단한 사내였다. 보살의 손이 닿자 정명 스님의 몸이 움찔한다. 보살이 스님을 보고 말한다.

"스님, 스님은 무엇을 원하세요?"

"내가 무엇을 원하기를 바라오?"

"나를 한 번만 안아 주시기를요. 나를 한 번만 여자로 봐 주시기를요."

그러면서 보살은 정명의 허리를 뒤에서 감는다. 다행히 보는 사람은 없다. 정명은 보살의 몸에서 나는 냄새를 맡는다. 미역 냄새 같기도 하고 쑥 냄새 같기도 하다. 물에 젖은 보살의 몸이 창백할 정도로 눈부시다. 정명은 주위를 두리번거린다. 아무도 보는 이 없다. 정명은 보살을 이끌고 도랑을 기어 나와서는 숲으로 내달린다. 그의 눈에 부처도 조사도 보이지 않는다. 정명과 보살은 더덕이나 산삼을 캐는 심마니들이 잠시 숨이나 고르는 절구 바위 아래에 몸을 누인다. 정명이 심하게 얼굴을 일그러뜨리며 보살의 허리를 안는다. 얼굴을 보살의 가슴에 파묻는다. 두 손으로는 보살의 옷고름을 거칠게 헤집는다. 보살이 감격했는지 울음이 잔뜩 섞인 목소리로 소리친다.

"스님, 스님, 이제 스님은 나를 가지셨어요."

"나, 부처 짓 더 이상은 못 해 먹겠소."

푸념하듯 그렇게 내뱉은 정명이 격한 몸짓으로 짐승처럼 울더니 보살의 몸속으로 무섭게 파고든다. 아람 번 알밤을 떨어뜨리던 바람도 고요하게 숨을 죽인다. 다시 순식간에 장면이 바뀌고 정명과 보살이 야음을 틈타서 절을 내려간다. 도망치듯 산길을 내달린다. 달빛이 흐렸지만 그들의 발길은 머뭇거림이 없다. 10년 수행을 거두는 데는 한달음이면 족하구나.

꿈속으로 속절없이 빨려 들어갔던 선재는 급하게 산길을 내닫는 사람의 발자국 소리에 잠에서 깬다. '아, 꿈이었구나.'라는 생각이 드는 찰나, 선재는 후두둑 창을 치는 빗방울 소리를 듣는다.

#28 모텔 마리아 301호, 학원 교무실

몸에 실오라기 하나 걸치지 않은 미진이 침대에서 미끄러지듯 빠져나와 곧바로 욕실로 들어가 샤워기의 물을 튼다. 미지근한 물줄기로 몸에 묻어 있는 땀과 정액 따위를 씻어 내면서 거울을 보고 있자니 자신의 처지가 한순간 딱해 보인다.

"아, 내가 지금 뭘 하고 있는 거지."

하지만 미진은 순간적으로 감상에 젖으려 했던 자신의 마음을 앙칼지게 다잡는다. 그러면서 되뇌는 말이 있다.

"착한 것은 약한 것이고 약한 것은 착한 것이다."

그 말은 양아버지가 자신을 처음 범하던 날 밤, 울음을 삼키며 몸을 씻으면서 몇 번이고 되뇌었던 말이다. 그래, 어떤 일도 내가 선택한 것이라면 후회하지 않는 거야. 살아남기 위해서는 독해져 야 한다고, 미진은 그렇게 자신을 다그치면서 가볍게 도리질을 친다.

오후에 학원에 출근해야 하는 그녀는 호준보다 언제나 먼저 일 어난다. 샤워를 마치고 나온 미진은 방바닥에 아무렇게나 던져져 있는 팬티와 브래지어를 찾아 입는다. 물에 젖은 그녀의 머리칼이 아래로 늘어져 무겁게 흔들린다. 호준은 벌건 등을 드러낸 채 침 대에 코를 박고서 자고 있다. 그 모습을 가만히 보고 있자니 공연 히 눈시울이 시큰해진다. 모텔을 전전하는 저 순진한 양아치와의 위험한 동거. 한없이 불투명한 삶. 희망의 실마리가 보이지 않는 미래. 자신을 옭아매는 상처. 스스로 제어할 수 없을 정도로 단 단히 빠져 든 위악 취미. 소모하듯이 가파른 벼랑으로 몰아만 가 는 자기 자신의 삶이 어느 순간 측은해지는 것도 사실이지만, 미 진은 이런 생활을 그만둘 생각이 없다. 이것은 어쩌면 미진이 세상을 견디기 위해 고안한 그녀 나름의 절박한 처세인지도 모른다. 그것은 어쩌면 자학이기도 하고 자위이기도 할 것이다. 아버지가 돌아가신 후 탐욕적이고 영악한 남자에게 혼이 빠져서 덥석 살림을 합쳐 버린 이기적인 엄마에게 복수하기 위해서라도 미진은 자신을 아끼지 않고 학대해야 한다고 생각한다.

새로 아버지라고 들어온 남자는 첫날부터 미진에게 눈독을 들였다. 미진은 자신을 바라보는 그 남자의 눈이 무엇을 욕망하는지 단번에 알 수 있었다. 그런데 자기도 아는 그것을 엄마는 몰랐단 말인가. 결국 우려했던 일이 생겼다. 양아버지가 집에 들어오고 한 달이나 지났을까. 으슥한 밤에 미진은 양아버지에게 순결한 몸과 영혼을 짓밟히고 말았던 것이다. 그날 밤 미진은 울면서 일기장에 자신이 되뇌었던 말을 써넣었다.

'착한 것은 약한 것이고, 약한 것은 착한 것이다. 난 엄마의 눈에서 피눈물이 흐르는 것을 꼭 보고 말 것이다. 그러기 위해선 강해져야 한다. 세상의 수모를 견딜 수 있도록 강해져야만 한다.'

샤워를 마친 미진이 룸 테이블 위에 놓인 쇼핑백을 열고 어제 새로 산 파란색 블라우스와 짧은 스커트를 꺼내 입는다. 그러고는 숄더백을 어깨에 멘다. 미진은 방을 나서기 전 침대 아래쪽에 아무렇게나 버려져서 뒹굴고 있는 휴지 뭉치를 들어 코에 대고 냄새를 맡아 본다. 아직 마르지 않은 정액 냄새가 근사하다.

"나, 갔다 올게."

미진은 호준을 향해 그렇게 말해 보지만 호준은 얼굴을 베개

밑에 처박은 채 꿈쩍하지 않는다. 미진은 그런 호준을 바라보며 쓸쓸하게 한 번 웃고는 문 쪽으로 나와 구두를 꿰어 신는다. 도로로 나온 미진은 뙤약볕이 자신의 이마에 내리쬐자 어찌할 줄 모르는 아이처럼 잠시 발을 동동 구르더니, 곧 앞에 나타난 택시를 잡아탄다.

"○○동의 ○○ 산부인과요."

택시 기사는 다소 껄렁해 보이는 40대 후반 정도 된 사내다. 미진을 곁눈질로 훑어보던 기사는 지나치다 싶을 정도의 상냥한 목소리로 미진에게 말을 걸어온다.

"산부인과에는 무슨 일로 가세요? 음, 보아하니 결혼은 안 하신 분 같은데."

미진으로서는 거기까지는 웃으며 받아 줄 수 있었다.

"아저씨도 참, 산부인과에 가는 게 아니고 그 부근에 출근하는 거예요."

"하하, 이 시간에 출근하신다면 도대체 무슨 일을 하는 거죠? 그나저나 날씨가 참 덥죠? 근데 아가씨 옷차림이 시원해서 좀 낫긴 하네요. 하하하."

그 순간 변속기를 움직이던 기사의 오른손이 미진의 허벅지를 살짝 스친다. 의도된 것인지 아니면 실수인지 확인하기도 전에 미진은 더 이상 참을 필요가 없다고 생각한다. 미진은 표정을 싹 바꿔서는 싸늘하고 가시 돋친 목소리로 말한다.

"아저씨, 나 아저씨한테 한 코도 줄 생각이 없거든. 돼먹지 않은 수작 부리지 말고 운전이나 똑바로 하세요! 알았어요?"

그러자 기사가 주눅 든 표정으로 미진의 눈치를 살피고는 잔뜩 얼어붙은 동작으로 전방을 주시하기 시작한다.

20여 분쯤 후 택시에서 내린 미진은 일부러 소리 나게 택시 문을 닫는다. 학원에 도착하니 수학을 가르치는 선숙이 여느 때처럼 먼저 나와 교무실의 책상과 책장 따위를 걸레로 훔치고 있다. 누구도 그녀에게 그렇게 하라고 말하지 않았지만 교무실 청소는 언제나 선숙의 몫이다. 지나치게 비만한 몸으로 땀을 뻘뻘 흘리며 책상 위를 훔치는 모습을 보니 미진은 자신도 모르게 피식 웃음이 터져 나온다.

선숙이 그 웃음소리를 듣고 허리를 편다. 그러고는 미진을 향해 다소 퉁명스럽게 인사한다.

"왔어요?"

인사를 받은 미진이 한 손으로 자신의 입을 가리고 표정을 수습한다.

"선생님, 오늘도 일찍 나오셨네요."

"네, 오늘은 지난번에 본 시험 채점도 좀 해야 하고."

"근데 갈수록 날이 더워지니 좀 힘드시겠어요."

바로 그때 쿵쿵 계단을 오르는 묵직한 구두 소리가 들리더니 철민이 등장한다. 그는 미진을 보더니 환한 얼굴로 인사를 건넨다.

"야, 윤 선생님, 오늘 굉장히 멋지신데요. 블라우스가 아주 시원해 보여요."

선숙은 걸레질을 하던 손길을 멈추고 철민을 향해 살갑게 인사한다.

"부원장님 오셨어요? 점심은 드시고 오신 거예요?"

철민에게 꼬박꼬박 부원장님이라는 직함을 불러 주는 이는 이 학원에서 원장 말고는 선숙이 유일하다.

"점심은 무슨. 손에 든 걸레나 얼른 치워요."

철민이 지나치게 퉁명하다 싶을 정도로 선숙에게 응대를 하자 선숙은 기분이 상했는지 빠른 걸음으로 화장실 쪽으로 걸어간다. 그런 선숙의 뒷모습을 딱하다는 표정으로 좇던 철민이 미진에게는 표정을 싹 바꿔서 다시 상냥하게 말을 건넨다.

"미진 씨, 커피 한 잔 타 줄까?"

미진은 주위에 아무도 없을 때 철민이 자신을 '윤 선생'이 아니라 '미진 씨'라고 부른다는 걸 알고 있다. 마뜩잖은 일이지만 그걸 지적해 봤자 시정되지 않으리라는 걸 알기 때문에 그냥 내버려 두고 있는 처지다.

"아니요, 됐어요. 그냥 냉수나 한 잔 마실래요."

미진은 인상을 찌푸리며 베란다로 나가 정수기에서 냉수를 받아 마신다. 얼마 후 늘 화가 난 듯한 표정의 희태가 들어선다. 희태는 미진과 마찬가지로 이 학원에서 영어를 가르치고 있다. 희태의 그 특이한 표정은, 말하자면 하루라도 빨리 이 학원을 때려치우지 못하는 것을 참을 수 없어 하는 그런 종류의 것이다.

#29 고속버스 터미널, 부근 식당

버스가 플랫폼에 멈추자 멋지게 다려진 군복과 번쩍번쩍 광나는 전투화 차림의 선규가 버스에서 내린다. 선규는 다소 상기된 표정으로 주위를 둘러보면서 터미널 대합실을 빠져나온다. 그는 주위를 두리번거리며 누군가를 찾고 있는 듯하다. 손목시계를 한 번 쳐다본 선규는 푸른색 견장이 달린 어깨를 손으로 두어 번 쓰다듬더니 담배를 빼어 문다.

그때 누군가 뒤에서 그의 어깨를 툭 친다. 선규가 흠칫 놀라며 뒤를 돌아본다. 선재가 만면에 웃음을 지으며 선규 앞에 서 있다. 두 사람은 모두 상대방의 위아래를 빠르게 훑는다.

"선규야, 잘 지냈어? 오느라 고생 많았지?"

선규는 급히 담뱃불을 눌러 끄고 선재의 손을 엉거주춤 잡으며 말한다.

"고생은 무슨 고생. 형은 얼굴이 좀 야윈 것 같은데."

"가서 점심이나 먹자."

선재는 동생인 선규를 데리고 터미널 부근의 중국집으로 들어간다. 중국집에 자리를 잡고 마주 앉자마자 선규의 얼굴을 유심히 살피던 선재가 다소 어색한 표정으로 말을 건넨다.

"다시 보니 네 얼굴은 더 좋아진 것 같네."

그러면서 담뱃갑을 끄집어내어 담배를 한 대 권한다.

"괜찮아, 형. 나중에 피울게."

선규는 손을 저으면서 선재가 주는 담배를 받지 않는다.

"형이 줄 때 피워. 이제 너도 다 컸잖아."

선규는 선재의 얼굴을 한 번 쓰윽 쳐다보고는 조심스럽게 두 손으로 담배를 받는다. 선재가 그 담배에 불을 붙여 준다. 그러고는 주문을 받으러 온 사람한테 양장피와 자장면, 고량주를 주문한다.

"선규야, 그동안 면회 한 번 못 가서 미안하다."

"면회는 무슨, 형도 사느라고 바빴을 텐데."

"이해해 줘서 고맙긴 하다만, 그래도 너에게 늘 미안하더라."

"마음 쓰지 마, 형. 나도 이제 곧 제대하는데 뭐. 참, 그나저나 형은 요즘 어떻게 지내."

"응, 몇 개월 동안 일없이 지내다가 며칠 전에 학원에 취직했어. 국어 강사로 일하게 됐어. 월요일부터 출근해."

"잘됐네, 형. 축하해."

"축하 받을 일은 아니고. 넌 제대하고 뭐 할래?"

"뭐 닥치는 대로 해야지. 내가 뭘 가릴 처진가. 그런데 형, 엄마 소식 혹시 알아?"

"아니, 잘 모르겠어. 그냥, 알고 싶지가 않아. 돌아가시지 않았다면 아직도 거기…… 병원에 계시겠지."

선재의 말을 묵묵히 듣고 있던 선규의 표정이 굳어진다. 선규의 굳은 표정을 보는 선재 역시 마음이 아프다. 하지만 선재는 오히려 자신보다 더 심지가 굳은 선규가 세상의 비참함을 잘 견뎌

낼 수 있을지도 모른다고 생각한다. 선재가 선규의 팔을 툭 치면서 말한다.

"여기 나가서는 내 방에 가자. 내가 사는 방을 보여 줄게."

#30 학원 앞 6차선 도로

철중이 은색으로 반짝이는 고급 승용차 운전석에 앉아서 고개를 쑥 내밀고 주변을 재게 살핀다. 학원 앞 주차장에는 이미 다른 차들이 모두 들어서 있다. 아직 40대지만 머리가 거의 벗겨진 철중은 주차할 곳이 눈에 띄지 않자 잔뜩 인상을 찌푸린다. 그는 천천히 학원 주위를 한 바퀴 돌아 보지만 여전히 차를 댈 만한 곳을 발견하지 못한다. 다시 한 바퀴를 돌아 보지만 주차할 만한 공터면 이미 다른 차들이 어김없이 들어차 있다.

"아이 씨팔, 웬 놈의 차들이 이렇게 많아."

기어이 그의 입에서 '씨팔' 하는 욕이 튀어나온다. 목덜미며 이마도 벌겋게 달아오른다. 철중은 제 마음에 들지 않는 상대가 자신보다 하찮다는, 근거 없는 확신이 들 때면 어김없이 욕을 내뱉는 위인이다. 그의 욕은 언제나 노골적이고 적나라하기 때문에 그에게 욕을 한 번이라도 들어 본 사람은 절대로 그의 인격을 신뢰하지 않는다. 주차할 곳을 찾기 위해 학원 앞에서 뱅뱅 돌던 철중이 이마의 땀을 훔치고는 다시 한번 욕을 내뱉는다.

"별 개좆같은 새끼들이 차를 끌고 다니니 원."

철중은 결국 차를 돌려서 200미터 정도 떨어진 하상 주차장에 차를 댄다. 그곳은 유료다.

#31 학원 교무실

학원의 교무실은 열다섯 평 남짓한 크기다. 교무실에는 모두 일곱 개의 책상이 있는데, 한가운데에 책상 여섯 개가 서로 마주 보면서 놓여 있고, 나머지 책상 하나는 마주 보고 있는 책상 여섯 개를 한눈에 볼 수 있는 위치, 그러니까 맨 위쪽에 놓여 있다. 천장에는 회전용 선풍기 두 대가 매달린 채 쉬지 않고 돌아간다. 에어컨이 있지만 형편없이 낡아서 도대체 얼마나 오래된 것인지 짐작도 할 수 없을 정도다. 혹시 싶어 에어컨을 가동하면 차가운 바람은 나오지 않고 웅웅거리는 소음만 들려서, 그나마도 이번 여름 들어서는 한 번도 켜지 않았다.

담배를 좋아하는 부원장 철민이 바로 여섯 개의 책상 맨 위쪽에 덧니처럼 붙어 있는 책상을 차지했다. 철민의 오른쪽에는 미진의 책상이 놓여 있다. 철민은 수업 준비를 하다 말고 흘끔 미진의 미니스커트 자락을 훔쳐보는 게 취미다. 오늘도 철민은 벌써 여러 번 미진의 다리를 흘끔거렸다. 스커트 밑으로 쭉 뻗은 미진의 다리가 눈부시게 하얗다. 철민의 가슴이 쿵쿵 울리기 시작한다.

‘한 번만이라도 윤 선생을 안아 볼 수 있다면…….’

그런 철민의 마음을 아는지 모르는지 천장에 매달린 선풍기 두 대는 덜덜덜 부서질 듯 요란한 소리를 내며 맹렬하게 돌아간다. 요란한 기세의 선풍기엔 아랑곳없이 철민의 이마에 땀방울들이 맺힌다. 철민은 담배에 불을 붙이면서 다시 힐끗 미진의 다리를 바라본다.

“아유, 부원장님 또, 또, 담배예요!”

미진이 두 손으로 코를 막으면서 애교스럽게 철민을 타박한다.

“앗, 미안해요. 미안.”

철민은 서둘러서 한 모금을 빨고는 담배를 재떨이에 눌러 끈다. 철민은 미진을 처음 보았을 때부터 그녀에게 엉큼한 연정을 품었던 모양이다. 강사로서의 자질, 영어 교수 능력이 미심쩍었지만 극구 원장을 설득해서 학원에 취직시킨 것도 다름 아닌 철민이다. 그런데 면접을 보던 날, 미진을 바라보는 원장의 의미심장한 미소를 철민도 보았을까.

성정이 괴팍한 데다가 욱하는 성질까지 있는 철민이 그나마 이 학원에 진득하게 붙어 있는 것은 모두 다 미진 때문이다. 미진만 생각하면 눈자위가 확 달아오르면서 알 수 없게도 몸이 달뜨는 것이다. 사실 미진의 미끈한 몸매를 바라보는 낙마저 없다면 철민은 지금보다 훨씬 자주 선생들이나 아이들에게 짜증을 냈을 것이다. 하지만 불행한 것은, 털털하고 후줄근한 인상을 가진 30대 후반의 노총각에게 미진은 아무런 관심이 없다는 것이다.

교무실 문이 열리고 이 학원의 또 한 명의 영어 선생인 희태와 수학을 가르치는 선숙이 고등학교 1학년 수업을 막 끝내고 동시에 들어온다. 희태는 말끔하면서도 어딘지 모르게 서늘한 인상을 가진 총각 선생인데, 미진에게는 같은 대학의 과 선배가 되는 사람이다. 그래서 다소 무례하고 콧대 높은 미진도 희태에게는 깍듯하게 대한다.

"선배, 더운데 고생하셨어요."

"고생은 무슨요."

희태는 미진의 살가운 인사를 경어체로 받으면서 될 수 있는 한 사무적이고 시큰둥하게 대답하려고 애쓴다. 희태는 대학 시절부터 미진의 사생활이 난잡하고 남자관계가 복잡하다는 걸 익히 보고 들어 알고 있기 때문에 일부러 냉정하게 대하는 편이다. 이곳은 학교도 아니고 직장인 만큼 사무적인 관계가 요구하기 마련인 긴장을 유지하기 위해 늘 최선을 다하는 것이다. 철민은 희태가 미진에게 냉랭한 것이 좀 못마땅했는지 딴죽을 걸고 나선다.

"아이들 수업 분위기는 어때요? 진도는 잘 따라가요?"

"그냥 그렇습니다, 부원장님."

"아니 그냥 그렇다니, 그런 대답이 어디 있어요. 물어보면 좀 구체적으로 대답을 해야 할 게 아니오?"

"……."

성정이 곧은 데다 고지식한 희태가 우물쭈물하며 대답을 피하자 철민이 쯧쯧 혀를 찬다. 희태는 지난 학기 미진의 수업을 들었던 반 아이들이 그렇지 않은 반 아이들에 비해서 훨씬 진도를 못 따라온다는 사실을 부원장에게 말하지 않는다. 그렇게 말해 봤자 미진에게 마음을 두고 있는 철민에게 공연히 책만 잡히리라는 걸 알기 때문이다. 희태가 퇴근한 후 새벽 늦게까지 교원 임용 고시를 준비한다는 것을 이 학원의 사람들은 아무도 알지 못한다.

"그나저나 새로 뽑은 국어 선생님은 언제부터 오세요?"

미진이 철민에게 묻는다. 철민이 특유의 너털웃음을 지으며 말한다.

"월요일부터 출근할 거예요. 음, 실력은 있어 보이는데, 좀 여리고 까다로워 보여서 걱정이긴 해요. 여러 선생님들이 옆에서 많이 도와주세요."

"남자 선생님이라고 하셨죠?"

선숙이 끼어든다.

"그래요. 왜요, 관심 있어요?"

철민이 선숙 쪽으로 고개를 홱 돌리며 조롱이 가득한 말투로 쏘아붙이자, 선숙은 손을 가져다가 입술을 뜯는다.

#32 학원 교무실

학원의 원장인 철중은 아직도 자기 차를 유료 주차장에 댄 것이 분한지 얼굴이 앙앙불락이다.

“아니, 무슨 놈의 차들이 그렇게 많은지 주차를 할 데가 있어야지 말이야. 험험.”

철중은 학원 교무실의 문을 열고 들어오면서 헛기침을 하며 다소 과장스럽게 원장의 권위를 드러낸다. 노회하기 짝이 없는 그는 매사가 그런 식이다. 다른 사람이 자신 앞에서 굽실거리는 꼴을 봐야지만 직성이 풀리는 유형의 인간인 것이다. 철중을 인격적으로 전혀 존경하지 않는 선생들은 마지못해 자리에서 일어나서 그에게 인사한다.

“원장님 나오십니까?”

“원장님 나오세요?”

그제서야 철중은 흡족한 얼굴로 고개를 끄덕이고는 느릿느릿 교무실과 통해 있는 원장실로 들어간다. 잠시 후 상의를 벗어 놓고 다시 교무실로 나온 철중은 책상 사이를 어슬렁어슬렁 돌아다니면서 선생들이 하는 일을 흘끔거리기 시작한다.

“그래, 요즘 수업 분위기가 어떤가. 날이 더워서 수업하기들 힘들지?”

원장이 그렇게 말했지만 선생들은 아무도 그 말에 대꾸하지 않는다. 선생들은 다만 뒤통수가 따갑게 느껴질 뿐이다.

“아뇨, 뭐 이 정도는 별거 아니죠. 벌써 지친다면 큰일이지.”

철민이 너스레를 떨며 대답한다. 그는 한쪽 손으로는 걷어붙인 오른쪽 종아리를 긁어 대고 있다. 그러는 모습이 너무나 자연스럽다. 부원장 철민의 대답에 고개를 끄덕거리면서 미진에게 다가간 철중은 그녀의 어깨에 자연스럽게 손을 올려놓으며 다정한 목소리로 말을 건넨다.

"윤미진 선생은 일이 힘들지 않나? 여기에서 강의한 지도 벌써 1년 다 됐지?"

"네, 뭐 벌써 그렇게 됐네요."

미진은 그렇게 건성으로 대답하고는 다리를 비틀어 꼬며 씽긋 웃기만 한다. 그러면서 다른 선생들의 눈치를 살피는 것도 잊지 않는다. 철중은 살짝 눈을 내리깔고 미진의 다리를 훔쳐본다. 그와 동시에 허리를 굽혀서는 자신의 코를 미진의 목 쪽에 가까이 대고 큼큼거린다. 그러자 미진이 허리를 뒤로 젖히면서 철중을 조금 밀쳐 낸다. 철중은 다시 팔을 교묘하게 뻗어서 미진의 허리께를 어루만진다. 철민과 희태가 몹시 경멸하는 표정으로 그러는 철중을 바라본다. 미진이 '아이' 하며 얕은 신음 소리를 내뱉는다. 철민이 으흠, 헛기침을 한다. 철중이 그제야 미진에게서 떨어지면서 어색한 듯 고개를 주억거린다. 지레 무안한지 목소리를 다소 높여서 흰소리를 늘어놓는다.

"아무튼 더운데 지치지 말고 최선을 다하란 말이에요. 선생이 지치면 아이들도 덩달아 지치게 되어 있다고. 그래도 우리는 아이들을 가르치는 사람들 아닌가. 사명감을 가지고 일해요."

선생들은 여전히 자신의 책상 위에 시선을 고정하고 있을 뿐, 아무도 그 말에 대꾸하지 않는다. 특히 희태는 그런 원장이 역겨운 듯, 아니면 골치가 아픈 듯 손가락으로 관자놀이를 꾹 누르며 인상을 찌푸린다.

분위기가 어색한 것을 감지했는지 철중이 무안한 표정을 지으며 원장실 쪽으로 걸어간다. 그때 그의 눈에 한쪽 벽에 걸린, 작동이 멈춘 벽시계가 들어온다. 철중이 손가락으로 벽시계를 가리키며 괜스레 큰소리를 치기 시작한다.

"아니 저 시계가 왜 저래. 지금이 몇 시인데. 도대체 뭐 하고 있어요? 벽시계 하나 맞춰 놓을 줄 모르나. 당장 저 시계 맞춰 놔요! 쯧쯧, 정신들을 어디다 두고 일하는지 원."

오전 10시가 조금 넘은 시간, 벽시계는 4시 55분을 가리키고 있다. 건전지의 수명이 다한 그 시계는 언제나 4시 55분을 가리킬 테고 하루 중 오직 두 번만 정확할 것이다.

철중이 원장실로 들어가 버리자 잔뜩 굳은 얼굴의 철민이 펜을 집어 던지며 기다렸다는 듯 담배에 불을 붙인다. 미진도 투정을 부리면서 철중의 손이 올라갔던 자신의 어깨를 손으로 툭툭 털어낸다.

원장실에 들어간 철중은 소파에 파묻히듯 앉아 형식적으로 결재함에 놓인 서류철을 둘러보고는 핸드폰의 주소록을 뒤져서 여기저기 전화를 걸기 시작한다.

"여보세요, 여보세요? 아, 김 사장인가. 나 ○○ 학원 오철중이야."

전화로 사우나를 같이 갈 친구를 물색하거나 포커 판을 수배하는 것은 철중의 중요한 일과다.

미진의 자리는 부원장인 철민의 오른쪽에 있다. 그녀는 다음 주에 치를 학원 자체 평가 시험문제를 출제하느라 바쁘다. '자그작 자그작' 그녀 앞에 있는 컴퓨터 키보드 위에서 미진의 손가락들이 현란하게 춤을 춘다. 화려한 매니큐어를 칠한 그녀의 손톱들이 하얀 키보드 위에서 보기 좋게 움직인다. 그녀는 춤을 추듯 화려하게 움직이는 자신의 손톱을 바라보는 것을 좋아한다. 그것을 오래 바라보고 있으면 어떤 나른한 도취에 빠지기도 한다. 어지럽지만 편안한 꿈속에 갇히는 것과도 같은 도취. 그래서 그녀는 손톱을 치장하는 데 많은 시간을 할애한다.

예쁜 손톱을 가진 미진의 손가락들은 영어 사전과 참고서와 컴퓨터 키보드 사이에서 바쁘게 움직이지만, 미진의 머릿속은 온통 모텔에 있을 연하의 남자 친구 호준 생각뿐이다. 마침 유리가 깔린 책상 위에 올려놓았던 미진의 핸드폰이 바르르 진동한다. 미진이 화들짝 놀라며 핸드폰을 받는다. 태만한 표정으로 신문을 보고 있던 철민이 그런 미진을 의뭉스러운 시선으로 바라본다.

"여보세요?"

아니나 다를까 전화를 걸어온 이는 호준이다.

"미진? 나 호준이야. 바빠?"

미진으로서는 이제 요령껏 능청을 떨어야 한다.

"아, 정애 어머님이시구나. 네, 정애는 학원 잘 다녀요. 네, 수업

태도도 좋고요. 네, 걱정하지 마세요."

호준도 전화를 편하게 받을 수 없는 미진의 상황을 알아차린다.

"나 참, 오늘도 그딴 식으로 전화를 받는 거야. 오늘은 뭐 정애 어머니라고. 하하, 정말 웃긴다, 너."

"아유 참, 걱정하시지 말라니까요. 정애가 요즘은 공부하는 재미가 붙었는지 수업에 제법 집중하고 예습도 잘해 오고 있어요. 네네."

"오늘 몇 시쯤 와? 수업 마치는 대로 곧장 와. 알았지? 무척 보고 싶단 말이야."

"네네, 그럼 어머님 다음에 또 전화해 주세요. 네, 안녕히 계세요."

통화를 마친 미진이 선생들의 눈치를 살피면서 자리에 앉는다. 그러면서 철민이 들으라는 듯 호들갑스러운 목소리로 말한다.

"정애 어머님이 전화를 하셨네요. 학원에서 정애의 수업 태도가 궁금하셨던가 봐요."

그러자 철민이 수긋해진 목소리로 미진의 말을 받는다.

"정애 어머님 대단하시네. 전화까지 다 하시고. 그 정도로 열의가 있으니까 아이가 그나마 따라가는 거지. 당최 다른 부모들은 아이를 학원에 맡겨 놓고는 다 알아서 해라, 이런 식이야. 그래서 성적이 안 오르면 학원을 바꾸기나 하고. 윤 선생님, 고생이 많아요. 다른 선생님들도 학부모한테 전화가 오면 윤 선생님처럼 깍듯한 자세로 성의 있게 받아요. 그래야 학부모들이 학원을 믿고 아이들을 맡기지."

미진은 철민의 말이 끝나기를 기다렸다는 듯이 자리에서 일어나서는 화장실에 간다. 미진은 화장실에 들어가자마자 핸드폰을 꺼내서는 호준에게 문자를 보낸다.

"학원에 있을 때는 전화하지 말라니까. 자기 오늘 일찍 갈게. 보고 싶어."

미진은 여느 때와 다름없이 오늘도 퇴근하는 대로 모텔에 가서 호준과 뜨겁고 긴 정사를 벌일 생각이다. 호준은 확실히 원장인 철중과는 달리 야성적인 매력이 있다. 힘이 넘치고 또한 강렬하다. 이 강렬하고 야성적인 힘에 미진은 주체하지 못할 황홀감을 느낀다. 돈을 대가로 원장인 철중과 가끔씩 치르는 정사와는 비교할 바가 못 된다고 생각한다.

#34 모텔 마리아 301호

호준의 핸드폰이 한 번 울리더니 문자 수신 메시지가 뜬다. 열어 보니 미진에게서 온 문자다.

"학원에 있을 때는 전화하지 말라니까. 자기 오늘 일찍 갈게. 보고 싶어."

호준도 지체 없이 답장을 보낸다.

"응, 끝나는 대로 빨리 와. 내 몸이 지금 몹시 달아 있으니까."

문자 보내기 버튼을 누른 호준이 침대 옆 탁자 위에 놓인 전자

시계의 디지털 액정을 바라본다. 오후 3시 30분이다. 보통 미진이 수업을 마치고 돌아오는 시간이 11시쯤이니까 그녀를 보려면 여덟 시간 정도를 더 기다려야 한다. 딱히 할 일이 없는 호준으로서는 막막하기 그지없는 시간이다.

호준은 무슨 생각이 들었는지 침대에서 내려와 반라의 몸을 화장대 거울에 비춰 본다. 제법 탄탄하게 근육이 발달한 상체가 자신이 보기에 퍽 마음에 든다. 그는 거울 앞에서 보디빌더처럼 갖가지 동작과 표정을 지어 본다. 표정이 아이처럼 밝다. 호준은 샤워를 하기 위해 화장실에 들어갔다가 세면대 위에 놓인 미진의 반지를 발견한다. 일부러 두고 갔는지, 아니면 실수로 그랬는지 잠시 생각하다가 호준은 그 반지를 눈앞에 대고 유심히 살핀다.

'지금 보니 반지가 참 보잘것없네. 이거 순 싸구려 반지 같은데. 내가 하나 사 줄까.'

호준의 눈앞에 간밤 소리 높여 교성을 질러 대던 땀에 젖은 미진의 얼굴이 그려진다. 호준은 자신의 페니스가 다시 불끈하고 일어서는 걸 느낀다. 호준이 미진을 만난 것은 나이트클럽의 스테이지 위에서였다. 3개월쯤 전이었나. 처음 만나던 날, 미진은 술에 취한 채 음악에 맞춰 몸을 흔들어 대면서 호준에게 말했다.

"난 학원에서 영어를 가르치고 있거든. 그런데 난 취향이 좀 독특해서 너 같은 양아치들에게 내 몸을 막 더럽히고 싶어."

그때 호준이 이렇게 말했던가.

"그럼 오늘 내가 널 더럽혀 줄게."

사실 그 말은 농담으로 한 말이었다. 그런 일이 가능하리라고는 생각지 않았으니까. 나이트클럽에서 이런 식으로 말을 걸어오는 여자들이란 다 그런 것이다. 줄 듯하면서도, 잡힐 듯하면서도 절대로 주지도 않고 잡히지도 않는 여우 같은 것들.

그날 호준은 일행과 술을 마시는 사이사이 스테이지에서 미친 듯이 춤을 추고 있는 미진을 쳐다봤지만, 얼마 지나지 않아서 그녀의 존재를 잊고 말았다. 그런데 호준이 마지막 맥주잔을 비우고 자리에서 일어나 나이트클럽의 출입문을 빠져나가는데, 누군가 자신의 팔을 붙잡는 손이 있었다. 뒤를 돌아보니 미진이었다. 그러고는 이렇게 말하는 것이 아닌가.

"야, 너 오늘 날 더럽힌다며. 근데 어딜 가는 거야."

그 길로 호준과 미진은 나이트클럽 인근의 모텔에 들어가 춤을 추느라 땀에 전 몸을 씻지도 않은 채 격렬하고 거친 섹스를 했다. 호준의 몸에 매달리면서 미진은 '사랑한다.'는 말을 연거푸 했다. 사실 호준이 놀랐던 것은 섹스를 치른 후 미진이 눈물을 터뜨렸을 때다. 그날 생각을 하고 있자니 빙긋 웃음이 떠오른다.

"참 별난 여자이지. 대학까지 나오고 학원에서 일하는 애가 왜 나 같은 양아치를."

호준은 자신의 아랫도리를 만지작거리면서 간밤에 격렬했던 정사의 기억을 쏠쏠하게 되살려 본다.

　　막 중학교 1학년 수업을 마친 미진이 교무실에 들어오자 철민은 황급히 담배를 재떨이에 눌러 끈다. 그것까지는 좋았는데, 그는 그만 걸쭉한 가래침을 재떨이에 뱉고 만다. 미진이 그런 철민을 마치 야만인이라도 대하는 듯 야멸친 눈으로 바라본다. 철민은 그런 미진의 표정에는 아랑곳하지 않고 회전의자를 비스듬히 돌려서 미진 쪽을 향하게 하고는 가늘고 음흉한 눈으로 그녀를 흘끔거리기 시작한다. 얼마 후 철민의 시선을 느꼈는지 미진이 휙 고개를 돌려 철민을 쳐다본다. 미진의 눈과 음흉한 웃음을 채 지우지 못한 철민의 눈이 딱 마주친다.

　　"아니 부원장님, 뭘 그렇게 흘끔거리세요. 신경이 쓰여서 일을 못 하겠어요."

　　미진은 늘씬한 왼쪽 다리를 오른쪽 무릎 위에 포개 놓으며 비음 섞인 목소리로 쏘아붙인다. 미니스커트가 밀리면서 다리 사이로 아슬아슬하게 속옷 자락이 보인다. 철민은 흡, 하고 숨이 막힐 것만 같다. 대책 없이 눈앞이 아찔해지고 속이 후끈거리기 시작한다. 그는 심호흡을 하며 작심한 듯 미진에게 말을 붙인다.

　　"저기 말이에요, 윤미진 선생. 이따 퇴근하고 시간 좀 있나?"

　　"아니 왜요?"

　　"괜찮다면 술이나 함께하고 싶어서. 학원에 대해서 얘기할 것도 좀 있고 명색이 부원장인데 한 번도 대접을 한 적도 없잖아."

“저는요, 부원장님한테 대접받을 자격도 없고 대접받고 싶은
생각도 없어요.”

미진은 철민의 약을 올리듯 딱 부러지게 말하고는 철민에게서
눈길을 거두어들인다. 아까부터 비웃음이 가득한 표정으로 철민
과 미진을 바라보던 희태가 자리에서 일어나더니 교무실 밖으로
나가 버린다. 그것을 본 철민이 좀 더 천연덕스러운 목소리로 미
진에게 다시 말을 붙인다.

“아니 미진 씨가 그렇게 말하면 내가 섭섭하지. 오늘 밤 시간
좀 내줘요.”

“부원장님이 섭섭하든 말든 그건 제 알 바가 아니에요.”

미진은 어림도 없다는 표정을 짓고는 카랑카랑한 목소리로 쏘
아붙인다. 민망해진 철민이 어깨를 으쓱이며 다시 뭐라고 말을 붙
이려는 찰나 전화벨이 울리고 미진은 재빠르게 수화기를 집어 든다.

“여보세요. 학원입니다. 네네. 아, 규원이 어머님이시군요. 네네,
안녕하세요.”

철민은 이마의 땀을 닦으며 공연히 침을 꿀꺽 삼킨다. 그는 다
시 담배에 불을 붙인다. 곁눈질로는 여전히 미진의 미끈한 다리를
훔쳐보면서 말이다.

#36 학원 버스 주차장, 교무실

버스에서 내린 아이들이 와자지껄 떠들며 학원 건물로 들어서는 것을 지켜본 후에야 진호는 운전석에서 몸을 일으킨다. 팔을 어깨 뒤쪽으로 꺾어 올려 기지개를 켠 진호가 수건으로 이마의 땀을 훔치며 버스에서 빠져나온다. 그는 잠시 학원 앞을 어슬렁거리다가 1층에 세 든 식당 안쪽을 유리문으로 바라본다. 안에 사람이 아무도 없었던지, 진호는 잠시 쭈뼛대다가 2층 계단을 오르기 시작한다. 그러고는 조심스레 교무실의 문을 열고 들어간다. 교무실 안에는 수업 준비를 하는지 선생들이 책상에 앉아서 바지런히 책들을 펼쳐 보고 있다. 진호는 수건을 쓰윽 목에 두르며 애써 쾌활한 목소리로 인사를 건넨다.

"수고들 많으십니다."

그러나 교무실의 선생들 중 누구 하나 그를 쳐다보며 응대하는 사람이 없다. 진호는 그게 조금 서운하다. 교무실에는 진호가 앉을 만한 자리가 없다. 아이들을 실어 나르는 버스 기사일 뿐인 진호는 운전을 하지 않을 때는 무엇을 해야 할지 몰라 영 서먹하기만 하다. 교무실에 책상이라도 하나 있으면 신문도 보고, 책도 좀 읽을 텐데.

진호는 어렸을 때의 고르지 못한 영양 섭취로 아랫배가 불룩하게 나왔고 손과 다리가 가는 편이다. 그리고 키도 보통 사람들에 비해 왜소하다. 사무실 한구석에서 서성이고 있는 그를 향해 선숙이 수굿한 목소리로 말한다.

"커피라도 한 잔 타 드릴까요?"

"아유, 커피 좋죠."

선숙은 뒤뚱뒤뚱 몸을 움직여 커피를 한 잔 타서 진호에게 건넨다. 그러면서 철민을 향해 나직하게 말한다.

"부원장님도 한 잔 타 드릴까요?"

"일 없어요! 더워 죽겠는데 무슨 커피."

철민이 그렇게 쏘아붙이자 선숙이 무안한 듯 자리로 돌아가고 진호는 교무실 구석의 간이 의자를 끌어당겨 앉는다. 그러면서 끊임없이 철민의 눈치를 살핀다. 진호는 커피를 마시면서 선숙에게 어색한 웃음을 지어 보인다.

"커피 참 맛있네요."

진호는 커피 마시는 시간을 제일 좋아한다. 커피를 마시는 순간에는 모든 근심과 피로가 싹 달아나는 것만 같다. 진호는 자신이 카페인 중독인지를 알지 못한다. 그때 진호를 내내 못마땅한 눈으로 바라보고 있던 철민이 시비를 걸어온다.

"이봐요, 어젯밤에 아이들 몇 명이 집에 늦게 들어왔다고 전화가 왔어요. 집 앞에 잘 내려 준 거요?"

진호는 공연히 긴장하여 더듬거리는 소리로 대답한다.

"예, 예. 그, 그럼요."

철민은 진호의 저 주변머리 없는 말투나 행색이 왠지 못마땅하다. 그래서인지 사사건건 진호에게 역정을 내며 시비를 건다.

"확실해? 다시 한번 확인해 봐요. 지난번에도 아이들 몇을 태우지 않고 출발해서 운행 시간 전체가 엉망이 됐잖아. 그리고 운행을 하지 않을 때는 학원을 돌면서 당신이 할 일을 좀 찾아봐요. 여긴 선생님들이 있는 교무실이에요. 다른 선생님들이 열심히 수업 준비하고 있는 거 보이지도 않아요? 혼자서 여유 부리며 커피 마실 기분이 나요? 당최 생각이 있는 사람인지, 나 원 참."

철민의 타박에 진호가 움츠러든 모양이다. 비굴하게 입술을 늘어뜨리며 더듬더듬 대답한다.

"아, 아, 알았습니다. 앞으론 조심할게요."

"알았으면 당장 나가서 일 보세요."

진호의 손이 떨리면서 종이컵이 기울어지고 커피가 바지에 쏟아진다. 얼룩진 인생.

#37 단층집 선재의 자취방

선재와 선규가 양손에 병맥주가 잔뜩 들어 있는 비닐봉지를 들고 대문 안으로 들어선다. 그때 막 안채의 현관에서 나오던 소라가 그들과 마당에서 마주친다. 선재는 멋쩍은 표정으로 쭈뼛쭈뼛 몸을 돌리고 선규는 고개를 숙여 넙죽 인사한다.

"안녕하세요. 처음 뵙겠습니다."

소라는 어리둥절한 표정으로 자기를 향해 인사하는 선규를 바라본다. 선재가 멈칫거리는 선규를 향해 손짓한다.

"어서 와."

선재와 선규는 곧 문간방으로 들어선다. 방에 들어선 선규는 방 안을 휘둘러보며 말한다.

"이게 형 방이야. 뭐, 아담하고 괜찮네. 나도 이런 방 하나 있으면 좋겠다."

선재는 상의를 벗으면서 중얼거리듯 말한다.

"공연히 방에 데려온 것 같은데."

"아냐. 나도 형이 사는 방이 보고 싶었어."

두 사람은 방바닥에 마주 앉아서 맥주를 마시기 시작한다. 먼저 선재가 선규의 잔에 술을 따르며 말한다.

"이제 정확히 얼마나 남았지. 한 반년 남았나?"

"에이, 형도. 그렇게 말하면 서운하지. 이제 딱 세 달 남았어."

"힘든 것은 없고?"

"달리 힘든 것은 없는데 밑의 애들이 영 말을 안 들어서."

"그게 무슨 소리야?"

"요즘 애들은 영 군기가 빠져 가지고 말이야. 특히 한 놈은 나이가 서른인데 나이만 믿고 아예 말년처럼 삐대기만 해."

그 말을 듣고 선재는 소리 없이 웃는다. 창밖으로 눈길을 주고 있던 선규가 갑자기 생각났다는 듯 동그래진 눈을 해 가지고 말한다.

"그런데 아까 그 여자 누구야? 얼굴 참 예쁘던데."

선재가 입으로 컵을 가져가며 대수롭잖다는 표정으로 대답한다.

"이 집 주인이야."

"주인이 저렇게 젊어!"

"그러게. 나도 사실은 저 여자 잘 몰라. 이야기를 나눠 본 적도 없으니까. 하지만 주인인 것은 확실해. 내게서 월세를 받아 가는 사람이 바로 저 여자니까."

선재와 선규는 주거니 받거니 맥주를 마신다. 빈 맥주병들이 서서히 방바닥에 쌓이기 시작한다.

"참, 형이 취직했다는 학원은 규모가 큰 곳이야?"

"아니야. 작은 곳이야. 그곳에서 경력을 쌓은 다음에 더 큰 학원으로 옮겨야지."

선재는 씁쓸한 표정을 지으며 마음에도 없는 소리를 한다. 다시 얼마간 어색한 침묵 속에서 선재와 선규가 맥주잔을 주고받는다. 마지막 한 병을 비웠을 때 선재가 자리에서 일어난다. 그러자 선규가 바지춤을 붙들면서 묻는다.

"형, 어디 가려고?"

"응, 맥주를 좀 더 사 오려고."

선재가 막 방문을 열고 밖으로 나서려는 찰나, 벽 너머에서 귀에 익은 소리가 들려온다.

뿌오뿌오뿌오.

선재는 그 소리가 들리자 화들짝 놀라면서 밖으로 나서려던 몸을 돌려서는 벽에 달라붙어 귀를 바짝 들이댄다. 그런 선재를 선규가 의아스러운 눈으로 바라본다. 눈자위가 붉게 물든 채 벽에 비스듬히 등을 기대고 있던 선재가 선규를 의식해서 움찔, 몸을 일으킨다. 눈으로는 선재를 보고 손으로는 맥주병 뚜껑으로 탑 쌓기 놀이를 하던 선규가 계면쩍은 표정을 지으며 말한다.

"이 방은 방음이 잘 안 되네. 신경 쓰이겠어."

"응, 그렇지, 뭐. 아무튼 난 맥주 사러 갔다 올게."

선재는 그렇게 말하고는 방문을 열고 나간다. 선재가 밖으로 나가자 선규가 앉은 채로 몸을 끌어서는 벽 쪽에 다가간다. 그러고는 선재가 했던 것처럼 벽 가까이 귀를 대어 본다.

#38 단층집 선재의 자취방, 학원

월요일 오후, 선재가 머리를 감고 세안을 한다. 그러고는 옷장에서 말끔한 여름 정장을 꺼내서는 갖춰 입는다. 산 지 오래된 것인데, 몇 번 입은 적이 없어서 언제나 몸에 와 닿는 느낌이 낯설다. 오늘은 학원에 첫 출근을 하는 날이다. 선재는 구두를 신으려다가 구두코가 많이 더럽다는 생각이 든다. 오랜만에 구두 손질을 하기로 한다. 선재는 방문턱에 쭈그리고 앉아서 구두를 닦기 시작한다. 구둣솔로 먼지를 털어 내고 더위 때문에 엿처럼 녹아내린 구두약을 바르고는 낡은 양말을 찢어 만든 헝겊으로 정성껏 문지른다. 문지르면 문지를수록 신기하게도 광이 난다. 선재는 구두라는 사물이 마치 살아 있는 생물처럼 느껴진다. 구두는 자기 주인의 삶이 어떤 고역과 마주치는지를 가장 잘 알고 있는 사물이 아닐까. 그래서 주인의 손길에 이렇게 뜨겁게 반응하는 것은 아닐까. 구두를 다 닦은 선재는 손을 씻고 가방에 몇 가지 교재를 챙겨 넣는다. 선재는 첫 출근을 하는 사람이 할 수 있는 일을 다 해 보았지만, 아침 일찍 일어나 목욕도 하고 이발도 하고 구두까지 닦아 보았지만, 알 수 없게도 자신의 가슴에 별다른 감흥이 일어나지 않는 것을 느낀다. 지나치다 싶을 정도로 무덤덤한 것이다. 숱한 세월 동안 몸을 팔아 온 늙은 창부가 자신의 몸을 파고드는 손님에게 아무런 감정을 느낄 수 없는 것처럼, 선재 역시 반복적으로 자신의 몸을 건드려 온 삶의 세파를 견디는 동안 그렇게 무디고 늙어 버린 영혼을 갖게 된 것이 아닐까.

한 시간 정도 승용차를 운전한 선재가 학원이 있는 동네에 들어선다. 산부인과의 통유리가 햇볕을 받아 반짝이며 눈을 찌를 때 선재는 생각한다. 저 안에서 갓 태어난 순수한 생명들이 쩌렁쩌렁 울어 대니까 어쩌면 저런 빛이 나오는 게 아닐까. 절망도 고통도 외로움도 알지 못하는 생명들의 맑고 깨끗한 울음이 이 세상의 얼룩을 씻어 내어 물속에 드리워진 자수정 같은 빛을 만들어 내는 게 아닌가. 선재는 그럴 수만 있다면 어떤 상처나 운명으로부터도 자유로운 갓난아기로 다시 태어나고 싶다는 생각을 했다.

선재는 면접을 보던 날 차를 세워 두었던 길모퉁이 주차장에 차를 갖다 댄다. 차에서 내려서는 학원 건물을 다시 한번 올려다본다. 역시나 처음 보았을 때처럼 음흉하고 간살맞다는 느낌이 지워지지 않는다.

선재가 느린 걸음으로 2층으로 통하는 계단에 발을 올려놓는다. 그러고는 다소 긴장한 표정으로 학원 교무실의 문을 연다. 교무실 안에 발을 들여놓는다. 몇 사람이 눈앞에 서 있는 것을 본다. 그중에서 구레나룻 남자와 지나치게 뚱뚱하다 싶은 여자가 눈에 띈다. 순간적으로 눈을 질끈 감았다가 뜬 선재는 구레나룻 남자가 자신을 향해 손짓하는 것을 본다.

#39 학원 교무실

선재가 교무실 문을 열고 들어오자 그를 기다리고 있던 철민이 호들갑스러운 목소리로 말을 건넨다.

"아이, 조금 일찍 오시지. 원장님이 아까부터 기다리고 계시니까 먼저 원장실에 들어가 보세요."

선재는 철민이 권하는 대로 교무실 한쪽에 따로 있는 원장실 안으로 들어간다. 신문을 보고 있던 철중은 다소 과장된 목소리로 선재를 맞이한다.

"아, 이 선생님, 어서 와요. 거기 앉으세요."

선재는 철중이 가리킨 대로 자신이 면접을 보던 날 앉았던 원탁에 앉는다. 철중이 책상 앞에서 일어나서는 원탁 쪽으로 다가

와서 선재 바로 옆 자리에 앉는다. 그러고는 느닷없이 선재의 손을 두 손으로 잡는다.

"참 반가워요. 처음으로 출근하신 걸 축하합니다. 이 선생님도 아시겠지만 요즘 학원이 무척 어려워요. 우리나라처럼 교육이 엉망인 나라가 또 어디 있겠어요. 정책 입안자들이 소신도 없이 이랬다저랬다 하니, 원. 이런 때일수록 투철한 사명감을 갖고 열심히 일하는 유능한 강사가 필요해요. 우리 학원은 이 선생님에게 많은 기대를 걸고 있어요. 최선을 다해서 일해 주길 바라요."

"네, 알겠습니다."

선재는 무표정한 얼굴로 짧게 대답한다.

"자, 그럼 다른 선생님들한테 인사를 하러 갈까요."

선재를 앞세우고 원장실을 나온 철중은 교무실을 한 바퀴 돌면서 선재에게 선생들을 인사시킨다. 원장은 제일 먼저 철민을 가리킨다.

"지난번 면접 때 같이 봤죠? 우리 학원의 부원장이고 사회 과목을 맡고 있어요. 경력 10년의 베테랑이지."

선재는 철민이 내미는 투박한 손을 표정 없이 맞잡는다.

철중은 이어서 뒤쪽에 꾸부정하게 서 있는 선숙을 가리키며 말한다.

"저쪽은 수리를 담당하는 박선숙 선생님. 우리 학원에서 2년째 근무하고 있어요. 학원 사정을 훤히 알고 있는 분이죠."

선재는 선숙과 살짝 눈을 마주치며 고개를 숙여 인사한다. 철중은 선숙 옆에 서 있는 희태를 가리킨다.

"그리고 저분은 영어를 가르치는 강희태 선생님. 아주 성실하고 실력 있는 선생님이에요."

선재는 처음 보는 희태의 눈매가 어딘지 매섭고 야무지다는 생각이 든다.

철중은 마지막으로 철민 옆에 다소 도도한 표정으로 서 있는 여선생을 가리킨다.

"그리고 이쪽은 역시 영어를 가르치는 윤미진 선생님. 보시다시피 아주 미인이고 아이들한테 인기가 많아요. 우리 학원의 꽃이죠. 하하하."

미진은 선재를 바라보며 씽긋 웃는다. 웃을 때 볼에 살짝 우물이 생기는 걸 선재는 본다. 그때 교무실 문이 열리더니 허름한 남방 차림의 진호가 계면쩍은 표정으로 들어온다. 그가 철민을 향해 변명이라도 늘어놓듯 어눌하게 말한다.

"원장님이 부르신다고 해서요."

"거기 송진호 씨, 잠깐 이쪽으로 와 봐요."

원장의 호명을 받은 진호가 반색하며 잰걸음을 쳐서 원장 앞으로 온다.

"네, 원장님. 부르셨어요?"

"여기 이선재 선생님과 인사해요. 오늘부터 우리 학원에서 강의해 주실 국어 선생님이십니다."

"아, 안녕하세요. 저는 아이들 통원 버스를 운전하는 송진호입니다. 반갑습니다, 선생님. 참 인상이 좋으시네요. 아이들이 잘 따르겠어요."

선재는 지나치게 굽실대는 진호의 인상이 어딘지 모르게 낯이 익다고 생각한다. 어디서 보았더라. 아, 맞다. 선재는 곧 진호가 면접을 보던 날 대로에서 접촉 사고를 냈던 버스의 기사라는 걸 알아본다. 하지만 진호는 선재를 전혀 알아보지 못하는 눈치다. 다행스러운 일이다.

함께 일할 선생들과 진호까지 소개한 원장은 앞쪽으로 몇 걸음 옮겨서는 뒷짐을 지고 선생 하나하나를 번갈아 바라보더니 자못 근엄한 표정으로 입을 연다. 훈시라도 시작할 모양인가.

"아시다시피, 우리 학원은 지금 아주 중요한 기로에 서 있어요. 계속 수강생 수가 줄어들고 교육 기자재나 임대료, 인건비는 오르고 있는 형편이에요. 오늘 새 국어 선생님도 오셨으니, 우리 모두 열성적으로 아이들을 가르쳐서 명문 학원으로 거듭날 수 있는 기반을 닦읍시다. 지금은 비록 단과 학원이지만 종합 학원으로 나아가야죠. 며칠 내로, 현재 시간 강사를 쓰고 있는 과학과 수학에 필요한 선생님을 더 모실 생각이니, 우리 다 함께 열심히 일해 봅시다."

철중은 직원들을 세워 놓고 훈시를 늘어놓는 자신의 역할이 썩 만족스러운지 얼굴에서 웃음이 떠나지 않는다. 선재는 일일이 직원들과 인사하는 중에 미진과 두 번, 철민과 한 번 눈이 살짝 마주친다. 사실을 말하자면, 선재는 동료들의 첫인상이 그다지 마음에 들지 않는다. 인사를 나누면서 이들과 또 얼마나 생활할 수 있을까를 생각한 걸 보면 말이다.

#40 학원 교무실, 학원 앞

철중은 수업이 한창인 5시쯤 원장실 문을 열고 교무실로 나온다. 선생들이 모두 수업에 들어갔기 때문에 교무실은 텅 비어 있다. 그는 주위를 몇 번 두리번거리더니 미진의 책상 쪽으로 슬며시 다가간다. 여전히 눈은 주위를 빠르게 살핀다. 미진의 책상에 바짝 붙어 선 철중은 조심스레 미진의 서랍을 열어 본다. 철중은 자못 진지한 표정으로 미진의 서랍에 들어 있는 물건들을 만진다. 클립, 펜, 호치키스, 손거울, 압핀, 지우개, 시디, 핸드폰 배터리, 이어폰. 철중은 이번에는 허리를 굽히고 고개를 숙여서 미진이 앉았던 의자에 코를 들이박고 그 냄새를 들이마신다. 그의 눈이 스르르, 저절로 감긴다. 무척이나 황홀한 표정이다. 그는 한참 동안 그러고 있다가, 다시 본연의 냉정한 얼굴로 돌아와서는 희태의 책상 쪽으로 다가간다. 그러고는 역시 서랍을 연다. 그의 손은 거침없이 희태의 서랍 속 물건들을 뒤진다. 아까 미진의 물건들을 만지던 조심스럽고 섬세한 손길과는 사뭇 다르다. 그는 희태의 책상 서랍에서 두꺼운 대학 노트를 하나 끄집어낸다. 그러고는 누가 볼세라 주변을 살피면서 빠른 속도로 그 노트를 펼치기 시작한다. 별다른 걸 발견하지 못했는지 그는 다시 노트를 서랍에 넣고는 아무 일 없었다는 듯이 어슬렁어슬렁 교무실을 한 바퀴 돈다. 공연히 복사기의 뚜껑을 열거나 선풍기의 강약 조절 스위치를 움직여 보기도 한다. 그러던 그가 창문을 열어서는 건물 아래쪽을 내려다본다. 그런데 그의 눈에 뭐가 보였는지 입에서 험악한 말이 튀어나온다.

"아니 저 작자가, 저게, 저게."

철중은 학원 계단을 뛰다시피 급한 걸음으로 내려와서는 현관으로 나온다. 학원의 현관 층계참에서 1층에 세 든 식당 주인 남자와 함께 쭈그려 앉아 담배를 피우던 진호가 허겁지겁 달려 나온 철중을 발견하고는 놀란 표정으로 벌떡 몸을 일으킨다. 진호의 한쪽 손에는 구겨진 빈 종이컵이 들려 있다. 진호는 그 종이컵에 담뱃재를 터는 모양이다. 철중은 그런 진호를 보고는 타박하기 시작한다.

"이봐, 송 기사. 학원 앞에서 이러고 있으면 지나가는 사람들이 우리 학원을 뭐라고 생각하겠어. 학원은 엄연한 교육기관이란 말이야. 학원 앞에서는 되도록 담배 피우지 말란 말이야. 좀 채신을 지키라고."

"네네, 원장님. 제가 생각이 짧았네요."

진호는 그렇게 말하면서 들고 있던 담배를 종이컵에 눌러 끈다. 옆에 있던 식당의 주인 남자는 철중이 꼴도 보기 싫다는 듯 식당 안으로 들어가 버린다.

"앞으로는 내 눈에 이런 모습 띄게 하지 마. 그럴 자신 없으면 아예 나처럼 담배를 끊든지."

"네네, 원장님. 죄송합니다. 한 번만 봐주세요."

진호가 머리를 조아리며 딱한 표정으로 말하자, 철중은 무언가 만족스러운지 입가에 미소를 짓고는 2층 교무실로 향하는 계단을 올라간다.

#41 단층집 안채

오후 1시, 모텔 마리아 301호의 침대 위에서 뭉그적거리던 호준이 무슨 생각을 했는지 급히 외출 준비를 하기 시작한다. 모텔을 빠져나온 호준은 버스 정류장에 서 있다가 집으로 향하는 시내버스를 잡아탄다. 이번엔 그의 손에 선풍기 같은 것은 들려 있지 않다.

집에서 빨래를 하던 소라는 대문에 들어서는 호준을 보고는 언제나 그랬듯 몹시 반가운 표정을 짓는다.

"어서 와, 호준아. 며칠 전에 오고서는 또 왔네. 널 자주 보니 기분이 좋다."

"그냥 누나랑 저녁이라도 같이 먹으려고 온 거야."

"그래, 잘 왔어. 내가 금방 저녁 해 줄게."

호준은 지난번처럼 신발을 벗지 않은 채로, 엉덩이만 거실 문턱에 갖다 댄다. 그러고는 딴전을 부리듯 소라에게 건성으로 묻는다.

"근데 참, 선풍기는 잘 돌아가?"

"아, 그래 그거…… 잘 돌아가더라. 덕분에 훨씬 시원해졌어."

"그래, 얼른 밥 좀 차려 줘. 배가 많이 고프네."

결혼을 하고도 남편과 떨어져 혼자 사는 소라가 호준은 불쌍하면서도 바보 같다. 매형이라는 사람은 뭐 하다가 서른이 다 되어서야 군대를 간 것인지. 호준은 대여섯 번 정도만 보았을 뿐인, 좀 변덕이 심해 보이고, 공연히 자존심이 강하고, 무슨 생각을 하는 건지 도통 알 수 없는 표정을 짓곤 하던 매형이 마음에 들지 않는다. 특히 누나를 결혼 전에 임신시킨 것이 못마땅하다. 아마도 임신만 하지 않았다면 누나는 매형 같은 의뭉스러운 남자와 결혼하지 않아도 됐을 것이다.

"김치볶음밥 어떠니? 김장 김치가 아직 남아 있어서 김치볶음밥을 해 먹기엔 아주 그만이야."

"응, 아무거나 해 줘."

호준은 누나가 김치볶음밥을 하기 위해 주방으로 들어가자, 신발을 슬그머니 벗고 집 안 이곳저곳을 둘러본다. 초등학교 다닐 때만 해도 무척이나 넓어 보였던 집이 지금은 터무니없이 좁고 초라하게만 느껴진다. 호준은 좀 망설이던 끝에 건넌방의 문을 빠끔히 열어 본다. 아버지가 다리에 이불을 돌돌 만 채 잠을 자고 있다. 뼈만 앙상한 채 가쁜 숨을 몰아쉬는 아버지의 모습을 본 호준의 미간이 잔뜩 찌푸려진다. 그 앞에는 지난번 자신이 가져다준 선풍기가 힘없이 돌아가고 있다. 호준은 가슴속에서 무언가 울컥

치미는 것을 느낀다. 호준은 조심스럽게 아버지의 방문을 닫고서 안방의 문을 열고 들어간다. 잠시 서성이던 그는 무슨 생각을 했는지 소라의 화장대 서랍을 연다. 주방 쪽에서는 도마에 부딪히는 칼 소리가 들려온다. 서랍 안에는 소라의 결혼 패물함이 들어 있다. 호준은 다소 떨리는 손으로 패물함을 열고 안에 들어 있는 보석을 손으로 만져 본다. 하나하나 손으로 만지던 호준은 그중에서 금반지를 하나 꺼내 바지 호주머니에 집어넣는다. 그러고는 아무 일 없다는 듯이 패물함을 다시 서랍 안에 넣고 거실로 나와서 어정쩡한 자세로 쭈그려 앉는다. 얼마 후 누나가 작은 상을 차려서 내오자 호준이 자리에서 벌떡 일어나 그 상을 받는다. 상 위에는 보기에도 먹음직스러운 김치볶음밥이 놓여 있다. 노른자의 색깔이 선명한 계란 프라이도 얹어져 있다. 호준은 소라와 눈을 마주치지 않으려고 애쓴다. 태연한 척하려고 일부러 궁금하지도 않은 것을 물어본다.

"매형한테는 자주 연락 와?"

소라는 조금 쓸쓸한 표정이 되어 대답한다.

"응, 가끔 오는 편이야. 전화하기가 쉽지는 않은가 봐."

"매형은 도대체 뭐 하는 자식이야! 군대도 안 갔다 왔으면서 결혼은 왜 그리 서둘렀어? 누난 애 때문에 결혼한 거지만 결국 애도 못 낳았잖아."

호준은 어색하게 목소리를 높여 본다.

"그렇게 말하지 마. 어쩔 수 없었잖아."

"누나도 좀 행복해지란 말이야. 매일 그렇게 어두운 얼굴만 하고 있지 말고."

"그래, 알았어. 얼른 밥이나 먹어."

호준은 여전히 소라의 눈을 피한 채 허겁지겁 김치볶음밥을 먹기 시작한다. 소라에게 같이 먹자는 소리도 하지 않는다. 곧 호준의 이마에 땀방울이 맺힌다. 그걸 본 소라가 호준에게 휴지를 건네면서 말한다.

"날도 더운데 냉면 같은 걸 만들어 줄 걸 그랬나."

"아냐, 먹을 만하네."

어느새 말끔하게 김치볶음밥을 먹어 치운 호준이 자리에서 일어나 갈 채비를 한다. 그러자 소라가 호준의 팔을 붙들며 말한다.

"왜 벌써 가려고? 아버지 깨어나시면 좀 뵙고 가지. 그리고 저녁도 먹고 가. 삼계탕 요리해 주려고 하는데."

호준은 누나의 상냥함이 지극히 불편하다. 더욱이 병들고 추레해진 아버지의 모습을 마주 대하는 것은 죽기보다 싫다. 호준은 소라의 눈길을 끝내 무시하고 후다닥 집을 나와 버린다. 호준의 한 손은 주머니 속의 반지를 만지작거리고 있다.

#42 옛 일기장에서 — 선재의 일기

교양 국어 수업을 마친 12시쯤 은을 만났다. 우리는 후문 앞의 '정화분식'에서 칼국수를 사 먹었다. 은과 나는 귀엣말로 정화가 그 분식집 딸의 이름인지, 아니면 주인아저씨 첫사랑의 이름인지 내기를 걸었다. 나는 분식집 딸 쪽에, 은은 주인아저씨의 첫사랑 쪽에. 하지만 나는 알고 있다. 우리는 사실 그 답에 대해서는 아무런 관심이 없다는 것을. 점심을 먹고 은과 함께 도서관 뒷산의 오솔길을 산책했다. 친구들 몰래 은을 데리고 푸른 정적으로 뒤덮인 숲길로 빠져 들 때의 설렘과 쾌감을 어떻게 설명할 수 있을까. 나는 그때 숲 속에서 내 귀에 들려오는 모든 소리들이 음악이 되어 흰 눈송이처럼 가슴에 내려앉는 걸 느꼈다. 나는 그때 분명 향기로운 음악에도 부피가 있다는 것을 깨달았다. 가끔 폭이 좁은 길에서 은과 몸이 부딪치기도 했다. 까닭 없이 얼굴이 붉어졌다. 나는 가끔 붉은 얼굴을 하며 스무 해를 살았다. 어디선가 노래가 들렸다. '세상은 망해 가는데 나는 사랑을 시작했네.' 얼굴이 뭉개진 어머니가 홀연히 나타나 나를 보며 웃는 것 같았다. 바랑을 지고 어두운 길을 헤매는 아버지도 손짓으로 나를 부르고 있는 것 같았다. 나는 이제 그들에게서 자유로워질 수 있을까. 바람이 알맞게 불어서 내 발개진 볼은 금방 제 색깔을 찾았지만, 그 환청 같은 노랫소리와 환상의 여운은 오래도록 가시지 않았다. 고개를 돌려 은의 얼굴을 바라보았다. 이렇게 착하고 아름다운 얼굴이 지금 내 옆에 있는 것이다. 은, 내가 널 사랑해도 되겠니. 나는 하고 싶은 말을 꾹 참았다. 말을 할 수 없는 동안 나는 빛나는 시를 쓸 것이다. 나의 순정과 이 세상의 비밀에 대해서 거들먹

거리지 않으면서도 정확하게 말할 수 있도록 빛나는 언어로 시를 쓸 것이다. 내 어머니와 내 아버지의 천형을 벗어 내는 참회의 시를 쓸 것이다. 내 시는 은의 사랑 속에서 더욱 견고하고 정갈해질 것이다. 이 사랑 하나만으로도 내 몸은 이미 시인의 것이다. 내 눈은 이미 시인의 눈이며 내 혀는 이미 시인의 혀인 것이다.

#43 옛 일기장에서 —— 소라의 일기

버스에서 내리고서야 지갑이 없어진 것을 알았다. 가방 속을 몇 번이고 샅샅이 뒤져 봤지만 지갑은 나오지 않았다. 지갑 안에는 오늘 아침 아버지가 일주일 치 용돈으로 주신 5만 원과 시내 피자집의 할인 쿠폰과 친구들의 호출기 번호와 전화번호가 적힌 작은 수첩이 들어 있었다. 하지만 그것들은 그리 중요한 것도 아니고, 얼마든지 다시 가질 수 있는 것이다. 내가 마음이 아픈 것은, 그 지갑 안에 고이 간직해 온 엄마 사진이 들어 있기 때문이다. 다른 건 몰라도, 엄마의 사진은 잃어버려서는 안 되는 것이었다. 그 사진은 세상에 단 한 장밖에 안 남아 있는 엄마의 처녀 때 사진이기 때문이다. 할아버지의 사과 밭에서 스무 살 때 찍었다는 그 사진 속에서 엄마는 활짝 웃고 계셨다. 사진을 찍어 준 사람이 외삼촌이라고 했던가. 외삼촌이 아마도 카메라를 들고 엄마를 향해 우스갯소리를 했는지도 모른다. 사실 이 사진은 엄마가,

아버지와 연애할 때 아버지에게 선물로 줬던 것이라고 했다. 그러니까 아버지가 낡은 지갑 속에 간직해 오던 사진이다. 그런데 언젠가 내가 엄마의 사진을 갖고 싶다고 말하니까, 아버지는 속으로는 분명히 주기 싫었겠지만 마지못해 사진을 내줬다. 그런데 오늘 그 사진을 지갑과 함께 잃어버린 것이다. 너무나 속이 상해서 눈물이 나오려는 걸, 옆에 호준이가 있어서 꾹 참았다. 호준이와 나는 새 학기에 쓸 학용품과 미술 용품 등을 사기 위해 문구점에 다녀오는 길이었다. 호준이는 내가 지갑을 잃어버렸다는 말을 하자 불같이 화를 냈다. 호준이는 버스 안에서 수상한 눈빛을 하며 내 주위를 얼쩡거리는 사람을 보았다고 말했다. 그러면서 그 사람이 내 지갑을 소매치기한 것이 틀림없으니, 버스 회사와 파출소에 전화해서 지갑을 찾을 수 있는 방법이 있는지 알아보겠다고 했다. 나는 그런 호준이가 대견하게 느껴졌다. 나는 호준이보다 네 살이나 많지만 호준이처럼 혼자서 제대로 할 수 있는 것이 없는 모양이다. 호준이는 하루가 다르게 키가 자라는 것 같다. 키가 자라면서 아버지한테 자주 대든다. 엄마 사진을 잃어버려서 그런지, 엄마가 돌아가시던 날 서럽게 울던 어린 호준이가 생각났다.

#44 학원 교무실

학원의 강의실은 모두 아홉 개인데 좁은 복도를 중심으로 양쪽에 들어서 있다. 고시원이나 여관 같은 구조를 생각하면 이해하기 쉽다. 가장 큰 강의실은 30명 정도가 앉을 수 있는데, 보통은 15~20명 정도의 학생이 수업을 들을 수 있는 작은 강의실이 얇은 합판으로 구분되어 있어, 애초부터 방음을 기대하는 건 무리다. 201호 강의실에서 진행되는 수업의 선생 말소리가 202호 강의실의 학생에게 들릴 정도다. 아마도 이 학원에 한 번이라도 와 본 학부모라면 절대로 아이를 여기에 등록시키지 않을 것이다. 책상과 의자도 결코 학생들을 위한 것이라고는 볼 수 없을 정도로 낡았고 재질도 형편없다.

2교시 수업이 끝나는 벨이 울리자 희태가 몹시 화난 표정으로 교무실에 들어선다. 그는 책상에 교재를 올려놓고는 의자에 앉지도 않고 책상에 기대서서는 누군가를 기다리는 듯한 표정으로 교무실 문 쪽을 바라본다. 이윽고 교무실 문이 열리고, 미진이 들어서자 희태가 그녀를 향해 다짜고짜 소리친다.

"윤 선생님, 지금 수업을 하겠다는 거예요, 말겠다는 거예요. 최소한 남의 수업은 방해하지 말아야 할 것 아니에요!"

미진은 갑작스러운 타박에 놀랐는지, 당황한 표정으로 교무실의 다른 선생들 얼굴을 둘러본다. 이게 무슨 일이냔 거다.

"윤 선생님, 선생님이 아이들과 무슨 놀이를 하는지는 모르겠는데, 그 강의실에서 웃고 떠드는 바람에 우리 반 아이들도 전혀 수업에 집중을 못 하더란 말이에요."

"아, 선배님, 아니 강 선생님. 저는 그냥 아이들이 좀 지루해하는 것 같아서 우스갯소리를 몇 마디 한 것뿐인데, 죄송해요. 그렇게까지 방해가 될 줄은 몰랐어요."

"내가 이런 일이 이번 한 번이었다면 말을 안 해요. 매번 윤 선생님 수업이 같은 시간, 옆 강의실에 잡히면 늘 내 수업이 엉망이 된단 말이에요."

"앞으로는 조심할게요. 너무 화내지 마세요."

미진은 진심으로 뉘우치는 표정을 지으며 낮은 목소리로 말한다. 그때 철민이 교무실 문을 열고 들어선다. 철민은 교무실 한가운데에 맞서듯이 서 있는 희태와 미진의 얼굴을 번갈아 보고는 분위기가 이상하다고 여겼는지 선숙을 바라보며 묻는다.

"왜 그래요? 무슨 일 있었어요?"

그러자 희태가 작심이라도 했다는 표정으로 입술을 한 번 깨물고는 철민에게 말하기 시작한다.

"부원장님, 아무리 학원 형편이 안 좋다고는 하지만, 최소한 수업이 가능하도록 시설을 갖춰 줘야 하는 것 아닙니까. 지금 강의실마다 방음이 전혀 안 되어 수업 분위기가 엉망이란 말입니다. 그건 부원장님도 직접 수업을 하고 계시니까 잘 아실 거 아닙니까."

"아아, 난 또 뭐라고. 그게 말이에요, 원장님이나 나나 다 생각이 있어요. 그러니 조금만 기다려요. 그리고 공부할 생각이 있는 애라면, 아무리 시끄러워도 정신을 차리고 집중하는 법이에요. 너무 염려하지는 마요."

선재는 철민이 말하는 소리를 들으니 자신도 모르게 큭, 하고 웃음이 터진다. 입을 막고 간신히 참기는 했지만, 선재는 이 학원이 시트콤을 찍기 위해 만들어진 조악한 세트 같다는 생각을 지울 수가 없다. 그렇게 생각하지 않으려 해도 철민이나 희태나 미진이나 모두 그 시트콤의 배우 같다는 생각이 자꾸 드는 것이다.

#45 골목길, 단층집

토요일 오후, 선재는 인근의 대형 할인 마트에서 산 물품들을 차에 싣고 집으로 돌아오는 길이다. 선재가 마트에서 장을 본 것은 정말 드문 일이다. 차 뒤 좌석에는 마트에서 산 생필품과 식료품이 한가득 쌓여 있다. 의류 매장에서 구입한 콤비는 차창 위 옷걸이에 걸었다. 카트에 구입한 물품들을 싣고 마트의 계산대를 빠져나올 때 선재는 순간적으로 자신이 아주 행복하게 살 수 있을지도 모른다는 황홀한 느낌에 사로잡혔다. 그래, 도대체 걱정할 게 뭐란 말인가. 이처럼 먹을 것과 입을 것을 사고 남들처럼 밝은 표정으로 살아가면 되는 것이다. 그게 뭐가 어려운 일인가. 일요일 오전에는 집 앞에서 세차를 하고, 새로 개봉한 영화도 보고 동물원에도 가는 것이다. 그리고 예쁜 여자도 만나는 것이다. 아무것도 책임질 게 없는 삶을 바라고 아무것도 빚진 게 없는 삶을 좇으면 되지 않겠는가. 가혹한 운명에 지레 겁을 먹고 스스로를 구속하지만 않는다면 나라고 행복하게 살지 못할 이유가 뭐냔 말이다. 적당히 외로움만 속인다면, 내 설움의 기원만 속일 수 있다면, 이 한세상 살아 내는 게 뭐가 어려우냔 말이다. 업보 같은 것 따윈 아버지한테나 있는 것이란 말이다.

선재의 차가 대로에서 신호 대기에 걸린다. 선재는 콧노래까지 흥얼거리며 좌회전 신호를 받기 위해 대기하고 있다. 좌회전을 해서 50미터만 직진하면 곧 동네 골목으로 통하는 2차선 도로에 접어들게 된다. 아침 겸 점심을 대충 먹은 후 아무것도 먹지 못한 선재는 지금 몹시 허기가 진다. 그의 머릿속에는 어서 집에 가서 무엇으로든 요기를 하고 싶은 생각밖에 없다. 이렇게 단순한 욕망에 사로잡히는 자신을 보면서 오히려 선재는 깊이 안도한다. 단순하게 사는 거야. 단순하게. 배가 고프면 밥을 꿈꾸는 것처럼 단순하고 명료하게 말이야. 그래서 그런지 선재는 짧은 신호 대기조차 오늘따라 몹시 짜증스럽게 느껴진다. 이윽고 신호등에 좌회전을 지시하는 녹색 화살 표시등이 켜진다. 선재는 거칠게 핸들을 돌려서 골목으로 접어든다. 이제 곧 집에서 따뜻한 밥을 먹을 수 있을 것이다.

클랙슨을 울리며 골목을 미끄러져 들어가고 있는데 저만치 앞쪽에서 위태롭게 달리던 자전거 하나가 한 여자를 치고는 함께 쓰러진다. 주변에서 사람들이 몇 명 달려가는 게 보이지만 배가 고픈 선재는 신경을 쓰지 않기로 한다. 그러나 차가 조금 더 앞으로 나아갔을 때 선재는 자전거에 친 이가 주인집 여자 소라라는 것을 알아본다. 선재는 순간적으로 갈등한다. 그냥 집으로 가서 이

지독한 시장기를 해소할까, 아니면 알은체를 하고 여자를 부축할까. 잠시 후 선재는 결심한 듯 차를 멈추고는 내려서 소라가 쓰러져 있는 곳으로 뛰어간다. 소라는 사람들이 많은 곳에서 쓰러져 있는 게 부끄러운 듯 동그란 눈동자로 주위를 두리번거리고 있다. 소라의 팔꿈치와 발목 쪽엔 핏방울이 맺혀 있다. 소라 앞에까지 다가간 선재가 그녀에게 손을 내민다.

"자, 이 손을 잡고 일어나세요."

소라는 자신에게 손을 내미는 남자가 문간방에 세 들어 사는 선재임을 알아보고는 움찔 놀란다. 선재가 재차 손을 뻗으며 말한다.

"어서 이 손을 잡고 일어나세요."

그녀는 잠시 망설이다가 선재가 내민 손을 잡고 일어난다. 선재는 소라를 옆에서 바짝 안고 부축하여 자신의 차에 태운다. 선재는 룸미러에 비친 소라의 눈동자를 바라보며 묻는다.

"여기 가까운 병원이 어디에 있죠?"

그러자 소라가 정색을 하며 말한다.

"병원이라니요, 그 정도로 다치진 않았어요. 살짝 까진 것뿐인데."

"정말 병원에 안 가도 괜찮겠어요?"

"네, 그럼요. 집으로 가 주세요."

소라가 병원에 가는 것을 기어코 거부하여 선재는 할 수 없이 집으로 향한다. 집 대문 앞에 도착한 선재는 한사코 마다하는 소라를 업고 안채의 거실에까지 들어간다. 소라의 얼굴이 귀밑까지 발개진다. 선재는 자신의 목 뒷덜미에 소라의 부드럽고 더운 숨결이 와 닿는 걸 느낀다. 등덜미에 느껴지는 소라의 온기를 선재는 영원히 간직하고 싶다고 생각한다. 소라는 거실 소파에 걸터앉아서 자신의 상처를 처연한 눈빛으로 바라본다. 그러다가 잊고 있었다는 듯 불쑥 선재에게 고맙다고 말하면서 소녀처럼 고개를 숙여 인사한다.

"고마워요. 덕분에 편하게 집에 왔네요."

선재는 멋쩍은 표정으로 소라의 인사를 받는다.

"아니요. 당연히 이렇게 해야죠. 그럼 저는 이만."

선재는 안채의 거실을 나서면서 잠시 잊고 있었던 시장기가 맹렬히 살아나는 걸 느낀다.

#46 학원 교무실

평소엔 오후 늦게 수업이 시작되어 대개 자정 넘어 수업이 끝나는데, 학생들의 방학 시즌에는 학원도 아침부터 수업을 해서 저녁 무렵이면 강의가 끝난다. 저녁 7시, 철민이 교무실 문을 열고 들어오면서 호기롭게 외친다.

"자자, 오늘도 수고 많았고요. 퇴근들 합시다."

그 소리에 선생들이 모두 부산스럽게 퇴근 준비를 하기 시작한다. 언제나 가장 빠른 건 미진이다. 그녀는 숄더백을 어깨에 휘장처럼 두르고는 바람처럼 교무실을 빠져나간다. 미진의 뒷모습을 보면서 철민이 쓸쓸한 표정을 짓는다.

"그럼 내일 뵙겠습니다."

선재와 희태도 주섬주섬 책상을 정리하고는 교무실 문을 열고 나간다. 교무실에는 철민과 선숙 두 사람만 남아 있다. 창문 밖에서는 아이들을 태운 버스가 출발하려는지 부릉부릉 시동을 거는 소리가 들려온다. 철민도 가방을 막 챙겨 드는 중이다. 그런데 선숙만이 몸집만큼이나 느긋하게 책상에 앉아 있다. 그런데 그런 선숙의 모습이 어딘지 모르게 초조해 보인다. 자꾸 철민 쪽의 눈치를 살피는 것이다. 철민이 가방을 들고 사무실을 나서려다가 선숙을 빤히 쳐다본다. 그러고는 퉁명스럽게 말한다.

"왜 퇴근 안 해요?"

선숙이 몸집과는 달리 작은 목소리로 말한다.

"먼저 퇴근하세요. 저도 금방 나갈 거예요."

철민은 대수롭잖은 표정으로 몸을 휙 돌리더니 뚜벅뚜벅 구두 소리 요란하게 교무실을 빠져나간다. 문 쪽으로 귀를 기울여 구두 소리가 멀어지는 것을 확인한 선숙이 슬그머니 자리에서 일어난다. 그러고는 철민의 책상 쪽으로 다가간다. 그녀의 손에는 예쁜 편지 봉투가 들려 있다. 선숙은 철민의 서랍을 조심스레 열고 그 편지 봉투를 넣는다. 그러나 그녀는 잠시 후 가슴을 한 손으로 쓸어내리며 다시 편지를 꺼낸다. 그런 행동은 한 번 더 반복된다. 어떻게 하는 것이 좋을지 모르겠다는 듯 선숙은 두 손을 마주 잡고 잠시 생각에 잠긴다. 그녀의 얼굴이 붉으락푸르락해진다. 결국 안에 편지를 넣고 서랍을 닫은 선숙은 누가 볼세라 서둘러서 교무실을 빠져나간다.

#47 시내 전통 민속 주점

토요일 저녁, 선재가 손목시계를 보며 다소 긴장한 표정으로 시내에 있는 민속 주점에 들어선다. 오늘은 시집을 출간한 친구 인명을 축하하기 위한 대학 선후배 모임이 있는 날이다. 평소 대학 동창 모임에 얼굴을 내밀지 않는 선재에게 친구인 규철이 전화해 온 것은 어제저녁의 일이었다.

"인명이가 며칠 전 두 번째 시집 낸 거 알고 있지? 내일 일부러 우리를 보러 내려온대. 그래도 동기인데 축하해 줘야지. 꼭 나와라, 응? 네가 그렇게 얼굴을 내밀지 않으니까, 다들 네가 인명이한테 콤플렉스가 있다고 오해하는 거라고. 그러니까 내일은 꼭 나와."

"콤플렉스라니. 그게 무슨 말이야!"

선재는 정색을 하면서 그렇게 쏘아붙이고 말았지만, 어쩌면 규철의 말이 맞는지도 모른다고 생각한다. 선재는 인명이라는 친구를 떠올릴 때면 으레 마음이 불편해진다. 어쩔 수 없는 질투 때문인가? 대학에 다니는 동안에는 문학 동아리에서 함께 시를 쓰며 제법 호기롭게 우정을 외치던 친구였지만, 선재와 인명은 현실의 형편만큼이나 지금은 소원해져 있다. 인명은 잘나가는 시인이자 출판사의 편집장으로 출세를 했고 선재는 월세 방을 전전하는, 아무도 알아주는 이 없는 작은 학원의 강사일 뿐이다. 그걸 가지고 누구도 선재를 무시하거나 업신여기지 않는데, 선재의 자격지심은 이런 현실을 편하게 인정할 수 없을 정도로 그 자신을 강퍅하게 만들어 버렸다.

대학에 다닐 때만 해도 모두들 인명의 그것에 비해 선재의 시가 낫다고 말했다. 선배들이나 교수도 선재가 인명보다 시재(詩才)가 뛰어나다고 인정할 정도였다. 누구도 선재가 시인이 되는 것을 의심하지 않았다. 하지만 기대를 한 몸에 받았던 선재는 번번이 신춘문예에서 미끄러졌고, 인명은 졸업반이던 해에 중앙 일간지의 신춘문예에 덜컥 당선되어 시인이 되었다. 그때만 해도 선재에게는 여유가 있었다. 무언가 잘못된 일이라고, 눈이 어두운 심사 위원들이 실수한 거라고, 문학도 가끔 헛발질을 하면서 세상의 순수를 시험하는 거라고, 인명은 몸에 맞지 않은 행운을 운 좋게 거머쥔 것뿐이라고, 뒷걸음치던 소가 엉겁결에 쥐를 밟은 것뿐이라고 생각했다. 여전히 자신이 인명보다 뛰어나다고 믿었다. 하지만 그때부터 선재를 따라다니는 불운과 자학의 골은 깊어만 갔다. 인명은 주목받는 시를 잇달아 발표하면서 제법 인정받는 젊은 시인으로 커 나갔고, 선재는 별다른 직업 없이 반 백수 노릇을 하면서 술을 마시고 절망에 취해 자학이나 일삼으면서 점점 더 시에서 멀어져 갔던 것이다. 그런 복잡한 감정을 안겨 준 친구 인명이 두

번째 시집을 펴냈다는 소식을 들었을 때 선재는 어쨌거나 몹시 착
잡할 수밖에 없었다.

민속 주점에 들어선 선재의 눈에, 대여섯 명의 친구와 선배가
벌써 와서 자리를 잡고 있는 것이 보였다. 고등학교 교사로 있는
선배 한 사람이 먼저 선재에게 알은체를 한다.

"어, 선재 왔구나. 규철이한테 너 온다는 얘길 듣고도 혹시나
했는데, 진짜 왔네. 자식, 진작 좀 얼굴 내밀지. 반갑다."

선재가 좀 민망한 듯 웃음을 지으며 선배에게 인사를 한다.

"네, 선배님. 그동안 잘 계셨죠? 형수도 잘 있고 아이들도 잘
크죠?"

"그럼, 그럼."

선재가 나머지 사람들에게도 인사를 하고 있을 때, 그러니까
채 수인사가 끝나기도 전에, 주점의 문 쪽에서 소란스러운 기척이
들리더니, 선재를 맞아 주었던 선배의 호들갑스러운 목소리가 선
재의 귓전을 파고든다.

"어이, 시인 오셨네. 어서 와라."

그 소리에 선재가 뒤를 돌아보니, 인명이 막 주점에 들어서서
이쪽으로 오는 중이다. 인명이 나타나자, 선재와 인사를 하던 일
행이 그는 안중에도 없는 듯 모두 자리에서 일어나서는 인명을 반
긴다.

"인명아, 어서 와라. 정말 반갑다."

"시집 낸 거 축하한다. 정말 네가 자랑스러워."

"와, 정말 오랜만이다. 잘 지냈지? 이번 시집 정말 좋더라."

선재는 그만 그 기세에 기가 죽어 버린다. 선재가 조용히 한쪽 구석으로 가서 앉으려고 하는데, 인명이 선재의 팔을 붙잡는다.

"선재야, 너 선재지? 정말 오랜만이구나. 보고 싶었다."

"으응, 인명아, 축하한다."

"시 계속 쓰고 있지? 시 포기하지 마라."

그 말을 듣자 선재는 자신의 속에서 불현듯 욕지거리가 치밀어 오르는 걸 느낀다. 하지만 꾸욱 눌러 참는다.

#48 학원 303 강의실 중3 영어 수업

미진이 영어 수업을 하고 있다. 마지막 수업이라서 그런지 미진의 표정은 조금 지친 듯하면서도 밝은 편이다. 오늘도 미진은 짧은 스커트 차림이다. 머리가 제법 큰 아이들이 수업에 집중할 리가 없다. 특히 짓궂은 사내아이들이 미진의 다리를 노골적으로 흘끔거린다. 중학교 3학년이면 누구나 그럴 때인 것이다. 미진은 그것을 아는지 모르는지 다소 방심한 자세로 돌아서서 흑판에 판서를 한다.

판서를 하는 미진의 양다리 사이로 맨 앞에 앉아 있던, 장난기 가득한 사내아이가 슬며시 손거울을 가져다 댄다. 아이들이 그것을 보고는 흐흐하고 웃는다. 미진은 자신의 등 뒤에서 무언가 이

상한 기척이 있다는 것을 직감적으로 알아채고는 획 등을 돌린다. 그러자 손거울을 갖다 댔던 사내아이가 빠르게 손을 빼낸다. 하지만 미진은 그것을 놓치지 않고 본다.

"너, 뭐 했어? 손에 든 것 이리 내봐."

"내가 무얼 했다고요. 아무 짓도 안 했는데."

"얼른 손에 든 것 내놓지 못하겠니?"

"아무것도 안 했다니까요."

미진은 안 되겠다는 표정으로 자신의 손으로 아이의 손을 잡고는 억지로 손아귀를 펴 본다. 거기에는 손바닥만 한 크기의 손거울이 들려 있다. 그것을 빼앗아 눈앞에서 살펴본 미진은 어이가 없다는 표정으로 잠시 웃음을 흘리더니 곧 표정을 싸늘하게 바꾸어서 그 사내아이를 심하다 싶을 정도로 무섭게 다그치기 시작한다.

"야! 이따위 걸로 뭘 보겠다는 거야, 응? 내가 네 눈에 그렇게 싼 여자로 보이니? 응, 네가 나를 상대로 뭘 하겠다고? 말해 봐. 벌써부터 이런 짓거리를 하고, 겁 대가리를 상실했구나, 너."

그러면서 미진은 손에 들고 있던 교재로 아이의 뺨을 사납게 후려치기 시작한다. 사내아이는 그런 미진의 표독스러운 기세에 주눅이 들었는지, 아니면 자신의 얼굴을 향해 날아오는 것을 본능적으로 피하려고 그랬는지 저절로 몸을 움츠린다. 강의실의 분위기가 물을 끼얹은 듯 가라앉는다.

미진은 분이 덜 풀렸는지 교재로 몇 차례 더 아이의 머리를 후려치더니, 맥이 탁 풀린 표정으로 아이들을 향해 떨리는 목소리로 소리친다.

"다시는 이런 짓 하지 마. 내 수업 때 이런 유치한 짓거릴 하면 창문을 열고 밖으로 던져 버릴 거야. 알았니?"

그러자 아이들 몇 명이 모기 소리만 한 목소리로 작게 대답한다.

"네에."

#49 시내 전통 민속 주점

몇 시쯤 되었을까. 주점에 들어온 지도 족히 세 시간은 지난 것 같다. 선재는 취기가 오르는 걸 느낀다. 왁자지껄 떠드는 소란스러운 분위기와 여기저기서 피어오르는 담배 연기에 정신이 여간 산란한 게 아니다. 오랜만에 만난 선배와 동기 들이 자꾸 술을 권하는데 마다할 수가 없었다. 선재는 흐린 눈으로 계속 술을 받아 마셨다. 그러면서 간간이 인명 쪽을 바라보는 것을 잊지 않았다. 그러지 않으려고 의식하면 의식할수록 자꾸 인명에게 눈길이 가는 것이다. 인명도 취기가 올랐는지, 얼굴이 벌겋게 달아올라 있고 목소리의 높낮이도 일정하지가 않다. 하지만 인명은 모임의 주인공답게 계속 화제의 중심을 놓지 않으면서 술자리의 분위기를 이끌어 가고 있다. 들어 보니 인명이 주로 얘기하는 건 자신이 만난 작가와 시인 들 이야기다. 어떤 시인의 이야기에 이르러서는 지나치다 싶을 정도로 호된 비판을 가하기도 한다.

"그 양반은 결국 쇼를 벌인 거야. 시로 쇼를 한 거라고. 그런 인사가 시단을 호령했으니, 우리 문학이 얼마나 허술한지 알 수 있는 거지. 이제는 젊은 시인들이 갈아엎어야 해. 빛나는 시는 그런 부정과 전복의 바탕 위에서 태어나는 거라고. 낡은 것을 베고 새로운 가지를 접붙이는 것, 그게 바로 문학의 진보이며 시의 진보라고."

인명의 호기로운 목소리에 동기와 선배 들이 기계적으로 고개를 끄덕인다. 하지만 인명의 목소리가 들려올 때마다 선재는 목이 타는 것 같은 괴로움을 느낀다. 선재는 인명을 의식할수록 계속 술잔에 손을 댄다. 한 잔, 두 잔, 따라 주는 이가 없어도 선재는 스스로 술을 채워 가며 술잔을 비워 낸다.

"너, 너무 많이 마시는 거 아냐?"

옆에 앉은 규철이 걱정스러운 표정으로 말을 건넨다. 규철은 동기 중에서 가장 착하고 됨됨이가 바른 친구다. 학교 다닐 때부터 동기들의 뒷수습을 도맡아 했던 친구다. 그리고 무엇보다 선재의 시를 가장 좋아해 주던 친구다.

"저 자식 말하는 것 좀 봐. 저만 진정한 시인이라는 거야, 뭐야."

"선재야, 인명이 저러는 거 오늘은 그냥 보기만 하자. 응?"

규철은 선재의 어깨를 다독이면서 착한 눈을 껌벅인다. 그런데 그때 몇 사람 건너편에 앉아 있던 선배 한 사람이 선재 옆 자리로 술잔을 들고 옮겨 앉는다. 그러고는 다짜고짜 선재에게 술을 권한다.

"야! 너, 내 잔 한 잔 받아라."

"네, 선배님."

"넌 요즘 뭐 하며 사냐. 통 연락이 없어서 난 네가 요절이나 한 줄 알았다. 하하."

선재는 자신과 인명 사이의 묘한 경쟁심을 아는 선배가 지금 자신을 비웃고 있다는 것을 알면서도 별다른 대꾸를 하지 않는다. 여기서 참지 못하면 자신이 걷잡을 수 없이 망가진다는 것을 잘 알기 때문이다. 선재는 오히려 히죽 웃으면서 너스레를 떨기로 한다.

"선배님, 저요? 학원에서 아이들 가르쳐요. 그 생활이 생각보다 얼마나 쏠쏠한 재미가 있는지 아세요?"

"오, 그래? 그거 잘됐다. 그래도 뭐든지 일을 해야지 사람 노릇을 하는 거야. 그런데 선재야, 내가 놀랄 만한 얘기를 하나 하려고 하는데, 괜찮을지 모르겠다."

"뭔데요? 선배님."

그렇게 물은 건 선재가 아니라 선재 옆에 있던 규철이었다.

"은, 알고 있지? 은이가 인명이랑 결혼한다더라. 내년 봄쯤에."

"은, 은이가요?"

규철은 그렇게 반문하며 염려와 안쓰러움이 반반씩 섞인 눈빛으로 선재를 쳐다본다. 은이라면 한때 선재와 열렬한 사랑을 나누던 여자의 이름이 아니었던가.

"으흐흐흑."

선재를 가운데에 두고 양쪽에 앉아 있던 규철과 선배가 둔탁한 울음소리를 들은 것과 선재가 술상에 엎어진 것은 거의 동시에 일어난 일이었다. 선배의 말이 끝나기가 무섭게 선재의 몸이 앞으로 해일처럼 일어나서는 탁자 위에 있는 술잔과 접시 들을 두 손으로 쓸어내렸던 것이다. 술병과 사발이 바닥에 떨어지며 깨지는 소리가 들리자, 종업원 두 명이 기다렸다는 듯 저쪽에서 황급하게 달려온다.

#50 단층집 선재의 자취방

일요일 오후 선재가 방바닥에 쥐 죽은 듯이 누워 있다. 어젯밤 과음을 한 탓에 그는 골치가 지끈지끈 아프다. 골치가 아픈 것도 아픈 것이지만, 술자리에서 자신이 보인 난폭하고 무례한 행동에 대한 자책이 더욱 뼈아프게 다가온다.

'어제 내가 너무 많이 마신 게로구나. 아아, 무슨 술을 그렇게 많이 마신단 말인가. 난 정말 구제 불능인가. 열등감 덩어리인가. 파계승의 피, 문둥이의 피를 이어받아서 어쩔 수 없단 말인가.'

선재는 술판을 뒤엎고도 계속 걸신이라도 든 사람처럼 술을 퍼마셨던 자신을 기억해 낸다. 그 술자리가 어떻게 끝났는지, 자신이 어떻게 집에 들어왔는지는 전혀 기억에 없다. 끝내는 정신을 잃어서야 더 이상 술을 마시지 않았을 것이라고 짐작할 뿐이다. 선재가 그토록 광분했던 것은 연인이었던 은이 인명과 결혼한다는 소식을 듣고부터였다. 아니 어떻게 그런 일이 있을 수 있을까. 은을 내 얼마나 진심을 다해 사랑했던가. 은은 자신에게 각인처럼 따라붙은 욕된 운명을 잠시 잊게 해 주는 구원과도 같은 사랑이었다. 그런데 그녀가 인명과 결혼을 한다니.

'은, 네가 이렇게 나에게서 완전히 떠나는구나. 나를 이토록 깊은 바닥에 떨어뜨리고 다른 사람에게 가는구나. 그래, 은, 너는 내게는 처음부터 어울리지 않는 순수하고 고귀한 영혼이었다. 너에게는 순결하고 맑은 영혼을 가진 젊은 시인이 어울리지 나처럼 오욕으로 뒤덮인, 가혹한 운명에 짓눌린 속물은 어울리지 않는다.'

선재는 자신이 이 세상에서 가장 비루하고 천박하고 보잘것없는 존재라는 생각이 들었다. 눈썹과 코가 달아난 문둥이의 자식, 육욕 때문에 법을 깨뜨린 파계승의 아들이 별수가 있을까. 거기까지 생각한 선재는 생각을 멈춰 버리기라도 하려는 듯 눈을 질끈 감는다. 하지만 생각의 실마리는 끊이지 않고 선재의 의식 속을 헤집는다. 그의 감은 눈앞에 젊고 잘생긴 스님에게 교태를 부리며 다가서는 젊은 어머니의 모습이 떠오른다. 그리고 이어서 어머니의 살 냄새를 맡고는 짐승의 욕망을 끄집어내면서 어쩔 줄 몰라 하는 아버지의 혼돈스러운 얼굴까지. 그리고 짐승의 교미를 연상시키는 두 사람의 교접. 아아, 죄가 탄생하는 순간.

선재는 팔을 뻗어 머리맡에 놓인 생수 병을 들고는 누운 채로 벌컥벌컥 들이켠다. 그러고는 습관처럼 리모컨으로 텔레비전을 켠다. 아나운서가 뉴스를 전하고 있다.

"어제 저녁 5시쯤 서울 양평동 H 연립주택 세 평짜리 지하 방에서 독거노인 김모 씨(61)가 숨진 채 발견됐습니다. 김씨가 숨진 곳은 창문이 낡아 제대로 닫히지 않고 냉난방 시설도 전혀 없는 지하 쪽방이었고 김씨는 옷을 여러 겹 껴입은 상태였다고 합니다. 이로 미루어 경찰은 김씨가 지난겨울 이미 숨진 것으로 추측하고 있습니다. 그러나 이웃에 살고 있는 지역 주민들은 김씨가 숨졌다는 사실을 전혀 알지 못했습니다. 김씨의 시신은 집주인이 밀린 월세를 받기 위해 방에 들어갔다가 발견했습니다. 김씨는 다리가 불편한 지체 장애인으로 지난해 5월부터 일정한 직업 없이 기초생활보호 대상자로 홀로 생활해 왔던 것으로 알려졌습니다. 이처럼 우리나라에는 가족의 보살핌을 받지 못한 채 혼자서 살아가는 독거노인들이 적지 않습니다. 통계청에 따르면 지난해 말 기준 독거노인은 전체 노인 인구의 16.2퍼센트인 57만 3000명에 이르고 있습니다."

선재는 독거노인이 아무도 모르게 세상을 떠났고 그 시신이 뒤늦게 발견됐다는 뉴스가 새삼스럽게 들리지 않는다.

'아, 나도 이대로 세월을 보내다가 늙어서 저렇게 아무도 모르게 죽을 수도 있겠지. 어쩌면 차라리 그게 속 편한 것인지도 모르겠다. 죽어서까지 추한 몰골을 드러내고 싶지는 않으니까.'

똑, 똑, 똑.

선재가 그런 생각을 하며 면상을 찌푸리고 있을 때, 누군가 방문을 두드리는 소리가 들린다. 흠칫 놀란 선재가 문을 여니 문 앞에 소라가 다소곳이 서 있다. 소라가 자신의 방문을 두드린 것은 이번이 처음이다.

"무슨 일이시죠?"

선재의 목소리가 떨려 나온 건 그 때문일 것이다. 그런데 소라는 선재를 똑바로 쳐다보지 못하고 고개를 옆쪽으로 돌린다. 그제서야 선재는 자신이 러닝셔츠 차림이라는 것을 깨닫는다. 선재는 급히 몸을 돌려서 반소매 티셔츠를 주워 입는다. 소라의 얼굴에 부끄러운 미소가 피어오른다. 그녀의 손에는 사과 몇 알이 든 봉지가 들려 있다. 선재가 티셔츠에서 목을 빼내며 들뜬 목소리로 묻는다.

"무슨 일이세요?"

"아까 시장에서 사 왔는데 이것 좀 드시라고요."

소라가 손에 든 사과 봉지를 선재에게 내민다. 그러는 소라의 얼굴이 좀 빨개진다. 선재는 어찌할 바를 몰라 잠시 멍하니 있다가 얼른 손을 내밀어 사과 봉지를 받는다. 선재는 자신의 가슴이 마구 방망이질 치는 것을 느낀다.

"엊그제…… 제가 다쳤을 때 말이에요. 그때는 경황이 없어서 고맙다는 인사를 제대로 못 드렸네요."

소라의 수줍은 목소리가 다시 들려온다.

"아유, 별말씀을요. 제가 뭘 한 게 있다고요."

잠시 동안 두 사람 사이에 말이 없다. 소라는 사과 봉지를 전해 주고서도 어찌 된 일인지 물러갈 생각을 하지 않는다. 그 아슬아

슬한 공백이 선재는 마치 100년 동안의 세월만큼이나 길고 아득하게 느껴진다. 이 순간, 자신이 아무런 말을 하지 못한다면 선재는 나중에 큰 후회를 할지도 모르겠다는 생각이 든다.

"누추하지만 잠깐 들어오시겠어요."

엉겁결에 그렇게 튀어나온 자신의 목소리를 듣고 선재도 놀란다.

"네?"

소라도 놀란 건 마찬가지다. 이미 해는 가라앉아 사위는 어둑해지고 있는데.

#51 야산 —— 군인들의 훈련장

강렬한 뙤약볕이 야산의 풀밭 위를 내리쬔다. 정렬을 한 서른 명 남짓한 군인들이 군장을 정비하고 있다. 훈련 중인 듯 완전군장을 꾸린 군인들의 얼굴에는 검푸른 위장 크림이 발라져 있다. 땀과 크림이 뒤범벅된 군인들의 얼굴이 햇살에 그을려 번질번질하다. 그때 부연 먼지를 일으키며, 부식을 실은 군용 트럭이 군인들이 정렬해 있는 곳으로 육박해 들어온다. 그것을 본 중위 계급장을 단 장교가 호루라기를 길게 불고는 소리친다.

"자, 동작 그만. 5분 후부터 점심 식사를 할 테니, 장비를 정렬해 놓고 배식 대형으로 다시 모여라."

장교가 그렇게 외치자 군인들이 개인화기며 군장 들을 정렬해 놓고 트럭 앞으로 모여든다. 트럭의 바퀴가 일으키는 먼지와 군인들이 일으키는 먼지가 뒤엉켜 오른다. 영표와 선규도 그 무리에 끼어든다. 먼지를 뒤집어쓴 선규가 인상을 쓰며 혼잣말을 한다.

"아 씨팔, 제대 석 달도 안 남겨 놓고 이게 뭐 하는 짓이야. 진짜 운도 더럽게 없네."

그런 선규의 모습을 보고 영표가 비웃듯이 살짝 입꼬리를 말아 올린다. 그것을 선규가 놓치지 않고 본다.

"야, 고문관! 너 이 새끼, 지금 날 비웃은 거지? 맞지? 대답 안 해!"

영표는 그 말에 아무런 대꾸를 하지 않는다. 그러자 선규가 악에 받친 듯 사나운 목소리로 한 번 더 쏘아붙인다.

"너 이 새끼, 아무튼 두고 보자. 내가 가만 안 둘 거야."

잠시 후 반합에 배식을 받은 군인들이 여기저기 삼삼오오 앉아서 점심 식사를 하기 시작한다. 영표도 배식을 받아서는 홀로 그늘 밑으로 가서 자리를 잡고 한없이 단순한 동작으로 수저를 든 손을 움직이기 시작한다. 영표와는 달리 다른 군인들이 식사하는 자세는 맹렬하다. 고요한 산중에 반합과 숟가락이 부딪히는 소리만이 요란하다.

동료들과 동떨어져 일찍 식사를 마친 영표는 식기를 반납하고 나무 그늘을 찾아 드러눕는다. 파편 같은 햇살은 수염이 듬성듬성 난 그의 거친 턱을 내리쬔다. 영표는 담배를 빼어 물고 지그시 눈을 감는다. 위장 크림 때문인지 그의 표정은 사뭇 어둡게 보인다.

영표의 머릿속에는 아내 생각만이 가득할 뿐이다. '소라, 나의 아내, 착하고 예쁜 소라가 보고 싶다.'

그때 저쪽에서 병장 계급장을 단, 철모를 꾹 눌러쓴 선규가 영표에게 다가온다. 영표는 선규가 자기에게 다가오고 있다는 것을 알면서도 아무것도 신경 쓰지 않기로 한다. 영표의 바로 옆에까지 다가온 선규는 영표의 다리를 툭툭 찬다. 그러고는 화가 난 목소리로 소리친다.

"이 새끼야. 누가 훈련 중에 허락도 없이 담배 피우라고 그랬어. 어서 끄지 못해!"

그러나 영표는 누운 자세를 그대로 유지할 뿐 담배를 끄지도, 자세를 바로잡지도 않는다. 자신보다 나이가 한참 어린 선규의 타박이 영표는 어쩐지 좀 가소로운 모양이다.

"어서 담배 끄지 못해!"

선규의 목소리가 좀 더 높아진다. 영표는 몹시 성가시다는 표정으로 선규의 철모에 부딪혀 쏟아지는 햇볕에 눈살을 찌푸리며 비스듬히 몸을 일으킨다. 그러고는 담배를 길게 한 모금 빨았다가 내뿜는다. 그리고 주위를 두리번거리더니, 담배를 끼운 손가락으로 한쪽 방향을 가리킨다.

"저길 좀 봐요."

선규는 영표가 손가락으로 가리킨 쪽을 바라본다. 식사를 마친 병사들이 제각각 편안한 자세로 누워서 담배를 꺼내 물고 있다.

"이 병장님 눈에는 저기 애들이 안 보입니까? 다들 나처럼 드러

누워서 쉬고 있잖습니까. 내가 뭘 잘못했다는 거요?"

"어휴, 이 새끼가 나를 가지고 노네. 너 훈련 끝나고 자대 복귀해서 보자."

선규는 그렇게 으름장을 놓고는 씩씩거리며 영표에게서 물러난다. 영표가 선규의 뒷모습에 대고 조롱의 웃음을 씨익 날린다.

#52 학원 앞, 도로 위

수업이 끝난 중학교 1학년 아이들이 차례로 학원 버스에 오르고 있다. 진호는 운전석에 앉아서 캔 커피를 마신다. 에어컨이 고장 난 버스 안은 찜통처럼 후끈하고, 뙤약볕에 그을려 얼굴이 벌겋게 달아오른 진호의 몸은 이미 땀으로 흥건하다.

"다 탔니?"

진호가 아이들 쪽으로 고개도 돌리지 않은 채 건성으로 묻는다. 그러자 한 아이가 심드렁한 말투로 대답한다.

"쟤들 아직 안 탔어요."

진호가 짜증 섞인 눈으로 백미러를 통해 버스 주변을 살피는데, 아이 두 명이 버스 주위를 맴돌며 버스에 탈 듯 말 듯 장난을 치고 있다. 진호가 열린 차창 사이로 고개를 내밀고 버럭 소리를 지른다.

"야, 너희들 얼른 차에 타지 못해."

하지만 진호의 목소리는 그가 의도한 것처럼 어떤 위엄도 담고 있지 못하다. 아이들도 그것을 느끼는지 전혀 진호의 말을 따르려 하지 않는다. 오히려 까르륵 웃어 대며 자꾸 버스 주변을 뛰어다니면서 장난질을 칠 뿐이다. 한 아이가 다른 아이의 물건을 숨겼는지 계속 도망가고 한 아이는 그 아이를 쫓는다.

버스에 이미 오른 아이들도 심심한지 자기들끼리 부산을 떨기 시작한다. 한 아이가 차창 밖으로 상반신을 내밀고는 창밖에서 장난을 치는 아이들과 어울린다. 다른 아이들 역시 제각기 마구 떠든다. 그 모습을 본 진호는 갑자기 신경질이 머리끝까지 솟아오르는 걸 느낀다.

'이것들마저 나를 무시하는 거야, 지금!'

진호는 운전석에서 빠져나와서는 버스 밖으로 나가 장난을 치고 있던 두 아이를 쫓기 시작한다. 목덜미를 잡아서 강제로 차에 밀어 넣을 생각이다. 하지만 아이들은 이미 진호의 통제를 벗어나 있다. 오히려 진호가 장난에 끼어든 것이 재미있다는 듯 더 까르르 웃어 대며 더 재빠르게 버스 주위를 돌 뿐이다. 진호는 두 바퀴 정도 아이의 뒤를 쫓다가 힘에 부쳐서는 제 풀에 차에 기대서 헉헉 숨을 몰아쉰다.

"야, 너희들 차에 타지 않으면 그냥 출발할 거야."

말은 그렇게 하지만, 진호는 지난번에도 한 번 그랬다가 아이의 학부모가 학원에 전화를 하는 바람에 크게 수모를 겪은 적이 있기 때문에, 결국 아이들이 차에 탈 때까지 기다릴 수밖에 없다는 걸 안다.

10분이나 지났을까, 결국 그렇게 까불어 대던 두 아이가 차에 오른다. 진호는 겨우 버스를 출발시킨다. 진호는 얼마쯤 달리다가 사거리에서 편의점을 발견하고는 잠시 차를 세운다. 편의점에 들어간 진호는 시원한 캔 커피를 하나 사 가지고 나온다. 다시 버스가 움직이기 시작한다. 날이 무척 덥기 때문에 그는 연신 목에 두른 수건으로 땀을 훔친다.

한길의 사거리에서 진호의 버스는 신호 대기를 받는다. 진호는 캔 커피를 따서 한 모금 들이켠다. 그때 미끈하게 잘 빠진 다방 여종업원이 탄 50시시 스쿠터 한 대가 그의 미니버스 바로 옆에 멈춘다. 진호는 입맛을 쩝쩝 다시면서 여종업원을 바라본다. 그때 마침 옆을 돌아본 여종업원과 진호의 눈이 마주친다. 다방의 여종업원은 진호와 눈이 마주치자 짓궂게 손을 흔들며 소리친다.

"잘생긴 아저씨, 한번 놀러 오세요. 은성다방이에요. 은성다방, 장양!"

진호의 입가에 지그시 웃음이 퍼진다. 다시 캔 커피를 들어서 한 모금 마시려던 진호는 뒤차들이 빵빵거리는 소리에 움찔 놀라서 캔 커피를 떨어뜨린다. 그 바람에 바지가 다 젖는다. 얼룩진 인생. 다방의 레지는 좌회전을 해서 저만큼 쏜살같이 달려 나가고 있다. 진호의 버스가 덜컥거리면서 움직인다. 아이들은 여전히 천방지축 떠들고 있다.

"원장님, 다음에 또 오세요."

"그래, 알았어. 이 엉덩이나 잘 간수하라고."

다방 레지의 엉덩이를 주무르던 손을 빼내는 철중은 퍽이나 아쉬운 표정이다. 철중은 저녁을 먹고는 언제나 학원에서 150미터쯤 떨어진 '미림다방'에서 차를 마신다. 그곳에 젊은 레지 둘이 새로 온 이후부터 철중은 단골이 되었다. 그곳의 레지들과도 그새 어지간히 친해졌다.

다방을 막 빠져나온 철중은 자신의 은색 승용차에 주차 위반 스티커가 붙어 있는 것을 발견한다.

"아, 이거 뭐야. 겨우 한 시간 차를 마신 것뿐인데. 나 원참."

철중은 주차 위반 스티커를 떼어 내서는 두 손으로 구겨서 바닥에 집어 던진다. 얼마쯤 후 학원에 들어선 철중은 불콰해진 얼굴로 씩씩거리면서 교무실을 서성거린다. 선생들은 저녁 수업을 준비하는 사이사이 곁눈질로 철중의 눈치를 살핀다. 여전히 분을 못 가라앉히고 가쁜 숨을 몰아쉬던 철중의 눈에 아직도 시간이 맞지 않은 채로 걸려 있는 벽시계가 들어온다. 벽시계는 며칠 전과 마찬가지로 4시 55분을 가리키고 있다. 철중의 눈에 번쩍 촉기가 돌면서 그의 꼬장꼬장한 목소리가 터져 나온다.

"나 참, 이것들 봐! 내가 며칠 전에 분명히 시계를 맞춰 놓으라고 그랬지. 그런데 저것 좀 봐. 아직도 그대로야. 도대체 원장 말이 말 같지 않나."

그러자 철민이 고개를 돌려 벽시계를 바라보고는 비듬이 듬성 듬성한 머리를 긁적이며 철중 앞에 조아린다.

"원장님, 죄송합니다. 저희가 깜빡했습니다. 당장 맞춰 놓겠습니다."

철중은 역정을 멈추지 않는다.

"시계 하나 제대로 못 맞춰 놓는 것들이 무슨 아이들 교육을 하겠다고. 모두들 때려치워!"

철중이 횡허케 바람을 일으키며 교무실을 나가 버리자 철민이 선숙을 향해 말한다.

"정말 미치고 환장하겠군. 아니 저런 것까지 일일이 시켜야 하나. 어서 가서 건전지나 사 와요."

선숙이 꾸물꾸물 자리에서 일어나고 미진은 펼쳐 놓았던 영어 교재를 신경질적으로 덮는다.

#54 옛 일기장에서 — 선재의 일기

엄마가 소록도의 병원에 가신 지도 보름이 지났다. 보건소 사람들이 직접 차를 몰고 와서 엄마를 데려갔다. 엄마에게는 집보다 병원이 더 편할 것이다. 하지만 엄마는 마지막 순간까지도 병원에 가지 않으려고 발버둥을 치셨다. 엄마는 어쩌면 죽을 때까지 방의 컴컴한 구석에서 벽을 바라보면서 사시려고 했는지도 모른다. 내가 엄마의 정확한 병명을 안 것은 20일 전쯤의 일이었다. 엄마의 병은 한센병이라고 불리는 것이다. 옆집 아주머니가 데려온 병원의 의사가 그렇게 말했다. 한센병은 그 병을 발견한 의사의 이름을 따서 붙여진 것이라고 한다. 이름은 예쁘지만 이 세상에서 가장 참혹한 병이다. 왜냐하면 사람들은 한센병에 걸린 사람을 문둥이라고 부르기 때문이다. 그렇다, 내 엄마는 문둥병자였던 것이다. 나는 아버지에게 물었다. 아버지는 알고 계시지 않았냐고. 하지만 아버지는 아무런 대답을 하지 않고 여전히 술만 마실 뿐이었다. 어쩌면 아버지는 엄마의 병을 안 순간부터 새파랗게 질리셨던 건지도 모른다. 그는 그 순간 자신의 업장을 생각했을 것이다. 그리고 모든 것을 버릴 생각을, 모든 것으로부터 떠날 생각을 했을 것이다. 내 아버지는 오늘도 집에 들어오지 않으셨다. 벌써 나흘째 집에 들어오지 않고 계신다. 나는 그가 아주 멀리 떠났다는 것을 직감적으로 깨닫는다. 해탈에 이르고자, 티끌 같은 생명을 뛰어넘고자 선승이 되려 했던 그는 자신이 단 한 번 사랑했던 여인을 문둥병자로 만들고 다시 그 길을 찾아 떠났을 것이다. 바랑을 짊어지고, 그 어디에도 머무르지 않고, 성성적적의 시간을 찾아 떠난 것이다.

#55 옛 일기장에서 — 소라의 일기

지금 나는 무척이나 슬프고 속상하다. 엄마가 하늘나라로 가시고서 다시는 우리 집에 슬픈 일이 일어나지 않게 해 달라고 그토록 기도했는데. 어제 오후에 아버지가 갑자기 쓰러지셨다. 주일 대예배를 다녀오시고 점심까지 잘 드신 아버지가 양치질을 하다가 그만 쓰러지신 것이다. 그러면서 세면대에 부딪혔는지 아버지는 이마에 상처를 입으셨다. 나는 너무나 놀라서 문 집사님 댁에 전화를 했고, 문 집사님이 차를 몰고 와서 아버지를 대학 병원으로 옮기셨다. 아버지는 그러는 중에도 의식을 차리지 못하셨다. 아무것도 모르는 나는 문 집사님한테 화장실에서 넘어지면서 입은 이마의 상처 때문에 아버지가 의식을 잃으신 것이 아니냐고 물었다. 그러자 문 집사님은 딱하다는 표정으로 이마의 상처는 그리 대수롭지 않은 것이라고 말씀하셨다. 아버지는 지금도 중환자실에 누워 계신다. 나와 호준이를 알아보지도 못하고, 눈동자는 천장만 바라보신다. 아버지는 병원에서 CT 촬영, MRI 검사 등을 하셨다. 조금 전 어떤 젊은 의사가 문 집사님과 나를 밖으로 불러내더니 아버지가 뇌졸중인 것 같다는 말을 했다. 나는 그 소리를 듣고 뇌졸중이 뭐냐고 물었다. 옆에 계시던 문 집사님은 잠시 머뭇거리다가 뇌졸중은 중풍을 얘기하는 것이라고 알려주셨다. 아버지가 중풍이라니. 엄마가 돌아가시고 꿋꿋하게 버텨 오시던 아버지가 중풍이라니.

#56 단층집 선재의 자취방

소라는 잠시 머뭇거리다가 선재의 방에 들어온다. 선재는 상기된 표정으로 서둘러서 방을 치우고 냉장고를 열어서 음료수를 꺼낸다. 선재는 냉장고 문을 닫으려다가 다시 열고 소라가 가져온 사과를 넣는다. 선재는 허둥대는 기색이 역력하다. 소라는 선재가 냉장고 문을 열었을 때 그 안에 어떤 것들이 들어 있는지 살짝 훔쳐본다. 얼핏 본 냉장고 안에는 캔 맥주만 몇 개 들어 있을 뿐 텅 비어 있다. 선재가 다소 떨리는 목소리로 말한다.

"누추하지만 좀 앉으세요."

소라가 매우 어색하게 주춤거리면서 방바닥에 앉고 선재가 그 앞에 마주 앉는다. 소라가 방을 한 번 빙그르 둘러본다. 소라의 모습을 물끄러미 바라보던 선재가 말한다.

"그래, 다친 곳은 좀 어떠세요?"

소라는 선재의 시선을 피한 채 여전히 방 안을 둘러보며 대답한다.

"예, 괜찮아요. 살짝 까진 것뿐인데요."

선재가 음료수를 컵에 따라서 소라에게 내민다. 소라는 여전히 고개를 못 든 채로 음료수를 받아 든다.

"약은 발랐어요? 요즘 날이 더워서 상처가 덧나기 쉬울 텐데."

선재가 한결 차분해진 목소리로 말을 하지만 소라는 그에게 아무런 대답을 하지 못한다. 잠시 머뭇거리던 선재는 일어나서 책장 위에 있는 구급함을 가져온다.

"어디 한 번 봐요."

선재가 구급함을 들고 다가오자 소라가 정색하며 손을 휘젓는다. 그녀는 어색한 상황을 모면하려고 그러는지 엉뚱한 질문을 한다.

"책이 참 많네요. 이렇게 책이 많은 방은 처음 봐요. 무슨 공부를 하셨어요?"

선재가 멍한 표정으로 여자를 바라본다. 그러고는 다소 심드렁한 말투로 대답한다.

"국문학과 나왔어요……. 어디 상처 좀 보자니까요."

선재는 어느새 연고의 뚜껑을 열면서 말한다.

"여름철일수록 상처를 깨끗이 소독해야 해요."

소라가 여전히 주춤거리자 선재가 눈짓으로 그녀를 부추긴다. 소라는 마지못해 다리를 선재 쪽으로 뻗어 내민다. 그러면서 다시 엉뚱한 질문을 한다.

"국문과 나오면 소설이나 시를 쓰는 거지요? 저도 고등학교 다닐 때는 소설을 제법 읽었는데."

선재는 대답을 하지 않고 조심스럽게 손을 가져가서 상처 부위의 붕대를 벗긴다. 그때 잠깐 소라와 선재의 눈빛이 부딪친다. 소라는 손 안에 쥔 공과금 고지서를 선재 모르게 구겨 버린다.

#57 모텔 마리아 301호

모텔 마리아 앞, 짧은 스커트 차림의 미진이 택시에서 내린다. 오늘따라 모텔 마리아 앞은 사람들로 붐빈다. 근처 술집에서 직장인 회식 모임이 있었는지 비슷한 와이셔츠를 입고 비틀거리는 취객들도 몇몇 보인다. 미진은 주위를 한 번 살피고는 모텔 마리아의 정문 쪽으로 발을 내딛는다. 어서 빨리 301호에 들어가 시원하게 샤워를 하고 싶은 생각뿐이다. 그런데 그 찰나 서늘하고 우악스러운 손이 나타나서는 미진의 팔을 붙잡는다. 미진이 깜짝 놀라 뒤를 돌아보니, 30대 후반의 사내가 잔뜩 술에 취해 불콰한 얼굴을 일그러뜨리며 서 있다. 미진은 반사적으로 소리치며 사내의 팔을 뿌리친다.

"이거 놔요!"

미진의 앙칼진 목소리가 사내를 자극한 것일까. 사내는 더 우악스러운 기세로 미진의 팔을 붙잡고는 한껏 비아냥거리는 말투를 날린다.

"이년이 몸이나 파는 주제에 앙칼지기는. 넌 오늘 밤 내가 살게. 오늘 밤에는 내가 네 서방이다. 알았냐!"

사내는 그렇게 말하면서 비틀거리는 몸을 미진에게 기대 온다. 한쪽 팔은 어느새 미진의 허리를 감싸고 있다. 미진으로서는 처음 당하는 일이라 어떻게 대처해야 할지 좀처럼 생각이 떠오르지 않는다.

“이거 놓으란 말이에요.”

“이년아, 가만있어. 좋으면서 뭘 그래. 어차피 몸을 팔러 들어가는 길 아니었어? 몸 파는 주제에 서방 가리게 생겼어?”

사내는 그렇게 주억거리면서 미진의 허리를 감은 팔에 힘을 넣는다. 미진의 허리가 꺾이는 찰나, 미진은 어차피 일이 이렇게 된 거라면 강짜를 놓아야겠다는 생각이 든다.

“이 새끼야, 이거 놓으란 말이야! 너 같은 새끼한테는 안 팔아! 이거 못 놔, 이 새끼야.”

미진의 날카로운 목소리를 듣고 길을 가던 사람들이 좋은 구경거리가 생겼다는 표정으로 미진과 사내 주위로 몰려든다. 사람들이 모이자 사내는 더 호기를 부리기 시작한다.

“이년이 말 한번 거네. 어디다 대고 새끼야, 새끼가.”

사내는 미진의 허리를 감았던 손을 풀어서는 미진의 머리채를 휘감아서 흔들기 시작한다. 미진의 입에서 비명 소리가 새어 나온다.

“악악. 이 새끼야, 이거 놓으란 말이야. 내가 너한테 뭘 어쨌다고 그래. 이거 못 놔! 이 새끼야.”

하지만 사내는 더욱 드센 기세로 미진의 머리채를 흔들 뿐이다. 결국 미진이 힘에 못 이겨 차가운 시멘트 바닥에 무릎을 꿇고 흐느끼기 시작한다. 주위에 둘러선 사람들은 모처럼 재미난 볼거리가 생겼다는 표정으로 미진을 유심히 살핀다.

“하, 이년, 암튼 넌 오늘 나한테 잘 걸린 거야. 자, 어서 들어가자.”

사내는 거의 주저앉다시피 한 미진의 겨드랑이에 손을 집어넣어서 일으켜 세우고는 모텔 마리아 안쪽으로 끌고 가려 한다. 그때 둘러선 사람들의 틈을 헤집고 빠르게 움직이는 한 사람이 있다. 그가 사내와 미진의 앞을 가로막는가 싶더니, 바람처럼 사내의 턱에 주먹을 날린다. 기습적인 주먹을 얻어맞은 술 취한 사내가 턱을 움켜쥐고는 바닥에 쓰러진다.

"이 개새끼가 죽으려고 환장했나. 너 지금 뭐 하는 거야!"

미진의 귀에 들려온 것은 분명 호준의 목소리다. 아, 호준이가 왔구나. 호준은 때마침 편의점에서 담배와 맥주를 사서 모텔 마리아로 돌아오다가 술 취한 사내한테 당하고 있는 미진을 발견한 것이다.

호준은 자신의 주먹에 나가떨어진 사내를 발로 차서 계단 밑으로 밀어뜨리고는 아직도 자신과 미진을 향해 둘러서 있는 구경꾼들을 향해 소리를 지른다.

"이 씹쌔들아, 무슨 구경났어. 얼른 흩어져. 배때기에 칼침 맞기 전에 얼른 흩어지란 말이야!"

호준의 드센 기세에 구경꾼들이 하나 둘씩 흩어진다. 그제서야 호준은 미진의 허리를 감고는 301호로 향한다. 미진은 엘리베이터 안에서도 계속 눈물을 흘린다.

"아흐흑, 아흐흑, 난 너무 억울해. 저 새끼가 나한테 뭐라고 한 줄 알아. 아흐흑."

"울지 마. 씨발, 내가 한 방 먹였잖아. 울지 말고 눈물 닦아. 네가 우니까 내가 정신이 하나도 없잖아."

모텔 방에 들어온 호준은 미진을 침대에 앉히고는 꼬옥 끌어안는다. 미진의 울음 섞인 목소리가 호준에게 이렇게 말한다.

"자기……, 나 안 보고 싶었어?"

호준은 희미하게 웃으면서 담배를 피워 문다.

"보고 싶었지. 아무튼 너 오늘 액땜했다고 쳐. 저런 새끼들이 어디 한둘이니."

호준이 불을 붙인 담배를 미진이 빼앗아서 자기 입술 사이에 끼운다. 호준은 그런 미진을 귀엽다는 표정으로 바라본다. 미진은 호준의 어깨에 기대면서 눈물과 애교가 섞인 목소리로 묻는다.

"자기, 나 안 보고 싶었냐고?"

"당연히 보고 싶었지."

호준은 그렇게 말하고는 그녀의 담배를 빼앗아 재떨이에 비벼 끄고 미진에게 키스를 하기 시작한다. 한동안 호준의 키스를 받던 미진이 상체를 일으켜 세우더니 한결 차분해진 목소리로 이렇게 말한다.

"앞으로 나에게 또 저러는 놈이 있으면 네가 죽여 버려. 알았지? 죽여 버리라고."

"그래, 알았어. 다음엔 죽여 버릴게."

미진이 호준의 몸 위에 자신의 몸을 던진다. 두 사람의 몸은 금세 뜨겁게 엉켜 든다.

#58 단층집 대문 앞

공과금을 내기 위해 은행에 다녀오던 소라가 대문 앞 계단을 오른다. 소라의 구두 굽 소리가 거슬리는지 골목의 개 한 마리가 컹컹 짓는다. 대문을 열던 소라는 우편함에 꽂혀 있는 흰 봉투를 발견한다. 봉투의 발신자란에 "성라자로원 한센병 환자를 생각하는 모임"이라고 쓰여 있다. 소라는 그것을 보고는 살짝 미소를 지으면서 고개를 끄덕인다. 봉투를 옆구리에 끼고 내실로 들어온 소라가 작은 방의 문을 열고 용덕을 살펴본다. 용덕은 잠이 들었는지 미동도 하지 않는다. 소라가 용덕 옆으로 바짝 다가가 용덕의 이마에 손을 얹어 본다. 미미한 체온이 느껴진다. 소라가 상체를 숙여 바짝 용덕의 얼굴 가까이 귀를 갖다 대고 숨소리를 확인한다. 쉭쉭, 용덕의 성긴 숨소리가 들린다.

용덕의 머리를 한 번 쓰다듬어 주고는 작은 방을 나온 소라가 거실 바닥에 앉아 '성라자로원 한센병 환자를 생각하는 모임'에서 보내온 봉투를 열고 내용물을 확인한다. 그 안에 작은 책자와 초대장이 들어 있다. 책자는 '성라자로원 한센병 환자를 생각하는 모임'에서 두 달에 한 번씩 정기적으로 발행하는 소식지다. 이 모임의 정규 회원인 소라는 책자를 바닥에 내려놓고는 초대장을 집어 든다. 초대장 안쪽에는 다음과 같은 내용이 쓰여 있다.

윤소라 회원님 안녕하세요. 그동안 평안하셨는지요.

한센병 환우들의 고통과 슬픔을 함께 나누는 우리 모임이 소록도 국립 병원을 방문하여 환우들을 위문하고자 합니다. 윤소라 회원님도 이 뜻 깊은 위문 행사에 꼭 참석하셔서서 편견 없이 사람을 사랑하고 섬기는 보람을 함께 나누시길 바랍니다.

일시: 2008년 ○월 ○일 ○요일

날짜는 대략 한 달쯤 후다. 거실 벽에 걸려 있는 달력을 확인한 소라는 천천히 고개를 끄덕이면서 초대장을 고이 접는다.

#59 학원 교무실

철민이 교무실의 문을 열고 들어선다. 오늘은 웬일인지 늘 일찍 와서 걸레질을 하던 선숙이 보이지 않는다. 철민은 자기 자리에 앉아 습관처럼 담배를 빼어 문다. 그리고는 라이터를 찾기 위해 책상 서랍을 연다. 철민의 눈에 서랍 안에 놓여 있는 예쁜 편지 봉투가 들어온다.

"뭐야, 이건."

철민의 눈이 휘둥그레진다. 철민이 그 편지 봉투를 집어 들려는 찰나 교무실 문이 열리고 미진이 들어선다.

"안녕하세요?"

자신한테 인사를 건네는 미진의 목소리가 어느 때보다도 명랑하다. 그렇다면 이 편지는…….

"네, 어서 와요, 미진 씨."

그렇게 대꾸하는 철민의 목소리가 조금 떨려 나온다.

"안녕하세요, 부원장님."

미진의 뒤를 이어 선숙이 들어온다. 역시나 동그란 얼굴이 땀으로 젖어 있다. 철민은 선숙의 인사에는 대꾸하지 않고 주위를 경계하면서 서랍 속의 편지를 몰래 품에 넣는다. 그러고는 교무실 문을 열고 3층의 남자 화장실로 올라간다.

'미진 씨가 내게 편지를 보낸 걸 거야.'

편지 봉투를 뜯는 철민의 손이 마구 떨린다. 철민은 급한 손으로 편지를 꺼내 눈앞에 펼친다. 거기에는 이렇게 쓰여 있다.

늘 가까이 지켜보면서 사랑의 감정이 생기게 되었습니다. 당신 옆에 제가 있어야 될 것 같은 생각이 들었어요. 부디 제 마음을 받아 주세요.

'그런데 과연 누굴까. 정말 미진 씨가 내게…….'

철민의 바쁜 눈이 편지의 아래위를 샅샅이 훑는다. 그의 눈에 편지 끝에 조그맣게 적혀 있는 선숙의 이름이 보인다. 선숙의 이름을 확인한 철민의 표정이 얼음처럼 굳어진다.

'아니, 이 여자가 무슨 생각으로!'

갑자기 기분이 상한 철민은 편지를 구겨서 휴지통에 버리고 화장실 문을 박차고 나온다.

사무실에 돌아오니 선숙이 쭈뼛쭈뼛 철민의 눈치를 살피고 있다. 철민은 공연히 신경질이 난다. 냉장고에서 음료수를 꺼내 거칠게 따라 마신 철민은 냉장고 문을 신경질적으로 쿵 닫는다. 선숙이 움찔하면서 놀란다. 그녀의 표정에는 서운하고 슬픈 기색이 역력하다. 그러나 얼굴이 너무 살쪄서 슬픈 표정이 외려 희극적으로 보인다.

#60 모텔 마리아 301호

호준과 막 격렬한 섹스를 마친 미진이 호준의 몸 위에서 미끄러져 내려온다. 미진은 숨을 몹시 가쁘게 몰아쉰다. 송골송골 땀방울이 맺힌 그녀의 젖가슴이 오르락내리락한다. 호준이 생수 병을 미진에게 내밀면서 그녀의 머리칼을 쓰다듬는다. 물을 마시고 겨우 숨을 고른 미진이 말한다.

"자기, 나랑 하면 좋아? 나를 좋아하기나 하는 거야. 사랑하느냐고?"

그러나 호준은 아무 말 없이 미진의 머리칼만 계속 쓰다듬는다. 여자는 손톱으로 남자의 가슴을 가볍게 긁으며 재차 묻는다.

"말 좀 해 봐! 날 사랑하느냐고 물었잖아."

호준은 여자를 밀치고 천천히 침대에서 몸을 일으키더니 옷걸이에 걸린 바지춤에 손을 넣는다. 그 손끝에서 반짝이는 반지가 끌려 나온다. 침대로 돌아온 호준이 그것을 미진에게 내민다. 그것을 받아 드는 미진의 표정에 순간 화색이 돈다.

"이게 뭐야?"

"보면 모르니. 반지잖아."

반지를 손가락에 끼어 본 미진은 활짝 웃으면서 호준의 목에 매달린다.

"어머! 자기, 언제 이런 것을 준비했어? 정말 예쁘고 근사한데."

미진은 반지를 낀 손가락을 이리저리 비추어 보고는 감격한 듯 말한다. 그렇게 말하면서도 미진은 호준이 정당하지 못한 방법으로 어디선가 반지를 구했으리라는 데 생각이 미친다. 하지만 미진은 그런 것쯤은 조금도 문제 삼고 싶지 않다. 세상은 어떻게든 굴러가는 것이고, 약해지는 순간 비참해진다는 것을 너무나 잘 알고 있기 때문이다.

미진은 반지를 거듭 매만지며 부러 밝은 목소리로 소리친다.

"어머, 너무 잘 어울린다!"

그때 호준이 미진의 볼을 살짝 꼬집으며 나직하게 말한다.

"앞으로 내 말만 잘 들으면 더 좋은 것도 해 줄 수 있어. 그러니 아까 모텔 앞에서 당한 일은 잊으라고."

그러자 미진이 호준의 엉덩이를 손바닥으로 쓰다듬으며 애교가 가득한 목소리로 말한다.

"치, 이거 하나면 충분해. 날 사랑하는 마음만 변하지 말아 달라고."

#61 자동차 운전 학원

　자동차 운전 학원의 코스 연습용 도로에서 노란색 승용차와 흰색 트럭 들이 느린 속도로 움직인다. 높은 곳에서 보면 마치 차들이 장난감처럼 보일 만도 하다. 햇살은 아스팔트 도로를 녹일 듯이 내리쬐어, 더욱더 차들의 움직임을 느려 보이게 한다. 그중에는 선숙이 핸들을 잡고 있는 2종 면허 교습용 차량이 들어 있다. 딱하게도 선숙은 차량의 시동을 번번이 꺼뜨린다. 그것을 보고 옆자리에 동승한 자동차 운전 학원의 강사가 몹시 짜증스러운 목소리로 말한다.

　"아니, 왜 그렇게 말길을 못 알아들어요. 클러치를 한 번에 떼지 말고 살짝 떼라고 했잖아요. 그렇게 둔하면서 왜 오토를 신청하지 않고 수동을 신청해서 이렇게 애를 먹여요?"

　선숙은 붉게 상기된 강사의 얼굴을 안쓰럽게 바라보며 기어 들어가는 목소리로 대답한다. "가르쳐 주신 대로 하려고 노력하는데 잘 안 되네요."

　그러면서 선숙은 무안함을 감추려는 듯 살짝 웃는다. 그러나 살짝 웃는 선숙의 얼굴이 강사에게는 더욱 미웁스럽게 느껴진다. 강사는 몹시 성가시다는 듯한 말투로 툭 내뱉듯이 말한다.

“다시 출발해 봐요.”

그러나 선숙은 차를 앞뒤로 덜컹덜컹 출렁이게만 하고 다시 시동을 꺼뜨린다.

“정말 왜 그래요. 날도 더운데. 하라는 대로만 하면 된단 말이에요!”

“예, 예, 알았어요.”

당황한 선숙은 손을 움직이다가 와이퍼 스위치를 잘못 건드린다. 와이퍼가 쓰윽, 쓱, 움직이기 시작한다. 햇볕이 쨍쨍 내리쬐는 가운데 앞창에서 와이퍼가 빠르게 움직이고 있다.

“이거 원.”

강사가 한심하다는 듯 선숙을 쳐다보고 있고, 다른 강사들이 그 모습을 보고 웃는다. 그중에 한 강사는 차창 밖으로 얼굴을 내밀고는 선숙의 차에 동승한 강사를 약 올리듯 말한다.

“이봐, 지금 비 오나? 왜 와이퍼를 작동하는 거야? 내가 봐도 참 힘들겠다.”

뒤에서는 다른 차들이 빵빵거리고 있다. 안 되겠는지 강사가 문을 열고 내리면서 말한다.

“내려서 옆에 타요. 내가 하는 것 잘 보세요!”

선숙은 좁은 운전석에서 한참을 버둥거린 끝에 힘겹게 내린다.

학원 버스 기사 진호와 학원 건물에 세 든 식당의 주인 남자가 생두부를 안주로 소주를 마시고 있다. 술이 좀 들어가자 두 사람 다 목소리가 맥없이 풀린다. 코가 크고 인중이 긴 식당 남자가 진호의 잔에 술을 따르며 혀가 꼬부라진 소리로 말한다.

"내가 이 일 하면서 여기 드나드는 사람을 여럿 만나 보았지만 자네처럼 바지런하고 성실한 사람은 처음이야."

두부를 집어 입에 넣던 진호가 그 말을 듣고 멋쩍게 웃는다. 벌려진 입속, 부서진 두부가 다 들여다보인다.

"아유, 저 같은 사람이야 자식하고 마누라만 건사할 수 있다면 다른 욕심은 없어요. 뭐 바랄 게 있겠어요."

"에유, 이 사람. 그런데 사람이 말이야, 너무 욕심이 없어도 못 쓰는 법이야. 욕심이 없는 사람은 욕심이 많은 사람들의 호구가 되는 게 바로 이 세상이야. 자네처럼 착하고 바지런한 사람이 조금만 영리하게 머리를 쓰면 금방 돈도 모으고 부자도 됐을 텐데."

"그렇게 말씀해 주시는 것만으로도 고맙네요."

"그런데 학원에서는 얼마나 받고 일해?"

"글쎄요. 이런 말씀을 드리는 게 어떨지 모르겠는데, 딱 열두 장 받아요, 120만 원요. 뭐, 제가 어디 가서 그렇게 받겠어요."

진호의 말이 끝나기 무섭게 식당 남자가 얼굴을 붉게 물들이고 흥분을 해서 소리친다.

"뭐야. 이런, 이 친구 하는 말 좀 보게. 그 돈을 받고서 밤늦게까지 버스를 운전한단 말이야. 내가 거기 원장이 깍쟁이인 건 진작 알아봤지만. 학원이라고 해야 코딱지만 한 학원인데, 성냥을 만드는 공장에도 건강보험이네 국민연금이네 다 있는데, 여기에 그런 게 있기를 해, 뭐가 있어? 차라리 시내버스를 모는 게 낫지."

"아유, 저는 그런 거 무서워서 못 해요. 시내버스를 몰아 보려고도 했지만, 도저히 자신감이 안 생기더라고요."

"참 딱한 노릇이네. 자네가 그렇게 열심히 일한다고 누가 알아주기를 하나. 선생들도 하나같이 모난 사람들만 있어서. 자기들이 아이들 가르친다는 생각만 하면서 콧대나 높지, 날 보고도 인사를 안 해. 젊은 사람들이 참나."

"그러게요. 선생님들이, 여기 선생님들이 좀 무뚝뚝하긴 하죠."

진호는 뒷머리를 긁적이며 다소 자신 없는 목소리로 그렇게 대꾸한다.

"이왕 운전할 요량이면 일이 좀 많아. 시내의 큰 학원을 알아보든가. 하다못해 택시를 몰아 보든가."

진호는 말없이 술잔을 거푸 비운다. 한 잔만 한다는 것이 벌써 여덟 잔째다. 주량을 훨씬 넘어섰다.

#63 단층집 대문 앞

브레이크 정비를 위해 차를 맡겨 놓은 정비 공장에서는 선재에게 폐차를 권하는 연락을 해 왔다. 날씨는 점점 폭염으로 치달아 낮 최고 온도가 사람 체온을 넘어서는 38도에 이른다. 35도 이상의 날씨가 일주일째 계속되고 있다. 모두들 더운 기세를 피해 문을 꼭꼭 닫고 음지로 숨어 버렸는지, 거리엔 행인들도 드물다.

술에 제법 취한 선재가 택시에서 내려서는 대문 앞으로 비틀비틀 걸어간다. 그는 오늘도 알 수 없는 비애감에 젖어 퇴근길 술집에 들러 술을 마셨고 마신 만큼 취했다. 선재는 헛헛한 마음을 조금이라도 달래 보려고 술을 마셨지만 술이 들어갈수록 자신의 삶이 환멸적이라는 느낌에 사로잡혔다. 그는 술집 종업원의 만류로 겨우 술자리를 털고 일어나서 집에 오는 길이다. 집 대문 앞에 이른 선재의 입에서 노래가 몇 마디 흘러나온다.

"사노라면, 언젠가는 좋은 날도 오겠지. 흐린 날도 날이 새면 해가 뜨지 않더냐."

그는 대문 앞에 서서, 열쇠를 꺼내기 위해 바지춤을 헤집는다. 하지만 호주머니에는 그가 찾는 열쇠가 없다. '열쇠가 어디 있지?' 바지춤에 손을 넣었다 뺐다 하는 서슬에, 술에 취한 그의 몸이 중심을 잃고 휘청거리더니 엉덩방아를 찧는다. 선재는 툭툭 털면서 일어나서는 다시 열쇠를 찾는다. 하지만 열쇠는 어디에서도 나오지 않는다.

그때 마침 쓰레기봉투를 버리기 위해 안에서 대문을 열고 나오던 소라가 대문 앞에 주저앉아 있는 선재를 발견하곤 깜짝 놀란다.

"어머나, 이게 누구야."

잠겼던 대문이 열리고 소라가 나타나자 선재는 거의 감격스러운 표정이 된다. 선재는 술 취한 생각으로 집 밖에서 대문을 열지 못하고 어쩔 줄 몰라 하는 자신을 위해 주인집 여자 소라가 일부러 밖에 나와 본 것이라고 생각한다.

"아, 소라 씨, 저예요. 저 선재라고요. 놀라지 마세요. 하하. 제가 오늘 술 한잔했습니다."

"네에, 술을 많이 드셨나 봐요."

그러면서 소라는 조심히, 하지만 세심하게 선재의 안색을 살핀다.

"아이 씨, 이놈의 세상, 술 안 먹고 배길 수가 있어야지요."

그렇게 말한 선재가 어느 순간 몸을 일으키려고 무릎을 세워 보지만 중심을 잃고 비틀거리면서 소라 쪽으로 기울어진다. 놀란 소라가 자신도 모르는 사이 선재의 팔을 잡는다.

"이러다가 넘어지시겠어요. 제 팔을 잡아요."

소라는 선재를 부축해서 대문 안쪽으로 선재의 몸을 끌어당긴다. 한쪽 팔을 소라에게 단단히 붙잡힌 선재가 질질 끌리다시피 하면서 자신의 자취방 쪽으로 움직인다. 문 앞에서 선재는 소라의 팔을 꼭 붙잡고는 놓지 않는다. 그러고는 술기운에 터무니없이 큰 소리로 말을 건넨다.

"소라 씨, 미안한데요. 제 방에 잠깐 들어오실래요. 소라 씨한테 할 말이 있어요."

"할 말이라고요?"

"네, 할 말이 있어요."

"지금 시간이 많이 늦었는데……."

"아, 부탁이에요. 잠깐만 들어왔다 가세요. 제가 소라 씨를 어떻게 할 것 같아요, 네? 제가 소라 씨를 어떻게 할 것 같으냐고요?"

선재는 거의 우격다짐한다.

"아뇨. 그건 아닌데……."

"그럼 아무런 걱정 말고 잠깐 들어오란 말이에요."

선재가 현관문을 열고 안쪽으로 들어가고 잠시 우물쭈물하던 소라도 뒤따라 들어간다. 선재는 방에 들어서자마자, 입고 있던 정장 상의를 벗어서는 책상 위에 던져 놓는다. 그러고는 냉장고 문을 열어서 캔 맥주와 오렌지 주스를 꺼낸다. 오렌지 주스를 종이컵에 따라 소라에게 건네면서 선재가 말한다.

"고마워요. 늦은 시간인데 이렇게 제 방에 들어와 주셔서요. 주스 한 잔 드세요. 전 맥주 한 잔만 더 할 테니."

"지금도 많이 취하신 것 같은데 술은 그만 하시지."

"전 하나도 안 취했어요. 아니, 그리고 오늘은 이렇게 술을 마셔서 이미 버린 몸이니까, 이런 날 아주 망가져 줘야 해요. 그게 내 신조라고요, 크큭."

쓴웃음을 얼굴 가득 지어 보인 선재는 캔 맥주 하나를 따서는 벌컥벌컥 입에 들이붓는다.

“그런데 제게 하실 말씀이라는 게…….”

“네, 그게…… 제 말을 잘 들으세요. 저는 말이에요…… 파계승의 자식, 문둥병자의 자식이에요. 아시겠어요. 제가 얼마나 큰 고통을 안고 살아가는지.”

소라는 선재가 지금 술에 몹시 취해 헛소리를 하고 있다고 생각한다. 도대체 파계승의 자식, 문둥병자의 자식이라는 게 무슨 소리인가. 소라는 그가 지금 무슨 말을 하려는 것인지 도무지 알아차릴 수가 없다. 어리둥절해 있는 소라를 선재가 다시 채근하듯 부른다.

“소라 씨, 전 말이에요. 죽기 전에 하고 싶은 일이 세 가지 있어요. 그게 무언지 아세요?” 소라는 여전히 선재의 안색을 살피면서 낮은 목소리로 말한다.

“네, 말씀해 보세요.”

“그럼 잘 들어 보세요. 제가 죽기 전까지 하고 싶은 일 세 가지는 천사를 사랑하는 것, 인간쓰레기 한 명을 죽이는 것, 이 책들을 모두 불태우는 것이에요.”

“그게 저에게 하시겠다는 말씀이에요?”

소라가 그렇게 물으며 시종 숙이고 있던 고개를 들어 선재를 바라본다. 그런데 알 수 없게도 선재의 눈이 눈물로 젖어 있다. 천사를 사랑하고 인간쓰레기를 죽이고 책들을 불태우겠다고 말하면서 한 남자가 울고 있는 것이다.

“네, 저는 꼭 그렇게 하고 싶어요. 그런데 제가 죽이고 싶은 인간쓰레기가 누구인 줄 아세요. 그건 바로 저라고요. 저요!”

선재는 울부짖듯이 그렇게 외쳐 놓고는 허물어지듯이 옆으로 천천히 쓰러져서는 이내 잠에 빠져 든다. 한동안 그런 선재의 얼굴을 측은히 바라보던 소라가 옷장에서 얇은 이불을 꺼내 그의 몸을 덮어 주고는 방을 빠져나온다.

#64 군부대 사병 막사, 본부중대 앞 공중전화

개인화기와 반합 따위의 군장들이 부딪치는 소리가 막사 안에 요란하게 울려 퍼진다. 훈련을 마친 부대원들이 내무반에서 군장을 해체하고 있는 것이다. 훈련이 힘들었는지 여기저기서 ‘어휴’ 하는 신음 소리들이 터져 나온다. 얼굴에는 먼지와 섞여 탁해진 땀줄기들이 얼룩덜룩하게 나 있다. 창살을 통과한 햇살에 뿌옇게 뒤엉킨 먼지의 입자들이 보인다. 그때 어깨에 푸른색 견장을 단 선규가 터벅터벅 걸어 나와 내무반 문 앞을 가로막고 서서 걸걸한 목소리로 외친다.

“지금 시각 16시 30분. 16시 50분까지 군장 정리를 완료하고 별명(別命)이 있을 때까지 그 자리에서 대기한다.”

그 소리를 듣고 여기저기에서 불만들이 터져 나온다.

“에이, 샤워할 시간부터 줘야지!”

“다 끝났는데 또 뭘 대기하라는 거야!”

"조용히들 해. 중대장님 지시니까 따르라고."

그때 영표가 선규의 말에는 아랑곳없이 아직 끄르지 않은 군장을 관물대에 대충 던져 놓고 내무반 문 쪽으로 움직인다. 그러자 문 앞을 가로막고 선 선규가 어이없다는 표정으로 그를 제지한다.

"야, 넌 내 말 못 들었어. 어딜 가려고 해!"

그러나 영표는 막무가내로 내무반을 나서려고 한다. 그러자 선규가 험악하게 얼굴을 일그러뜨리면서 소리친다.

"이 새끼야, 자리에 돌아가서 군장이나 끌러!"

그 말을 들은 영표의 눈에 움푹한 그늘이 생긴다. 그 눈으로 선규를 째려본다.

"비켜요. 절 막지 마요."

"어쭈, 이 새끼가 내 말이 말 같지가 않냐!"

선규는 금방이라도 영표를 후려칠 듯 주먹을 그러쥔다. 그러자 영표가 입술을 잘근 깨물더니 어깨로 힘껏 선규를 밀치고는 내무반 밖으로 뛰어나간다. 선규가 잠시 기우뚱하자 여러 사병들의 시선이 동시에 그쪽으로 쏠린다. 겨우 자세를 바로잡은 선규가 영표의 뒤통수에 대고 험한 욕을 한다.

"저, 저 새끼가 정말!"

내무반을 뛰쳐나온 영표는 본부중대 앞에 있는 공중전화 부스까지 쉬지 않고 달려간다. 부스에 뛰어든 그는 허겁지겁 전화기의 버튼을 누른다. 헉헉, 그의 가쁜 숨이 좁은 공중전화 부스를 터뜨릴 듯하다. 좀처럼 통화가 되지 않는지 영표는 손으로 수화기를 탁탁 때리면서 인상을 찌푸린다. 얼마 후, 표정이 되살아난 영표가 수화기에 대고 거칠게 소리를 지른다.

"야, 전화 빨리 받으라고 그랬지! 어디서 무얼 하다가 이제 전화를 받아!"

#65 단층집 안채

세탁기가 윙윙 경쾌한 소리를 내며 돌아간다. 소라는 그 소리를 들으면서 어머니 품속에서 낮잠을 자던 포근했던 유년 시절을 떠올린다. 어머니가 돌아가신 지 벌써 8년이 지났다. 소라는 어머니가 돌아가시면서 모든 게 뜻하지 않은 방향으로 이상하게 흘러갔다고 생각한다. 건강했던 아버지가 쓰러지셨고, 호준은 나쁜 친구들과 어울리다가 결국 고등학교도 제대로 마치지 못했고, 자신은 뜻밖의 임신과 결혼을 하게 된 거라고. 하지만 소라는 낙담하지 않기로 한다. 낙담을 하지 않을 때는 그냥 지나간 일들일 뿐이지만, 낙담을 하게 되면 그것은 얼굴을 바꾸고 현실 속에서 가슴을 조여 오는 무시무시한 고통이 되기 때문이다.

전기밥솥에서는 김이 모락모락 뿜어지고 있다. 그래, 나쁠 게 없는 오전이다.

'밥이 다 되면 아버지 밥상을 정성껏 차릴 거야. 오랜만에 아버지가 좋아하시는 생선도 구울 거야.'

소라는 밥이 되기를 기다리면서 안방에 엎드려서 월간지의 낱말 퍼즐을 풀고 있다. 소라는 지금 '난' 자로 시작되는 네 글자 단어 중에 세 번째 음절은 '불'인 단어를 떠올리기 위해 애를 쓴다. 힌트는 이런 것이다. 공격하기가 어려워 좀처럼 함락되지 아니함. 아무리 생각해도 힌트가 요구하는 네 글자 단어는 떠오르지 않는다. 아, 무슨 낱말 퍼즐이 이렇게 어렵담. 그때 건넌방에서 '뿌오뿌오뿌오' 하는 소리가 들려온다. '아버지가 소변을 보시고 싶은 모양이구나.' 소라는 굳은 얼굴로 잡지 위에 펜을 던져 놓고 몸을 일으킨다. 그때 소라의 머릿속을 퍼뜩 스치는 단어가 하나 있다. '맞다, 난공불락. 아, 아버지의 저 장난감 나팔 소리가 내게는 난공불락 같은 것이 아닐까. 사랑하는 아내를 먼저 보내고 극심한 슬픔과 고통 속에서 홀로 감내해야 하는 이 세월이 아버지에게는 난공불락 같은 것이 아닐까.'

건넌방 문을 여니 아니나 다를까 장난감 나팔을 입에 문 용덕이 잔뜩 인상을 일그러뜨린 채 앙상한 손으로 자신의 아랫도리를 가리키고 있다. 소라는 용덕의 바지를 벗기고 더러워진 기저귀를 갈아 준다. 그리고 가운데에 환자용 소변기를 대어 준다.

"아버지, 힘을 줘 보세요. 쉬쉬."

한참 만에야 용덕의 쪼글쪼글한 성기에서 오줌발이 터진다. 용덕은 소변을 보면서 몹시 힘겨운 듯 사지를 덜덜 떤다. 그걸 보고 소라가 용덕의 성기고 푸석푸석한 머리칼을 쓰다듬는다. 소라는 용덕의 이마에 살짝 입술을 가져다 대면서 중얼거린다.

"내가 아버지를 끝까지 지킬게요. 아무런 걱정 마세요."

그때 거실에서 전화벨이 울린다. 소라가 그 소리에 흠칫 놀란다. 한 번, 두 번. 소라는 당황한다. 어떻게 해야 좋을지 모르는 것이다. 용덕의 성기에서는 여전히 오줌이 찔끔찔끔 새어 나오고 있다. 전화벨은 그런 사정을 알 바 없다는 듯 계속 그르렁그르렁 울린다. 전화가 울리는 거실 쪽으로 고개가 돌아가 있는 소라의 안색이 창백해진다. 그때 용덕이 소변을 다 보고 옆으로 힘없이 쓰러진다. 소라는 소변기의 마개를 제대로 닫지도 않고 거실로 뛰어나간다. 넘어진 소변기에서 누런 소변이 주르르 흘러나와 이불자락을 적신다. 거실로 뛰어나간 소라는 숨을 고르며 전화를 받는다.

"여보세요. 여보세요."

수화기 너머에서는 남편인 영표의 거칠고 빠른 목소리가 튀어나온다. 영표는 몹시 화가 나 있다.

"야, 전화 빨리 받으라고 그랬지! 어디서 무얼 하다가 이제 전화를 받아!"

#66 모텔 마리아 301호

막 두 번째 격렬한 섹스를 마친 미진과 호준이 침대에 누운 채로 가쁜 숨을 몰아쉰다. 잠시 후 호준이 냉장고를 열어서 물병을 꺼내고 미진은 수건을 찾아 들고 호준의 몸에 묻은 땀을 닦아 주기 시작한다. 그러고는 교태가 가득한 목소리로 말한다.

"그런데 나 말이야, 사실 요즘 우리 원장 때문에 성가셔 죽겠어."

"원장이 왜?"

호준은 팔을 뻗어 담뱃갑을 찾으며 건성으로 대답한다.

"왜긴, 자꾸 치근덕거리니까 그렇지."

"전에 몇 번 잠도 잤다며."

"그때는 호준 씨 만나기 전이었는데 뭐. 아무튼 요즘은 교무실에서도 자꾸 치근덕거려서 다른 선생님들 보기도 좀 그렇고 귀찮아서 미치겠어. 나는 더 이상 원장한테 관심이 없거든."

담뱃갑을 찾아 담배 한 개비를 꺼내 막 입에 문 호준은 여전히 건성으로 대꾸한다.

"흠, 그렇다면 내가 한번 손봐 줄까."

"어떻게?"

"다 생각이 있어."

"그래, 호준 씨가 손 좀 써 줘라. 우리 원장이 앞으론 일절 내게 치근덕거리지 못하도록 말이야."

"그래."

미진은 얼굴 가득 미소를 지으며, 더욱 정성껏 호준의 몸을 닦아 준다. 담배 연기를 내뿜는 호준의 얼굴에도 득의만만한 미소가 떠오른다.

“아유, 이걸 어쩌나. 오늘 송 기사 많이 취했는걸. 내가 주책없이 너무 권했나.”

식당 주인 남자가 눈앞에서 형편없이 불콰해진 얼굴을 일그러뜨리며 웃고 있는 진호를 보며 안타까운 표정으로 말한다.

“아유, 아저씨도 참…… 취하라고 마신 술인데요, 뭐. 오늘 너무 맛있게 잘 먹었어요. 정말 고마워요, 아저씨. 저에게 좋은 말씀도 많이 해 주시고.”

그렇게 말하는 진호의 상체가 심하게 흔들린다. 급기야 팔로 물 컵을 건드려서 쓰러뜨린다. 그러자 식당 주인 남자가 진호에게 다가가 진호의 상체를 일으켜 세우며 다시 한번 자신을 힐책한다.

“아, 이거 큰일 났네. 내가 공연히 술을 권했어.”

“아유, 전 안 취했다니까요.”

진호가 비틀거리는 걸음걸이로 자리에서 일어나서는 식당의 문을 열고 나간다. 그러자 식당 주인 남자가 따라나서며 한마디 한다.

“어디 다방 같은 데 가서 좀 쉬어. 술이 깨야 뭐든 할 수 있지. 절대로 학원에는 올라가지 마.”

하지만 그 말을 듣는지 마는지 진호는 학원의 교무실로 향하는 계단에 한 발을 올려놓는다. 그 발걸음이 위태롭기 짝이 없다. 그 뒤에 대고 식당 주인 남자가 다시 한번 핀잔하듯 외친다.

“이보게, 학원에는 올라가지 말라니까 그러네.”

그러자 진호가 중간 계단참에서 꾸부정하게 뒤를 돌아보고는 흐물흐물한 목소리로 대꾸한다.

"아니에요. 전 오늘 부원장한테 할 말이 있어요. 그 인간한테 따질 게 있다고요."

진호가 비틀거리는 몸으로 교무실 앞에 이르러서 문을 열자, 교무실의 선생들은 여느 때처럼 진호에게 눈길 한 번 주지 않은 채 각자 자기 일에 몰두하고 있다. 감정이 북받친 진호가 씩씩, 더운 숨을 몰아쉰다. 그제서야 부원장 철민이 진호를 바라본다. 그러고는 눈을 치켜뜨고는 윽박지르듯이 말한다.

"뭐야! 왜 그러고 서 있어?"

그 소리를 듣고 진호가 흐느적거리면서 철민의 책상 쪽으로 다가간다. 철민의 책상 앞에 바짝 붙어 선 진호의 풀린 눈동자가 철민을 쏘아본다. 그제서야 철민은 진호가 술에 취했다는 걸 알아차린다. 철민이 큰 목소리로 호통을 친다.

"뭐야 이거, 술 먹은 거 아냐! 아니, 이 작자가 근무 중에 술을 처먹고, 정신이 어떻게 된 거야!"

손톱을 다듬던 미진이 진호와 철민을 번갈아 바라보면서 눈살을 찌푸린다. 술 냄새를 맡았는지 한 손으로는 코를 쥐어 막는다. 그때 진호가 철민의 책상을 쿵 내리치면서 말한다.

"나 말이에요, 부원장님한테 할 말이 있는데요. 사람 그렇게 우습게 보지 마쇼! 지금 내가 아이들 버스나 운전하고 여기 학원에서 사람 취급도 못 받고 사환 비슷한 노릇이나 하고 있지만, 난 그런 대접을 받을 만큼 못난 놈이 아니오. 집에는 날 바라보고 사는 새끼가 둘이나 있고, 제 서방을 세상 최고로 알고 사는 마누라도 있소. 왜 말끝마다 나를 깔보고 무시하느냔 말이오!"

진호의 입에서 침이 튄다. 황당한 표정으로 멍하니 진호를 바라보던 철민이 기어이 팔을 걷어붙이며 자리에서 일어선다. 그는 진호를 쥐어박을 듯 팔을 휘두르며 터무니없이 언성을 높인다.

"아니, 이 작자가 미쳤나! 그렇지 않아도 날이 더워서 환장하겠는데."

그러자 진호가 머리를 들이밀며 악을 쓰고 대든다.

"그래, 나 미쳤소. 어떡할 테요!"

"정말 환장할 노릇이군. 근무 중에 술 처먹은 것도 못 봐주겠는데, 이게 선생들 다 보는 앞에서 주정이야, 주정이."

철민은 가소롭다는 듯 숨을 한 번 푹 내쉬고는 다짜고짜 진호의 멱살을 잡는다. 그러자 딱하게도 철민의 완력에 제압당한 진호의 몸이 대롱대롱 공중에 매달린다. 숨을 쉬기가 곤란한지 진호의 얼굴이 금세 새빨개진다.

"억억…… 이것 좀 놔줘요. 이것 좀."

"뭐야, 이 작자야. 할 말 있으면 더 해 보란 말이야. 어디서 감히 시비야, 시비가."

철민은 분이 풀리려면 아직도 멀었다는 듯 부아가 잔뜩 난 얼굴로 잡아먹을 것처럼 진호를 쏘아본다. 그러자 그때까지 잠자코 있던 선재가 자리에서 일어나서 부원장에게 한마디 한다.

“부원장님, 이제 놓아주세요. 송 기사님이 놓아 달라잖아요.”

미진은 모든 게 한심스럽고 우스워 죽겠다는 듯 자리에서 일어나 교무실 문을 열고 나가 버리고, 선숙은 자기 책상에서 이러지도 저러지도 못한 채 바들바들 떨고 있을 뿐이다.

#68 레스토랑 지하 주차장

일요일 오후, 인도의 타지마할을 흉내 내어 지은, 호화스러운 외장을 한 레스토랑 지하 주차장, 철중이 자기 은색 승용차의 문을 열고 미진을 밀어 넣는다. 미진은 주위를 잠시 살피더니 못 이기는 척 철중의 승용차에 오른다.

“윤 선생, 오늘 식사 어땠어?”

철중이 미진의 어깨 뒤로 손을 올리면서 음흉한 표정으로 말을 건넨다.

“원장님, 그런대로 괜찮았어요. 그런데 미디엄인데 조금 많이 익혔더라고요.”

“맞아, 나도 그런 생각을 했는데, 다음엔 덜 익혀 달라고 해야겠어.”

그러면서 철중이 미진의 상체 쪽으로 고개를 기울이며 낮은 목소리로 속삭인다.

“윤 선생, 이제 우리 연애하러 가자. 알았지?”

미진은 알듯 말듯 한 미소를 입가에 머금은 채 고개를 살짝 두
어 번 끄덕인다. 철중과 미진이 이러고 있는 모습을 호준과 호준
의 후배 명구가 낡은 소나타 승용차 안에서 바라보고 있다. 담배
를 빼어 무는 호준의 얼굴에 차가운 미소가 스쳐 지나간다.

철중은 옆 자리에 탄 미진의 어깨를 한쪽 팔로 살며시 안았다
가 풀고는 자동차의 키 박스에 키를 꽂는다. 지하 주차장에 요란
한 굉음을 남기며 은색 승용차가 빠져나간다.

"명구야, 우리 차도 출발시켜."

소나타 승용차의 조수석에 탄 호준이 그렇게 말하자, 명구도
급하게 시동을 걸고는 액셀러레이터를 밟는다. 철중은 자신의 차
를 따라붙는 호준 일행의 차를 전혀 눈치 채지 못한다.

시의 외곽 도로를 20~30분 달려간 철중의 승용차가 어느 모텔
앞에서 멈춰 선다. 철중과 미진이 차 문을 열고 내리자 모텔 안에
서 줄무늬 유니폼을 입은 종업원이 날렵하게 뛰어나온다. 철중이
그에게 자동차 키를 건네며 위엄 있는 목소리로 말한다.

"여기에서 가장 아늑하고 깨끗한 방 하나 내줘요. 우리 잠시 쉬
었다 갈 거니까."

"아유, 그럼요. 사장님, 제일 좋은 방으로 모실게요."

철중과 미진은 종업원의 안내를 받으며 모텔 안으로 들어간다.
미진을 바라보는 철중의 얼굴에는 잔망스러운 탐욕의 미소가 번
진다.

철중과 미진이 모텔 안으로 사라지자마자 호준이 탄 소나타가

모텔 문 앞에 멈춰 선다. 호준과 명구가 재빠른 동작으로 차에서 내린다. 그러자 철중과 미진을 마중 나왔던 종업원이 달려 나와서는 그들의 앞길을 가로막는다. 종업원은 한눈에 호준과 명구의 행색을 살피더니 주눅이 든 목소리로 말한다.

"무슨 일이세요?"

"십쌔꺄, 좋은 말로 할 때 비켜. 내 마누라 찾으러 왔으니까."

호준이 위협적인 목소리로 그렇게 말하면서, 종업원을 밀치고 모텔 안으로 뛰어들고 명구도 호준의 뒤를 따라 뛰어 들어간다. 호준과 명구가 2층에 올라가자, 철중과 미진이 막 객실 문의 키 박스에 키를 꽂는 중이다. 호준이 철중에게 사나운 소리를 내지른다.

"야, 이 새끼야. 너 거기 그대로 있어."

"앗, 너희들 뭐야!"

호준이 소리를 치며 뛰어들자, 철중이 놀란 표정으로 객실 키를 바닥에 떨어뜨린다. 호준과 명구는 모텔 방 안으로 철중을 몰아넣고는 철중의 얼굴이며 복부 등을 사정없이 가격한다. 난데없이 폭행을 당한 철중이 죽는 소리를 내며 사정한다.

"이게 무슨 일이에요? 나한테 왜 이러는 거예요?"

"몰라서 물어? 원장이라는 작자가 여선생을 꾀어서 농락해!"

이미 겁을 잔뜩 집어먹어 새파랗게 질린 철중이 형편없이 기어드는 목소리로 묻는다.

"당신들은 누구요?"

그러자 호준이 철중의 턱주가리를 사정없이 올려붙이면서 말한다.

"내가 누구냐고? 미진이 오빠 되는 사람이야. 네 마누라에게 알려서 아주 망신을 시켜 줄까."

철중이 고개를 절레절레 흔들며 들릴 듯 말 듯 가느다란 목소리로 말한다.

"당신들이 원하는 게 뭐죠? 원하는 대로 해 줄 테니까 제발 주먹질 좀 그만 해요."

"사실 이런 걸로 해결할 문제는 아니지만, 지금 우리가 돈이 필요하니까 뭐 할 수 없지. 일단 있는 돈 다 털어 봐."

호준은 목소리를 최악, 가라앉히고 제법 그럴싸하게 협박한다. 입술과 코피가 터져서 얼굴에 피가 낭자한 철중은 먹살을 명구에게 붙잡힌 채 겨우 고개만 끄덕인다. 그러는 모습을 아주 재미있다는 표정으로 미진이 모텔 복도에서 얼굴을 빠끔히 내민 채 지켜보고 있다.

#69 학원 교무실

"자, 이 시에서 핵심적인 건 바로 침묵이라는 시어야. 침묵이 무얼 의미하는지만 알면 이 시는 전혀 어려운 시가 아니다."

선재가 그렇게 말했을 때 수업 종료를 알리는 벨이 울린다. 밤 10시 50분, 오늘의 마지막 수업이 끝났다. 한꺼번에 피로가 밀려

온다. 강의실에서 역시 피곤에 전 표정을 한 아이들이 쏟아져 나온다. 우르르. 아이들은 집에 돌아가서 엄마가 만들어 주는 간식을 먹고는 다시 한두 시간 정도 꾸벅꾸벅 졸면서 책을 보다가 잠들 것이다. 어제와 오늘이 다르지 않고 오늘과 내일이 다르지 않은 아이들의 일상. 선재는 그런 아이들을 볼 때마다 공연히 마음이 심란해진다.

복도를 뛰어다니는 아이들 틈을 비집고 아주 느린 걸음으로 교무실에 들어오던 선재는, 막 교무실 문을 나서던 미진과 부딪치고 만다. 그녀의 숄더백이 선재의 가슴에 부딪친다.

"이크, 미안해요! 저 먼저 갈게요. 내일 뵈어요."

미진은 선재의 눈도 바라보지 않고 재빠르게 내뱉고는 내달리듯이 계단을 뛰어 내려간다. 선재는 자신을 스쳐 간 미진의 경박함이 어쩐지 타고난 천연덕스러움이라기보다는, 삶에 대한 깊고 깊은 오해나 적의, 분노에서 나온 자학 같은 것일지도 모른다는 생각이 든다.

선재가 자기 책상에 앉아 천천히 가방을 정리하는데, 철민이 자리에서 일어나서는 누가 들으라는 건지 알 수 없는 말을 한다. 아마도 미진이 퇴근 시각이 되자마자 부리나케 빠져나가자 공연히 쓸쓸해진 모양이다.

"이봐요, 선생님들. 물론 개인적인 시간도 좋고, 쉬는 것도 좋지만, 퇴근 후에 한자리에 모여서 술 한잔하면서 이야기를 나누는 것도 좋잖아요. 그런데 수업이 끝나기가 무섭게 자리를 뜨곤 하니,

나 원참. 도대체 머릿속으로 무슨 생각들을 하면서 사는지 알 수가 없어."

철민의 말에 대꾸하는 사람은 아무도 없다. 공연히 선숙만이 안쓰러운 표정으로 철민을 바라볼 뿐이다.

"나도 이만 가요. 내일 봅시다."

철민이 어깨를 늘어뜨리고 교무실을 빠져나가자 선숙도 종종걸음을 치며 곧 교무실을 나선다. 그러자 희태가 기다렸다는 듯 선재에게 다가간다.

"이 선생님, 피곤하실 텐데요. 괜찮으면 저랑 술이나 한잔합시다. 이 선생님과 이야기를 나누고 싶은데……."

선재는 희태의 갑작스러운 접근에 다소 당황한다. 하지만 학원에 들어와서 처음으로 자신에게 다가와 말을 건네는 희태의 제안을 거절할 수는 없었다.

"네, 그러죠."

#70 학원 인근 밤거리

모든 수업을 마치고 학원을 나온 철민이 자신의 원룸이 있는 방향으로 터벅터벅 발걸음을 옮겨 놓는다. 어깨가 축 늘어진 그는 담배를 한 개비 꺼내 물고는 제법 천천히 발걸음을 떼어 놓는다. 강퍅하고 본능적인 동물, 이를테면 하이에나 같은 동물에게도 피곤하고 우울한 밤은 있는 법이다. 철민에게는 오늘이 그런 밤이다. 그의 표정이 유난히 의기소침해 보인다. 철민은 자신의 삶을 무시로 성찰하거나 회의하기 때문에 고통스럽다기보다는 욕망과 소유가 불일치하는 데서 오는 고통 때문에 자주 괴롭다. 철민에게 어제는 오늘이고, 오늘은 내일이고, 내일은 또 어제와 같은 시간일 뿐이다. 움직이지 않고 고정된, 그래서 희망을 기대할 수 없는 삶의 비애. 철민이 집으로 가는 길 중간에 있는 슈퍼에 들어가서 소주를 두 병 산다.

"오늘도 술을 사 가시네, 몸도 생각해야지."

슈퍼의 계산대를 지키는 노파가 기어이 한마디를 참견한다.

"두고두고 조금씩 마실 거예요. 걱정 마세요."

"돈 안 받을 테니 이거라도 하나 가져가."

그러면서 노파가 내주는 건 참치 캔이다. 철민이 어울리지 않게 입가에 수줍은 미소를 흘리면서 그 참치 캔을 받아서 비닐봉지에 담는다.

"고맙습니다, 할머니. 돈 드리면 쑥스러워하실 테니 그냥 받을게요."

"보아하니 혼자 사는 모양인데, 혼자 살수록 몸을 챙겨야 해."

"네, 알았어요. 할머니."

슈퍼 밖으로 나와서 몇 발자국 걸었을 때 철민은 어떤 그림자가 자신을 따라오고 있다는 것을 감지한다. 더 기다릴 것도 없이 철민은 걸음을 멈추고 뒤를 획 돌아본다. 뜻밖에도 그곳에는 선숙이 서 있다.

"부원장님."

"박 선생이 여기 웬일이오?"

철민은 선숙의 출현에 놀라서 하마터면 소주병과 참치 캔이 담긴 비닐봉지를 바닥에 떨어뜨릴 뻔한다. 철민은 며칠 전 교무실의 서랍 속에 들어 있던 선숙의 편지를 떠올린다. 그의 입에서 아무도 듣지 못한 짧은 한숨이 새어 나온다.

"저기, 저도 제 마음을 모르겠어요. 그냥 학원을 나와서 부원장님 뒤를 자연스럽게 따라오게 됐어요."

"지금 무슨 소리를 하는 거예요? 왜 박 선생이 내 뒤를 따라오느냔 말이에요. 얼른 집으로 돌아가요. 시간도 늦었는데."

"부원장님, 저랑 잠깐 얘기 좀 해요."

"나는 박 선생이랑 얘기할 게 없어요. 어서 돌아가요."

"부원장님, 제가 볼 때는 부원장님한테는 제가 필요해요. 말씀은 안 하시지만, 부원장님은 누구보다도 외로우신 분이잖아요."

그러면서 선숙이 눈물을 흘린다. 선숙의 눈물을 바라본 철민이 못 볼 것을 보기라도 한 사람처럼 홱, 얼굴을 돌린다. 그는 착잡한 표정으로 살짝 선숙의 눈치를 살피더니, 터벅터벅 다시 발걸음을 옮기기 시작한다. 그러자 선숙도 두 손을 가지런히 앞섶에 모으고는 종종걸음으로 철민의 뒤를 따라간다. 그렇게 두 사람은 아무런 말도 없이 200미터 정도를 걸어간다. 철민이 자신의 원룸 앞에 이르러 걸음을 멈추고 다시 뒤를 돌아본다. 선숙이 아까와 똑같은 자세로 다소곳하게 서 있다. 철민이 어쩔 수 없다는 듯 이번엔 길게 한숨을 내쉬고는 선숙에게 낮고 느린 목소리로 말을 한다.

"난 여기 살아요. 괜찮다면 잠깐 들어와서 커피나 한잔하고 가요. 난 술을 마실 테니 박 선생은 커피를 마셔요. 난 커피 탈 줄도 모르니까 직접 타 마셔야 해요."

그 소리를 들은 선숙의 표정이 구름 걷히는 하늘처럼 밝아진다. 그걸 보고 철민도 멋쩍게 웃음을 머금는다.

#71 학원 인근 대폿집

"저, 난데없이 이런 말씀을 드리면 어떻게 생각하실지 모르지만, 그래도 이 선생님한테는 말씀드리고 싶네요. 저는 이 선생님을 제일 신뢰하는 동료로 생각했거든요. 그래서 이렇게 가장 먼저 말씀드리는 겁니다. 사실, 전 이번 주까지만 학원에 나옵니다."

술집에 앉자마자 희태가 선재에게 한 말이다. 그 말을 들은 선재는 그다지 놀라는 표정이 아니다. 평소 보아 왔던 희태의 행동을 보면, 학원을 그만두겠다는 그의 말이 전혀 예상할 수 없었던 것은 아니었기 때문이다. 선재는 담담한 목소리로 묻는다.

"네, 그런 결정을 하셨군요. 그럼 무슨 일을 하시려고요?"

"사실은 엊그제 임용 고시에 합격했다는 통보를 받았어요. 발령을 받으려면 몇 달 더 기다려야 하겠지만, 이제 정말 선생님이 되는 거죠."

선재는 이번에는 다소 놀라는 표정을 짓는다. 그것은 희태에게 보여 주려고 부러 지은 표정인지도 모른다. 선재는 생각한다. 교무실에서 희태가 완강히 지키던 침묵은 다른 게 아니라 바로 인내의 표정이었던 모양이라고. 어떤 일에도 참견하지 않고 말을 아꼈던 것은, 황폐한 일상 속에 자신을 던져 넣고 그렇게 숨죽였던 것은, 말하자면 그만이 택한 저항이었다고. 자신을 학원으로부터, 이 거친 야만의 황무지로부터 탈출시키는 데 안간힘을 쏟느라 그토록 고독하게 침묵을 지켰던 모양이라고.

"아, 정말 잘되셨네요. 축하해요."

선재는 그렇게 말하면서 자신의 그 말이 진심인지 아닌지 알수가 없다는 생각이 든다. 희태는 한결 여유로워진 표정으로 입을 연다.

"수업을 마치고 독서실 다니면서 계속 공부를 했어요. 이런 구석진 변두리 학원이나 전전하면서 내 삶을 소모하고 싶지는 않았거든요."

"네, 그러셨겠죠. 이제 뜻을 이루셨으니 좋으시겠어요."

"참, 이 선생님은 시를 쓰신다고 들었는데, 이 선생님이 볼 때나 같은 사람은 이기적으로 보이겠죠?"

"아뇨, 전혀 그렇게 보이지 않아요. 진심으로 축하해 드리고 싶은걸요. 그리고 저는 이제 더 이상 시를 쓰지 않습니다."

"아무튼 나만 살 곳을 찾아 떠나는 것이 좀 미안해요. 이 선생님이라면 말이 통할 것 같아서 이렇게 술 한잔하자고 한 거예요."

선재는 희태를 이해하지 못하는 게 아니면서도 방금 그가 한 말이 조금 서운한 걸 어쩌지 못한다. 그가 말한 대로 학원을 그만 두는 것이 살 곳을 찾아 떠나는 것이라면, 지금 자신은 죽을 곳에 있다는 것인가? 살지 못할 곳에, 그처럼 처참한 궁지에 자신이 몰려 있다는 말인가.

"한잔 받아요, 이 선생님."

희태가 선재의 잔에 술을 따른다.

"사실 이 학원은 망조가 들었어요. 목이 조금 좋아서 그나마 유지되는 거죠. 사거리에 신축되고 있는 건물에 시내 유명 학원의 분원이 들어선다는 건 이 선생님도 알고 계시죠? 그거 들어서면 이 학원은 도저히 버틸 재간이 없을 거예요. 제가 이 선생님에게 이런 말씀을 드리는 건, 이 선생님을 가만 지켜보니까, 이런 학원에서 삶을 허비해서는 안 되실 분 같기에……. 그리고 윤미진 선생 얘긴데, 사실 윤 선생은 제 대학 후배예요. 그 앤 대학 다닐 때부터 유명했어요. 머리는 제법 똑똑했는데, 공부에는 영 취미가 없고 밤낮으로 남자들과 어울려 다니면서 별의별 소문을 끌고 다녔어요. 소문이라기보다는 추문이었다고 해야겠군요. 이런 말까지는 안 하려고 했는데, 우리 과 교수님하고도 안 좋은 소문이 돌았어요. 대학원 학점을 보장받고 교수님의 첩 노릇을 하기로 했다는. 그렇게 대학 생활을 보낸 아이가 어느 날 학원에 강사로 들어오더란 말이에요. 제가 얼마나 놀랐던지."

선재는 희태의 말을 듣는 둥 마는 둥 자신의 술잔을 들어서 입으로 가져간다. 다른 사람의 인생을 얘기하는 건 아주 쉽고 재미있는 일이다. 사실 자기 이야기를 하는 게 훨씬 어려운 일이 아닌가. 왜냐하면 자기 이야기를 하려면 먼저 그 이야기 속에 등장하는 자기 자신에 대해 엄정한 도덕적 입장을 취해야 하기 때문이다. 쉽게 말하면, 어느 정도까지 나를 옹호할 것인지, 아니면 비판할 것인지 그 수위를 정해야 하기 때문이다. 그것이 잘못 정해지면, 오히려 자신을 이야기한 것이 자기를 해치는 비수가 되어 돌아온다. 자기에게 돌아가기 위해, 자기 자신과 대면하기 위해 사람들은 다른 사람의 인생을 에둘러 간다. 그런 준비 없이 자기 자신과 막다른 골목에서 맞부딪치는 일은 얼마나 두려운 일이겠는가. 자신의 검은 치부를 홀로 들여다보는 것만큼 슬픈 일이 또 어디 있을까.

선재는 사는 게 다 거기서 거기다 싶다. 선재가 시를 쓰면서 그토록 염원했던 구원은 아버지의 원죄와 어머니의 천형을 깨끗하게 초월할 수 있는 것이어야 했다. 하지만 선재는 그런 구원에 이르지 못했다. 전복과 부정과 성찰과 전망을 다 아우르며 빛나는 구원은 어쩌면 현실에서는 도저히 성취할 수 없는 환상인지도 모른다. 누가 누구를 구원하고 누가 누구로부터 구원을 받는다는 것인가. 삶은 늘 순간순간을 견디는 것뿐이다. 나도 모르는 사이에 지나가기를, 나도 모르는 사이에 없어지기를 바라는 것이다. 사실 기쁨이나 슬픔이나 노여움이나 행복이나 모두 머무르지 않고 지나가는 것 아니던가. 모두 지나가는 것에 미련을 두고 그것을 부여잡기 위해 삶은 언제나 탕진되어 온 것 아닌가. 그러니 잠시 견디기만 하면 되는 것 아니냔 말이다.

희태의 말은 계속 이어졌다.

"그리고 부원장이라는 작자 말이에요. 이 선생님도 잘 아시겠지만, 그게 어디 상종할 인간입니까? 부원장과 원장이 사촌지간인 건 이 선생님도 아실 테고. 머리에 아무것도 든 게 없는 인간들이 학원을 한답시고. 교육에 대한 철학도 비전도 없는 사람들이 말이에요. 여기서 수업 듣는 아이들이 참 불쌍합니다. 원장은 또 얼마나 음흉한 인간인데요. 아마 요즘 미진이에게 눈독을 들이고 있는 모양인데, 미진이 개, 만만히 볼 수 있는 애가 아니에요."

희태의 비분에 찬 목소리가 계속해서 귓가에 들려오지만 선재는 이미 그의 말을 듣고 있지 않다. 그 순간 선재의 귀에 들려오는 건 바람에 실려 온 어느 파계승의 서럽고 매운 노랫소리일 뿐.

#72 단층집 선재의 자취방

"뻐꾹 뻐꾹 뻐꾹새 숲에서 울고 뜸북 뜸북 뜸북새 논에서 우네. 우리 오빠 말 타고 서울 가시면 비단 구두 사 가지고 오신다더니."

소라가 입으로는 소리를 내어 노래를 부르면서 손으로는 밥과 국을 정성껏 푸고 깍두기를 한 종지 담아서 쟁반 위에 올려놓는다.

소라는 쟁반을 들고 현관으로 가서 슬리퍼를 신는다. 그러면서 구슬픈 노랫소리도 끝이 난다. 소라의 노래는 어떤 비밀을 간직했기에 집 안에서만 불리는 것일까. 소라는 마당을 기역 자로 돌아 선재의 자취방 앞으로 간다. 소라는 선재가 아직 귀가하지 않았다는 것을 안다.

선재의 자취방 앞에 선 소라는 잠시 망설이는 듯하더니, 쟁반을 바닥에 내려놓고는 주머니에서 열쇠 뭉치를 꺼낸다. 열쇠 뭉치가 수굿해진 저녁 햇살을 받아 부드럽게 반짝인다. 소라는 열쇠를 꽂아 선재의 방문을 열고는 안으로 들어간다. 소라는 방에 들어가자마자, 쟁반을 내려놓고 바닥에 반듯하게 누워 본다. 소라는 자신의 얼굴에 와 닿는, 선재의 방이 가지고 있는 푸른 어둠과 부드러운 고요가 썩 만족스럽다. 어머니 품속처럼 아늑하게 느껴지는 것이다. 소라는 깊이 숨을 들이마신다. 희붐한 어둠 속에서 모습을 드러내는 책장과 책상과 컴퓨터와 작은 냉장고. 그리고 벽에 걸려 있는 선재의 옷가지들. 그 모든 것의 냄새를 음미하려는 것처럼 말이다.

소라는 눕혔던 몸을 일으키고는 밥과 국이 놓인 쟁반을 책상 위에 올려놓고 신문지로 덮는다. 소라는 방을 나서려다가 가만히 선재의 빈 방바닥을 내려다본다. 방바닥에는 잡지와 빈 담뱃갑, 그리고 벗어 놓은 양말과 수건 들이 놓여 있다. 그것을 보고 소라가 빙그레 웃는다. 소라는 허리를 굽히고는 방바닥에 어지러이 널려 있는 것들을 주섬주섬 치우기 시작한다. 어느새 방바닥이 깨끗하게 정돈된다. 그런데 소라는 무슨 생각이 들었는지 다시 자신의 손으로 치운 물건들, 담뱃갑이며 양말이며 수건을 원래 놓여 있던 그대로 방바닥에 어지럽게 늘어놓는다. 그런 자신의 행동이 우스운지 하르르 소리를 내어 웃기까지 한다. 소라는 방을 나서려다가 슬며시 냉장고 쪽으로 다가가 문을 열어 본다. 붉은 사과 한 알만이 아무것도 들어 있지 않은 냉장고 안에 덩그맣게 놓여 있다. 자신이 며칠 전에 사다 준 사과 중 하나인 모양이다. 소라는 불현듯 그 사과를 한입 깨물고 싶어진다. 소라는 손을 뻗어 그 사과를 집어서 입게로 가져간다. 그러고는 울컥, 한입 베어 문다. 냉장고의 냉기에 시린 사과의 신맛이 입속 깊숙이, 잇몸에까지 전해지는 듯하다. 소라가 손을 꼭 모아 쥐며 살짝 진저리를 친다.

소라는 자신이 한입 베어 먹은 사과를 냉장고 안에 다시 넣어 놓고 방을 나온다.

두 시간쯤 후, 학원에서 퇴근한 선재가 방에 들어와서는 책상 위에 놓인 밥과 국을 발견한다. 입가에 환한 웃음이 번진다.

'아, 소라 씨가 다녀갔구나.'

그는 의자에 앉아서 국을 한술 떠 입에 넣는다. 그때 소라의 방 쪽에서 가느다란 노랫소리가 들린다. 수저를 들던 선재는 동작을 멈추고 벽 쪽으로 다가가 바투 귀를 갖다 댄다. 벽 너머에서 희미하게, 그리고 시리게 노랫소리가 들려온다. 끊어질 듯 말 듯 애틋하게 이어지는 그 노래는 「오빠 생각」이다.

은이 내게서 떠났다. 아니 내가 은을 잃었다고 말해야겠다. 은은 내가 태어나서 처음으로 사랑한 사람이다. 나는 은을 사랑하면서 사랑을 알았다. 은을 사랑하기 전 나는 누구도 사랑하지 않았다. 나를 길러 준 어머니를 사랑하고자 했으나 어머니는 헐어 버린 얼굴을 감추고 서럽게 흐느끼며 남쪽의 섬으로 쫓기듯 떠났고, 나를 낳아 준 아버지를 사랑하고자 했으나 아버지는 원죄의 업보 때문에 가슴에 피멍이 맺힌 채 홍진이 가득한 속세를 떠돌며 비루한 삶의 시간을 소모하고 있다. 그들은 내가 사랑할 수 없는 사람들이었다. 나는 은을 만나면서 단 한 번 사람을 용서했다. 그런 은이 내게서 떠났다. 나는 술에 취해서 은에게 소리쳤다. "그래, 어차피 나는 파계한 욕망의 자식이야. 난 나의 저주받은 피를 도저히 거스를 수 없어!" 그러자 은이 화난 얼굴로 내게 말했다. "이제 그런 유치한 감상은 그만두란 말이야. 넌 더 이상 순수하지 않아. 네 몸속엔 세상을 향한 증오와 복수하고 싶은 욕망만 가득해." 은의 말은 비수가 되어 내 가슴에 꽂혔다. 그건 틀린 말이 아니지만, 내게 해서는 안 되는 말이다. 나는 어떤 반박도 할 수가 없었다. 지금 내 눈에는 눈물이 흐르고 있다. 내 가슴에는 피가 흐르고 있다. 나는 은을 잃었다. 나는 사랑을 잃었고, 삶을 긍정하는 습관을 잃었으며 나 자신을 옹호하는 순수함을 잃었다. 이제 어떻게 해야 할지 도무지 모르겠다. 나는 꿈을 꾸었던 것처럼 시인이 되지도 못했고, 이제 두 달 후면 대학을 졸업하게 된다. 내가 할 일은 무엇인가? 나는 어떻게 살아야 하는가.

#74 옛 일기장에서 — 소라의 일기

내 사랑하는 아기를 지웠다. 의사 선생님은 계류유산이라고 말했다. 이미 몸속에서 죽은 아이를 끄집어내야 한다고 말했다. 임신 4개월째라서 쉽지만은 않은 수술이었다. 수술실의 베드에 누워서 의사들의 미끄러운 손이 내 밑을 만지는 것을 느낄 때, 차가운 금속성의 물체가 내 몸에 닿는 것을 느낄 때, 나는 차라리 이대로 죽고만 싶었다. 그 순간만큼은 남편이 너무나 미웠다. 나는 내 몸 안에서 살지 못하고 죽어 버린 아이가 가여워서 울었다. 아니, 비루해진 내 몸이 슬퍼서 울었다. 남편에게는 아직 이 사실을 알리지 않았다. 그이는 지금쯤 군대에서 힘들게 훈련을 하고 있을 것이다. 처음 임신 사실을 알았을 때 활짝 웃으며 기쁨을 감추지 않던 남편의 모습이 떠오른다. 그이는 내가 임신한 것을 알자 결혼을 서두르자고 말했다. 그러면서 내 인생을 책임지고 싶다고 말했다. 나 역시 그 상황에서 선택의 여지가 없었다. 단지 나는 모든 것이 낯설고 두려웠을 뿐이다. 결혼도 하지 않은 상태에서 아이를 가졌다는 사실이 부끄럽기도 했다. 하지만 남편은 마치 임신을 기다리기라도 한 사람처럼 일을 서둘렀다. 내가 어떻게 해야 할지 몰라 우물쭈물하자 한번은 남편이 술을 먹고 와서 이렇게 말했다. "네 배가 불러 오기 전에 식을 올려야 한다고." 그렇게 말했을 때 남편은 실직 상태로 군 입대를 앞두고 있었다. 나는 눈앞이 막막했다. 남편 없이 어떻게 아이를 낳아서 키울까. 아버지도 누워 계시는데. 모든 것이 암담하고 두려웠지만, 내 몸속에 생명이 들어 있다는 사실만큼은 경이롭게 다가왔다. 나는 그 생명을 위해 내가 할 수 있는 모든 것을 하고 싶었다. 남편이 하자는 대로 서둘러서 결혼식을 올린 것도 오로지 내 몸속의 아기를 위한 일이었다. 그런데 이제 모두 아무런 소용이 없게 됐다.

#75 다세대주택 반지하

진호가 부스스한 얼굴로 잠에서 깬다. 아직 아무것도 분간할 수 없는 깊은 새벽이다. 그는 골치가 아픈지 손으로 관자놀이를 꾹 찍어 누른다. 그는 두 손으로 머리를 감싸면서 어제 자신에게 일어났던 일을 고통스럽게 떠올린다. 식당의 주인 남자가 따라 주는 대로 술을 받아 마신 일. 그리고 학원 교무실의 계단을 비틀비틀 오르던 일. 부원장에게 막무가내로 대든 일. 그러다가 부원장에게 욕을 얻어먹으며 멱살을 잡힌 일. 거기에 맞받아 고함을 친 일. 진호는 출근하는 대로 부원장에게 간곡하게 사과를 해야겠다고 생각한다. 이 학원에서마저 일자리를 놓치면 또 다른 일자리를 얻을 때까지 얼마를 기다려야 할지도 모른다. 지금 매달 월급이라도 받으니까 빠듯하나마 살림을 지탱하고 있지 않은가. 고정 수입이 있는 월급쟁이라고 하지만, 하루 벌어 하루 먹고산다는 말이 진호에게는 꼭 자기 형편을 가리키는 말처럼 느껴진다.

"으음, 으음."

그때 옆에서 가느다란 신음 소리가 들리기 시작한다. 진호가 머리를 감쌌던 손을 슬그머니 거두면서 귀를 쫑긋 세운다. 신음 소리는 아내에게서 흘러나온다. 진호는 가슴이 덜컥 내려앉는 것을 느끼면서 몸을 일으킨다. 그와 동시에 아내의 신음 소리는 더욱 높아진다.

"으음, 으음."

아내는 이내 거의 숨이 넘어갈 듯한 목소리로 진호를 부르기 시작한다.

"여보, 여보, 나, 배가, 배가 너무 아파, 여보! 나 배가 터질 것처럼 아파요. 제발 살려 줘요, 여보!"

아내의 호소에 당황한 진호는 얼결에 움직이다가 아내의 옆에서 곤히 잠들어 있는 쌍둥이의 다리를 밟고 만다. 아이들의 울음 소리가 연달아 터진다.

애앵, 애앵, 애앵.

진호의 머릿속이 벌겋게 달아오르면서 귀가 따가워지기 시작한다. 마치 쑤셔서 헤집어 놓은 벌집이 머릿속에 들어앉은 기분이다. 진호는 아내의 옆으로 바짝 다가가서 아내의 이마를 짚어 본다. 이마는 몹시 뜨겁고, 창문으로 들어온 뿌연 가로등 빛에 비친 안색이 몹시 창백하다. 숨은 금방이라도 넘어갈 것처럼 헐떡거린다. 아내는 진호의 팔을 꼭 잡으며 다시 신음을 내뱉기 시작한다.

"여보, 배가, 배가 너무 아파요. 어떻게, 어떻게 좀 해 줘요."

"그래, 여보, 조금만 기다려."

진호는 사색이 된 얼굴로 자리에서 일어난다. 당장 무엇을 해야 좋을지 모르겠다는 듯 좁은 방 안을 우왕좌왕한다. 쌍둥이는 끊임없이 울어 댄다. 일단은 손에 잡히는 대로 옷을 꿰어 입는다. 그러고는 푹 젖은 포대처럼 늘어진 아내를 등에 들쳐 업는다. 등허리에 묵직하고 뜨거운 아내의 몸이 느껴진다. 진호의 눈가에 이슬이 맺힌다. 진호는 아직 여명조차 밝지 않은 컴컴한 거리로 나서서는 학원 버스를 주차해 놓은 동네 어귀 공터까지 아내를 업은 채로 뒤뚱뒤뚱 뛰어간다.

#76 단층집 거실

용덕의 점심상을 막 물린 소라가 설거지를 하고 있는데 전화벨이 울린다. 남편일까? 소라는 언제나처럼 재빠르게 거실로 뛰어가 전화의 송수화기를 집어 든다. 아직 고무장갑도 벗지 않은 상태다. 송수화기 저편에서, 뜻밖에 낭랑한 여자의 목소리가 흘러나온다. 전화를 걸어온 이가 남편이 아닌 것을 확인한 소라의 얼굴에서 화기가 일순 가신다.

"저기 소라 씨네 집이죠. 소라 씨 계신가요?"

"전데요. 어디세요?"

"아, 소라 씨, 반갑네요. 여기 '성라자로원 한센병 환자를 생각하는 사람들의 모임'이에요. 난 총무고요. 기억하고 있죠? 우리 두 번 정도 만났잖아요."

소라는 총무를 기억하고 있다. 초등학교에서 교편을 잡고 있는, 숏커트 머리에 안경을 쓰고 혼자 사는 옴팡진 인상의 여자다. 정기 모임과 위문 방문을 하는 동안 두 번 정도 얼굴을 본 적이 있다. 남편과 이혼했다고 하던가.

"아, 총무님 안녕하세요. 기억하고 말고요. 그동안 평안하셨어요?"

"네, 그럼요. 저기 소라 씨, 소록도 위문 방문 때문에 전화했어요. 함께 가는 거죠? 이제 보름밖에 안 남았잖아요."

"아, 네. 지난번에 우편물 받았어요. 벌써 보름 앞으로 다가왔구나."

"네, 꼭 같이 가요. 우리가 한센병 환자들의 고통을 진정으로 나누고 제대로 봉사하려면 소록도 병원에는 다녀와야죠. 소라 씨, 같이 가는 거다."

인상과 말투가 어쩌면 이렇게도 잘 어울릴까? 소라는 총무의 그 옴팡진 인상이 떠올라 입가에 슬며시 미소가 떠오른다. 소라는 용덕이 걱정되기는 하지만 흔쾌히 다녀오기로 한다.

"네, 갈게요. 같이 가야죠."

"그래, 잘됐다. 소라 씨가 간다고 하니까 무척 힘이 나네요. 네가 그 전날 다시 한번 전화 돌릴게요. 아휴, 오래 통화하고 싶지만 지금 전화할 데가 너무 많아. 그럼 우리 그날 만나는 거예요."

"네, 총무님, 고생 많으시네요. 그럼 안녕히 계세요."

소라는 수화기를 내려놓는다. 그때 작은 방에서 뿌오뿌오뿌오 장난감 나팔 소리가 들려온다. 필시 조금 전 요기를 마친 용덕이 변의를 느끼는 것일 게다.

#77 학원 교무실

늦은 오후, 철중이 잔뜩 부어오른 턱과 눈두덩을 한 손으로 가린 채 학원 교무실에 들어선다. 직원들이 그를 보고 마지못해 자리에서 일어서서 인사한다.

"이제 나오십니까, 원장님."

그러나 철중은 어색하게 직원들을 외면하면서 곧바로 원장실로 향한다. 우직하기만 한 철민이, 철중의 얼굴이 평소와 다르다는 걸 눈치 채고는 그 앞을 가로막고 황망한 표정으로 말을 건넨다.

"아니, 형님 얼굴이 왜 그래요? 이게 어찌 된 일이에요?"

"알 것 없어. 저리로 가."

철중은 고개를 숙인 채 한 손으로 철민을 사납게 밀친다. 철중은 원장실로 들어가려다가 미진 앞을 지나칠 때 일부러 큼큼, 하고 헛기침을 한다. 철민이 무안한 듯 제자리로 돌아오면서 심통이 난 듯한 목소리로 말한다.

"아니 송 기사는 아직도 출근 안 했어! 왜 버스가 안 오지? 이 인간을 정말 잘라 버리든가 해야지."

그 소리를 듣고 선숙이 조심스럽게 입을 연다.

"아까 전화 왔는데 부인이 갑자기 아프대요."

"나 참, 그 소릴 이제 하면 어떡해요."

철민은 그렇게 선숙을 흘겨보고는 정신 나간 사람처럼 떠들더니 신경질적으로 담배를 빼어 문다. 그때 철중이 원장실 문을 박차고 교무실로 나온다. 그는 곧장 벽시계가 걸려 있는 곳으로 달려가서 시계를 올려다본다. 시계는 여전히 4시 55분에서 멈춰 있다.

"내가 이럴 줄 알았지. 이것 참, 원장 말을 도대체 뭐로 알아듣는 거야! 벌써 몇 번째야. 정신들 똑바로 차리란 말이야!"

직원들에게 일갈을 가한 철중은 교무실 문을 박차고 밖으로 나간다. 그가 나가는 것과 동시에 철민이 선숙을 보고 벌컥 화를 낸다.

"건전지 어디 있어요! 내가 사 오라고 했어요, 안 했어요!"

선숙은 머리를 잔뜩 조아린 채 서랍을 열고 건전지를 꺼내 책상 위에 올려놓는다. 그것을 보고 철민이 다시 분통을 터뜨린다.

"아니, 그걸 사 가져와서 서랍 속에 처박아 놓으면 도대체 어쩌자는 거야!"

"미안해요. 수업에 들어가면서 깜박했어요."

"아, 그나저나 조금 있으면 수업을 마친 애들이 교실에서 쏟아져 나올 텐데, 운행 시각이 한 시간도 안 남았는데 말이야. 나 참, 미치겠군."

그러자 선숙은 좋은 생각이 났다는 표정으로 넌지시 입을 연다.

"남동생이 버스를 몰 줄 알거든요. 군대에 있을 때도 운전병으로 버스를 몰았어요. 제대하고는 아무 일 없이 집에서 놀고 있는데, 걔한테라도 연락해서 오늘만 도와 달라고 할까요. 시간이 아직 남았으니까."

그 소리를 들은 철민이 어쩔 수 없다는 듯 빠르게 중얼거린다.

"그럼 그렇게 해요. 얼른 연락을 취해 봐요."

그 소리에 선숙이 몸집과는 달리 재빠르게 송수화기를 집어 든다.

#78 1층 식당 안

중학교 2학년 수업이 모두 끝난 저녁 시간, 미진과 선숙이 학원 1층의 식당에서 마주 앉아 말없이 식사를 한다. 선숙은 밥을 먹으면서 연신 이마의 땀을 훔친다. 그런 선숙을 미진이 가끔 흘겨본다. 선숙은 여름 감기가 들었는지 코까지 훌쩍거리기 시작한다. 냅킨을 들어서는 코를 쥐어 짜낸다. 미진이 그만 비위가 상했는지 숟가락을 내려놓고는 선숙에게 화난 목소리로 말한다.

“박 선생님, 밥 먹을 땐 좀 훌쩍거리지 않을 수 없어요? 그건 기본적인 매너잖아요.”

“아, 미안해요. 어젯밤 이불을 덮지 않고 잤더니 감기가 들었나 봐요.”

그렇게 말하는 선숙의 입에서 침이 튀자, 미진은 표정을 바꾸지 않고 계속 타박을 한다.

“아무리 그래도 그렇죠. 평소 박 선생님을 보아 왔는데요. 어떨 때는 너무 교양이 없어 보인단 말이에요.”

“네? 그거 너무 심한 말 아니에요. 어떻게 그런 말을 할 수가 있어요? 제가 뭘 어쨌다고요.”

선숙은 대책 없이 얼굴이 붉어진다. 금방이라도 울 듯한 표정이다. 아닌 게 아니라 곧 눈가에 눈물이 맺힌다. 그러자 미진이 곤혹스러운 표정을 감추지 못한 채 선숙을 달래기 시작한다.

“박 선생님, 미안해요. 제가 좀 심했어요. 전 정말 못됐나 봐요.”

미진이 자리에서 일어나서 선숙의 옆 자리로 옮겨 간다. 그러고는 바지 주머니에서 손수건을 꺼내 눈물이 맺힌 선숙의 눈가를 닦아 준다. 바로 그 순간, 바지 주머니에서 끌려 나온 손수건 사이로 금반지가 미끄러져 바닥에 떨어진다. 선숙은 위로를 받자 더 서럽게 울고, 미진은 난감해서 어찌할 줄 모르겠다는 표정을 짓는다.

“박 선생님, 미안해요. 제가 잘못했어요. 울지 마세요, 네?”

미진과 선숙의 행동을 줄곧 지켜보던 식당의 주인 남자가 종이 컵에 커피를 타 가지고 두 사람에게 갖다 준다.

"이거 마셔요. 그리고 내가 할 말은 아닌지 모르지만, 지금은 윤 선생님이 잘못했어요. 말을 너무 함부로 했어."

"네, 아저씨. 제가 참 못됐어요."

미진은 고분고분한 표정으로 고개를 끄덕인다. 선숙은 그런 주인 남자의 말에 더욱 서러운 기분이 들었는지, 고개를 아래위로 두어 번 흔들며 눈물을 짜낸다. 그러고는 미진이 건넨 손수건으로 눈물과 콧물을 닦아 낸다.

식사를 포기한 선숙과 미진은 주인 남자가 건넨 커피를 다 마시고는 자리에서 일어선다. 미진과 선숙 모두 밥을 반도 먹지 않았다. 미진뿐만 아니라 그 누구도 금반지가 식당 바닥에 떨어져 있는 것을 전혀 알지 못한다. 그들이 학원 교무실에 들어오자 철민이 펜을 놓고 기지개를 켜면서 좀 심술이 난 목소리로 말한다.

"식사를 했으면 빨리빨리들 들어와요."

그러자 미진이 앙칼지게 쏘아붙인다.

"밥 먹자마자 다른 데 안 가고 곧장 들어오는 길이에요! 제발 그런 걸로 사람 속 좀 긁지 마세요."

철민은 다소 면구스러운 표정으로 배를 쓱쓱 쓰다듬으며 자리에서 일어난다. 철민은 눈가가 젖어 있는 침울한 표정의 선숙을 보고는 고개를 갸우뚱하며 말한다.

"그런데 무슨 일들 있었어요? 분위기가 왜 그래요?"

"일은 무슨 일요. 아무 일도 없었어요. 어서 식사나 하고 오세요."

미진이 철민을 쳐다보지도 않으면서 냉랭한 목소리로 말한다.

철민은 뒷머리를 긁적이면서 교무실 중앙 쪽으로 나와 하품을 하면서 혼잣말을 한다.

"오늘은 무얼 먹을까. 날도 더운데 냉면이나 한 그릇 먹을까."

그러고는 선재와 희태 쪽을 향하며 어울리지도 않게 살가운 목소리로 말한다.

"이 선생, 강 선생, 우리도 저녁 먹어야지."

"네, 그래야죠."

선재가 철민의 말에 건성으로 대꾸하면서 자리에서 일어난다. 오늘이 학원에 근무하는 마지막 날인 희태도 무표정한 얼굴로 자리에서 일어난다. 선숙이 문을 나서는 남자들의 등 뒤에 대고 쥐어 짜낸 듯한 목소리로 말한다.

"맛있게들 드세요."

그러자 철민이 고개를 돌려서 선숙의 표정을 보더니 알 수 없다는 듯 다시 한번 고개를 갸우뚱한다. 1층 식당에 들어간 철민과 선재와 희태는 백반을 시킨다. 철민이 식당 주인 남자에게 묻는다.

"아까 여선생들도 여기서 식사했죠? 근데 무슨 일 있었어요?"

주인 남자는 반찬을 식탁 위에 올려놓으며 뭔가 중요한 이야기라도 되는 것처럼 진지한 표정으로 말한다. 그도 알고 보면 삶이 적막한 사람인 모양이다.

"음, 윤 선생이 박 선생한테 뭐라고 했어요. 박 선생이 밥 먹으면서 자꾸 땀을 훔치고 코를 훌쩍이니까 비위가 거슬렸던 모양이야. 그런데 아무리 그래도 그렇지, 말이 좀 심하더라고. 기어이 박 선생이 눈물을 터뜨렸지."

"에유, 난 또 뭐라고. 그만한 일 가지고 울기나 하고. 한심하다, 한심해."

음식이 나오자 철민은 젓가락을 쥔 한 손으로는 반찬을 이것저것 뒤적이고 다른 한 손으로는 신문을 넘긴다. 젓가락에 들려 있던 숙주나물이 철민의 입으로 가다가 바닥으로 떨어진다. 그것도 모르고 철민은 빈 젓가락을 입에 넣는다. 그때 선재가 자신의 구두 밑창에 무언가 밟히는 것을 느낀다. 선재는 고개를 숙이고는 금반지가 자신의 구두 밑에 떨어져 있는 것을 확인한다. 그는 앞자리에 앉은 희태와 철민을 경계하면서 손을 뻗어 그것을 주워 그들 모르게 호주머니에 넣는다. 그때 철민이 신문을 무릎 위에 내팽개치면서 말한다.

"진보 운운하는 새끼들은 다들 말뿐이야. 아주 지랄 염병이지. 군대에 가고 세금 내는 건 다 중도, 보수 들이야. 이 나라를 먹여 살리는 건 다 중도와 보수 들이라고. 선생님들은 어떻게 생각해요?"

선재는 아무런 말을 하지 않고 주머니 속의 반지만 꼼지락거리고 있다.

샤워를 막 마친 소라가 방에 들어와서 DVD 플레이어를 작동한다. 그녀는 입으로 흥얼흥얼 노래를 부르며 화장대 앞에 앉아 수건으로 머리칼의 물기를 닦아 낸다.

"옛날부터 전해 오는 쓸쓸한 이 말이 가슴속에 그립게도 끝없이 떠오른다. 구름 걷힌 하늘 아래 고요한 라인 강 저녁 빛이 찬란하다. 로렐라이 언덕."

금방 샴푸를 한, 물기를 머금은 소라의 머리칼이 뺨 근처에서 찰랑거린다. 소라는 수건을 목에 걸고 무표정한 얼굴로 화장대의 서랍을 연다. 소라처럼 무엇을 꺼내 볼 생각도 없으면서 무시로 서랍을 열어 보는 사람들은 영혼이 외로운 사람이 아닐까. 소라는 서랍 안을 뒤적이다가 무슨 생각이 들었는지, 그 안에 들어 있는 패물함을 열어 본다. 텔레비전에서는 그녀가 좋아하는 애니메이션 「월리스와 그로밋」이 한창이다. 그로밋이 한참 재롱을 부리고 있는지 소리가 왁자지껄하다. 그러나 소라는 한 번도 텔레비전 화면에 눈길을 주지 않는다. 다른 때 같으면 하르르 웃음을 터뜨려야 하는 장면인데 말이다. 서랍 안의 패물함을 바라보는 소라는 망연자실한 표정을 짓고 있다. 그녀의 입에서 가느다란 한숨과 함께 몇 마디 말이 힘없이 흘러나온다.

"아니, 이게 어떻게 된 거지. 누가 반지만 쏙 빼어 갔네."

그녀의 손안에는 반지 자리만 비어 있는 패물함이 들려 있다.

그녀는 반지가 빠져나간 그 자리를 검지로 쓰다듬는다.

'도대체 어찌 된 일일까. 호준이가 가져간 것이 틀림없어. 용돈을 줬는데 왜 반지가 필요했을까.'

소라는 패물함을 다시 서랍에 넣고 화장대에 이마를 기댄 채 깊은 수심에 잠긴다. 텔레비전에서는 여전히 고함 소리, 웃음소리가 요란하게 들려온다. 소라는 다소 신경질적으로 리모컨을 꾹 누른다. 그러자 마치 암전처럼 텔레비전 화면과 웃음소리가 순식간에 사라진다. 소라는 자리에서 일어나 욕실 쪽으로 가서 수돗물을 세게 틀어 놓는다.

#80 병원 응급실 복도

진호는 두 손으로 머리를 감싼 채 응급실의 대기 의자에 앉아 있다. 머리가 힘없이 아래로 떨어지는 것이 졸고 있는 모양이다. 그때 의사 두 명이 그의 앞을 황급히 뛰어서 지나간다. 그 소리에 놀란 진호가 돌연 자리를 박차고 일어선다.

"선생님, 선생님!"

진호는 애타게 의사들의 뒤에 대고 외쳤지만, 그들은 진호의 목소리를 듣지 못했는지 그대로 응급실로 뛰어 들어간다.

진호의 눈발은 심하게 충혈되어 핏기가 돌올하다. 진호는 어색하게 주위를 두리번거리더니 졸음을 털어 내려는 듯 상체를 두어

번 비틀어 본다. 진호는 목덜미가 뻣뻣한지 주먹으로 탁탁 두드린
다. 그러고는 느리고 힘없는 걸음걸이로 복도 끝을 향해 총총히
걸어간다.

복도 끝에는 커피 자판기가 서 있다. 진호는 주머니에서 동전
두 개를 꺼내 동전 투입구에 넣는다. 그의 얼굴에 일순 생기가 돈
다. 진호는 두 손바닥을 싹싹 비비다가 선택 버튼을 하나 정해서
꾸욱 누른다. 잠시 기다린 진호는 음료 배출구에 손을 집어넣는
다. 그러나 그의 손에 끌려 나오는 것은 커피에 질척하게 젖은 빈
종이컵이다. 기계 이상으로 커피가 잘못 쏟아진 모양이다. 진호의
미간이 잔뜩 찌푸려진다.

"이게 뭐야. 제기랄."

진호는 분을 못 참겠는지 주먹으로 자판기를 한 번 세게 내리
친다. 그리고 빈 종이컵을 복도 바닥에 내던진다. 진호는 돌아서
려다가 다시 호주머니에 손을 집어넣는다. 그러나 그의 손가락 끝
에서는 10원짜리 두 개만 끌려 나온다. 그는 입맛을 쩝쩝 다시며
신경질적으로 자판기를 퍽 걸어찬다.

"에이, 엿 먹어라!"

옆에서 병원 바닥을 쓸던 아주머니가 야멸친 시선으로 진호를
쳐다본다. 진호는 청소 아주머니를 한동안 째려보더니 다시 응급
실의 대기 의자 쪽으로 힘없이 돌아온다. 진호가 대기 의자에 앉
은 지 30분이나 지났을까. 푸른색 가운을 입은 젊은 의사가 진호
앞으로 다가온다.

"아주머니는 급성 복막염입니다. 응급처치는 했으니까 안심하셔도 됩니다. 그런데 검사 과정에서 당뇨가 심하신 걸로 나왔더군요. 앞으로 당뇨 관리도 신경 쓰셔야 할 거예요."

"네, 그럼요. 앞으로 제가 신경 많이 쓸게요. 감사합니다. 감사해요."

진호는 젊은 의사의 가운 한 자락을 붙잡고는 머리를 조아리기에 바쁘다. 조금 전 진호를 흘겨보았던 청소 아주머니가 그런 그의 모습을 다시 보고는 딱하다는 표정을 짓는다.

#81 단층집 선재의 자취방

학원에서 여섯 시간의 수업을 마치고 10시가 다 되어 집에 도착한 선재는 차가운 물로 샤워를 하고는 적요만이 가득한 방 한가운데에 가만히 자신의 몸을 눕힌다. 몸에 와 닿는 차가운 방바닥의 느낌이 상큼하게 느껴진다. 주인집 여자도 잠이 들었는지, 벽 너머에서는 어떤 소리도 들려오지 않는다. 선재는 지금 자신이 몹시 지쳐 있다는 걸 느끼면서도 직감적으로 오늘 밤에는 잠이 잘 오지 않을 것 같다는 불길한 예감에 사로잡힌다. 선재는 자신이 이대로 눈을 감지 않고 밤새도록 주인집 여자의 잠을 지켜 주어도 좋을 것 같다는 생각이 든다. 불면의 기운이라는 건 뚜렷하게 설명할 수 없는 것이지만, 당사자에게만큼은 어떤 징후보다도 명료하게 자각되는 것이다.

선재는 자리에서 일어나서 책상 앞에 앉는다. 그러고는 오랜만에 컴퓨터의 전원을 켠다. 그는 별다른 생각 없이 폴더 안에 저장되어 있는 옛 문서 파일들을 뒤적인다. 그가 맹렬한 열정으로 썼던 시와 산문과 소설 습작 들. 감상에 젖지 않을 도리가 없다. 선재는 자신의 시를 읽다가 서글퍼졌는지 얼굴에 쓴웃음을 가득 지어 본다.

선재는 서둘러서 문서 파일 창을 닫고 인터넷에 접속한다. 휘황찬란한 이미지와 숱한 정보와 이야깃거리 들이 가득 차 있는 망망대해 같은 인터넷. 선재는 그 인터넷 앞에서 왜소한 자기 자신의 존재를 다시 한번 느낀다. 마우스 위에 놓여 있는 선재의 손이 포털 사이트에 로그인을 하고는 메일함을 클릭한다. 선재는 자신이 이메일을 확인하는 게 얼마 만인지 정확히 기억하지 못한다. 모르긴 해도 1년은 훨씬 넘었을 것이다.

메일 수신함을 열어 보니 247통의 읽지 않은 메일이 도착해 있다는 메시지가 뜬다. '나를 수신자로 지정해서 보내온 메일 247통.' 선재는 잠깐 그 사실에 흥분한다. 하지만 곧 선재는 그 메일들이 대부분 상업적인 광고 내용의 스팸 메일이라는 사실을 깨닫고는 짧게 한숨을 내뱉는다.

초창기 시험 합격 쉬워요. 유통관리사 지금부터 시작하세요.
에바스 화장품＋사은품 39,800원 특별 판매전

오늘 너무 덥죠? 이거 하나면, 더위가 물러납니다.

선물도 받고 핸드폰도 바꾸고. 단 한 번의 기회!

승진 취업, 영어 때문에 고생이 많으시죠. 문제없습니다.

남성의 고민을 해결해 드립니다. 비밀 보장.

직장인 및 공무원 승인율 1위!

필립스 3중 날 자동 면도기 12,500원.

마우스를 드래그하면서 퍽이나 권태롭고 심드렁한 얼굴로 스팸 메일들의 천박하고 자극적인 제목을 읽어 내려가던 선재는 그만 메일함을 닫아 버리려고 닫기 버튼을 클릭하려다가, 눈에 띄는 제목의 메일을 하나 발견하고는 손을 멈춘다.

그리운 친구 선재에게

자신의 이름이 들어가 있는 메일 제목. 선재는 다소 떨리는 마음으로 메일을 열어 본다. 메일을 보낸 사람의 이름을 확인한다. 아, 인명이다. 시인이 된 친구 인명. 편지를 보낸 일시를 확인해 본다. 1년 6개월 전, 그러니까 한겨울에 보낸 메일이다. 선재는 흐린 눈으로 인명이 보낸 메일을 읽어 내려간다.

그리운 친구 선재에게

옛 친구의 이름을 맨 앞에 써 놓고 보니, 내 가슴에 따뜻한 연탄불이 지펴지는 것 같구나. 잘 지내고 있는지. 같은 이름을 가진 도시에 살면서 만나지 못하고 그리워하는 것도 참 염치없는 짓이라는 생각이 드는구나. 한파가 연일 기승을 부리고 있어. 나는 팔자에도 없는 일복이 터졌는지, 동절기 휴가도 못 가고 사무실에서 원고 더미와 씨름하고 있단다. 너도 알겠지만 두 달여 전에 첫 시집을 출간했어. 너에게도 보냈는데 받기는 했는지. 네 주소가 바뀌지 않았다면 잘 도착했을 거야. 첫 번째 시집, 정말 많은 설렘 끝에 세상에 내놓았지만 썩 마음에 드는 건 아니야. 너는 시를 보는 눈이 밝으니 내 오류들이 다 들여다보였겠지. 그걸 생각하면 공연히 부끄러워지는구나. 나는 너에게 좋은 친구로 남고 싶은데, 우리는 왜 늘 어긋나는 길을 걸어야만 했던 것인지. 선재야, 나는 너를 이해하고 너에게 이해받고 싶단다. 내가 이런 말을 하면 또 잘난 체한다고 흉볼지 모르지만 나는 너를, 시를 향해 가는 길이라는 것이 있다면 그 길을 함께 걷는 동반이라고 여전히 생각하고 있어. 그 사실을 한 번도 잊은 적이 없어. 이건 내 진심이야.

　선재야, 너에게 소식을 하나 전할 게 있어. 내가 이 말을 하면 네가 어떻게 받아들일지, 사실 편지를 쓰기 전에 제법 많은 고심을 했단다. 그래, 예상했겠지만 내가 은의 얘기를 하려 해. 은이 지금 학교에서 공부를 하고 있는 건 너도 알고 있지? 박사 과정 3학기째라고 하더라. 사실은 나 말이야, 은에게 좋은 감정을 느끼고 있어. 그래서 은과 정식으로 교제해 보려고 해. 은도 내가 싫은 눈치는 아니거든. 며칠 전 양평 수종사에 가서 차를 마시면서 은의 마음을 확인했어. 그런데 막상 일이 이렇게 되고 보니, 자꾸 마음 한쪽이 왠지 불편해지더라고. 나는 그게 어디에서 오는 것인지 생각해 봤어. 그랬더니 바로 내 마음을 불편하게 하는 것이 선재, 너의 존재라는 걸 알게 됐어. 그래서 이렇게 너에게 불쑥 메일을 쓰기로 결심한 거야.

사실 난 예전부터 은을 좋아하고 있었어. 너도 아마 눈치는 챘을 거야. 지금에 와서 이런 말을 하면 뻔뻔하다고 비난할지 모르지만, 너와 은이 연인으로 서로 사랑할 때부터 나 역시 은을 좋아했단다. 물론 나는 선재 너를 한없이 부러워하고 질투했지. 우리가 셋이서 만나는 날이면, 그 질투심 때문에 마음속에 불길이 일어날 정도였어. 선재야, 미안하다. 사실 너와 은이 헤어졌다는 얘길 듣고 내가 얼마나 안도했는지 아니? 그래, 어쩔 수 없는 게 사랑에 얽인 사람의 마음이더구나. 미안해. 친구로서 이런 주책없는 소리를 늘어놓고 있으려니 마음이 한없이 무겁기만 하다. 하지만 너에게 다 말하고 싶다는 생각을 했어. 난 은을 아끼고 깊이 사랑하니까 말이야. 욕심이겠지만, 내가 은을 사랑하는 걸 네가 이해하고 지지해 줬으면 좋겠다. 그래야 나도 흔쾌하게 은을 사랑할 수 있을 것 같거든. 친구로서 부탁하는데, 부디 너그러운 마음으로 은과 나의 사랑을 예쁘게 봐줬으면 좋겠다.

내가 너에게 오늘 편지를 쓰는 까닭은 은의 소식을 전하려는 의도에서만은 아니야. 너에게 긴한 부탁이 있어. 우리 출판사에 지금 편집자 자리가 비어 있거든. 네가 올라와서 우릴 좀 도와줬으면 해. 내가 규철이한테 네 근황을 물었더니, 지금 특별히 하는 일이 없다고 하더구나. 선재야, 이건 동정도 아니고 시혜 같은 건 더더욱 아니야. 내가 무슨 자격으로 널 동정하고 너에게 시혜를 베풀겠니. 정말로 순수하게 네 도움이 필요해서 부탁하는 거야. 대학 다닐 때 네가 학회지나 동인지를 도맡아서 만들다시피 했잖아. 넌 워낙 차분하고 꼼꼼하니까 잘해 낼 수 있을 거야. 사장한테는 내가 잘 말해 놨거든. 나는 네가 꼭 내 일을 도와줬으면 좋겠어. 그럼 생각해 보고 회신을 주길 바란다. 네 대답을 기다릴게.

너의 친구, 인명

편지를 다 읽은 선재는 자신의 눈앞이 까닭 없이 흐려지는 것을 느낀다. 자신도 알 수 없는 아득한 기분이랄까. 편지는 감격이나 희열, 증오나 분노 따위의 그 어떤 격정도 담고 있지 않은 평범한 것이었지만, 편지를 다 읽은 선재의 가슴은 진정하기 어려울 정도로 쿵쿵 뛴다. 뜨거운 느낌이랄까, 아찔한 느낌이랄까. 1년 6개월 전의 편지 앞에서 선재는 다시 한번 자신의 삶이 전대미문의 시험에 직면했다는 생각이 들었다.

퇴근을 하고 모텔 마리아 301호에서 옷을 갈아입던 미진이 갑자기 웃음을 터뜨린다.

"하하하, 하하. 정말 너무 재밌어."

그러자 침대에 누워 있던 호준이 그런 미진을 어이없다는 표정으로 바라보면서 묻는다.

"저녁을 잘못 먹었니? 왜 그렇게 웃는 거야."

"며칠 전의 원장 얼굴이 생각나서. 정말 우리 원장 밥맛없지 않니? 너도 그 비굴한 표정 봤지? 하하하."

미진이 자기 바지 호주머니를 뒤지면서 재미있다는 표정으로 호준에게 말을 건넨다.

"그러게 말이야. 참 한심하더군. 그런 새끼가 학원 원장이라니. 그런데 아무튼 나는 그런 새끼가 너한테 흑심을 품었다는 사실 자체가 불쾌해."

"걱정하지 마. 내가 그런 늙수그레한 인간에게 뭘 바라겠니. 나는 너밖에 없어. 어, 그런데 없다. 없어."

바지 호주머니를 뒤지는 손길이 빨라진 미진은 당황한 목소리로 말한다.

"뭐가 없어?"

"아니, 도대체 어디 갔지? 점심때 손을 씻으면서 분명히 주머니에 넣어 놨는데!"

미진이 아예 청바지를 벗어서는 두 손에 들고 호주머니를 뒤적이고 있다. 침대에 누워 있는 호준은 대수롭잖다는 표정으로 그런 미진에게 한 번 눈길을 주고는 텔레비전 리모컨을 만지작거린다.

"호준 씨, 반지가 없어졌어. 아이 참, 반지가 없어졌는데도 텔레비전만 볼 거야."

미진은 노란 머리채를 뒤로 쓸어 넘기면서 속상한 표정으로 말을 한다. 호준은 여전히 텔레비전 화면에만 눈길을 붙박아 두고 있다. 미진은 호준에게 다가가서는 그의 다리를 잡고 흔들면서 투정이 가득한 목소리로 재차 말한다.

"호준 씨가 내게 준 반지가 없어졌단 말이야."

그제서야 호준은 리모컨을 던져 놓고 여자를 바라본다.

"잘 찾아봐. 어디 있겠지."

호준은 사라진 반지 따위에는 별 관심이 없다는 듯 건성으로 내뱉고는 미진의 젖가슴을 뒤에서 안으며 그녀를 껴안는다. 그러고는 미진의 목에 코를 들이박고 큼큼, 냄새를 들이마시기에 바쁘다.

"아이, 좀 가만있어. 간지럽잖아. 반지가 없어졌다니까."

미진은 다소 신경질적으로 호준을 밀치면서 한 번 쓰윽 흘겨본다.

"핸드백 한번 찾아봐. 정신을 좀 제대로 두고 다녀라."

호준이 그렇게 말하자 소라는 침대에서 내려와 화장대 위에 놓인 자신의 핸드백을 들고 와서는 거꾸로 뒤집어 침대 위에 쏟는다. 그러나 핸드백에서 쏟아진 것은 핸드폰과 자잘한 액세서리, 손빗,

화장 가방, 손수건 따위뿐이다.

"여기에도 없잖아! 어, 정말 반지가 어디 간 거지. 이제 어떡하지."

핸드백에서도 반지가 나오지 않자 미진은 벌렁 뒤로 누우면서 콧소리 가득한 투정을 날린다. 호준은 미진의 몸에 자신의 몸을 겹쳐 올려놓으면서 낮게 속삭인다.

"반지 하나 가지고 왜 그래? 또 사 주면 될 거 아냐!"

"피이, 너한테 미안하니까 그러지."

"미안해할 것 없어. 내가 또 하나 사 줄게."

호준이 득의만만한 표정으로 그렇게 말하자, 미진이 활짝 웃으며 호준의 볼을 살짝 꼬집는다.

"아아, 아프단 말이야."

"아프긴 뭐가 아프니. 자, 빨리 내 몸에 들어와. 내 몸에 들어와서 다시 나를 기쁘게 해 주란 말이야."

"그래, 알았어. 서두르지 마."

호준은 한 손으로 천천히 미진의 가슴을 어루만지면서 그녀의 목에 키스를 하기 시작한다.

"아아."

미진의 입에서 자연스레 신음 소리가 새어 나온다. 그녀의 손은 어느새 호준의 엉덩이 쪽으로 돌아가 있다.

밤 11시 30분, 선재는 방에 들어오자마자 몹시 피곤한 듯 일그러진 표정으로 넥타이를 끄른다. 그리고 거칠게 와이셔츠를 벗어 던진다. 손에 들고 있던 봉투도 아무렇게나 탁자 위에 던져 놓는다. 그러고는 방바닥에 벌렁 드러눕는다. 탁자 위에 내던져진 봉투 안에서 사직서가 들어 있는 편지 봉투가 쑥 밀려 나온다. 선재는 사직서를 쓰고 그것을 제출하기 위해 원장실 앞까지 갔지만, 끝내 제출을 하지는 못했다. 그의 눈앞에 얼굴이 뭉개진 어머니가 나타났기 때문이다. 어머니는 아무런 말을 하지 않고, 흐린 눈빛으로 선재를 바라보기만 했다. 흐느껴 우는 것 같기도 했다. 선재는 그런 어머니가 두려워 그 자리에서 꼼짝도 할 수 없었다. 원장실 문을 두드리지 못한 채 다시 제자리로 돌아와야만 했다. 어머니는 그런 순간마다 늘 나타나서 선재의 의지를 시험하려 들었다. 용맹 정진하던 스님을 파계시켰을 만큼 고왔던 어머니의 얼굴이 어느 날 몰라볼 정도로 짓무르던 날, 동생 선규는 어머니를 보고는 "괴물이다!"라고 외치면서 울음을 터뜨렸다. 선재 역시 두려움 때문에 온몸이 덜덜 떨렸지만 용기를 내어 어머니에게 다가가서 말했다. 어머니는 고개를 돌리고 아들을 바라보지 않았다.

"엄마, 엄마, 왜 그래요? 도대체 왜 그래요? 어디 아픈 거예요, 네?"

어머니는 아무런 대답을 하지 않았다. 다만 고개를 숙이고 처연한 눈빛으로 서랍에 있던 연고를 꺼내 자신의 짓무른 얼굴에 바르기만 했을 뿐이다. 아, 내 어머니는 지금 어떻게 살고 계실지. 어쩌면 벌써 돌아가셨을지도 모르겠다고 선재는 생각한다. 자신이 자주 주소를 옮겼기 때문에 어머니에게 무슨 일이 있었어도 소록도의 병원에서 연락을 할 수는 없었을 것이라고. 선재는 아버지나 자신이나 선규나 모두 어머니를 버린 것이라고 생각했다. 누구도 아픈 어머니를 감싸려 하지 않고, 자신들의 모진 운명을 저주하면서 회피하고 모독한 것이다. 자신한테 가해지는 모독의 방식도 이럴 때는 얼마나 이기적인 것인지.

한동안 시체처럼 꿈쩍하지 않고 방바닥에 누워 있던 선재가 몸을 일으켜 냉장고 문을 활짝 연다. 그는 냉장고 안에 얼굴을 들이밀고 냉장고의 냉기를 그대로 맞는다. 느리게 움직이는 뿌연, 냉장고의 드라이아이스가 선재의 맨 얼굴과 어깨에 와 부딪는다. 선재는 흐느적거리는 아픈 추억을 드라이아이스로 말려서 굳혀 버리겠다는 듯 지그시 눈을 감는다. 얼마나 그러고 있었을까. 콧등에서 한기를 느낀 선재가 냉장고 문을 닫으려고 할 때 그의 눈에 누군가 한입 베어 문 사과 한 알이 들어온다. 그 사과는 텅 비어 있는 냉장고의 중간 칸에 덩그맣게 놓여 있다. 마치 무슨 설치 미술 작품의 오브제처럼. 선재가 팔을 뻗어 그 사과를 집어 든다. 그리고 눈앞에 대고 요리조리 살펴본다.

'이 사과를 내가 언제 베어 먹었지?'

선재는 돌연 얼굴 가득 미소를 짓더니 그 사과를 한입 가득 깨물고는 다시 방바닥에 드러눕는다.

#84 시내 분식집

호준과 명구가 허름한 분식집에서 허겁지겁 라면과 김밥을 먹고 있다. 주방 안에서는 할머니가 땀방울을 뚝뚝 떨어뜨리며 가스 불 앞에서 여러 가지 음식을 만들고, 출입문 옆에 따로 나 있는 식탁 앞에서는 삐쩍 마른 아주머니가 김밥을 말고 있다. 홀에서는 우락부락하게 생긴 주인 남자가 손님들의 주문을 받고, 주방에서 나온 음식을 식탁으로 옮기느라 우왕좌왕한다. 그는 뭔가 불만이 있는지 손님들에게 무뚝뚝하고 불친절하다. 그가 손님이 막 일어난 식탁을 닦다 말고는 김밥을 마는 여자 옆으로 다가가서 다그치는 목소리로 말한다.

"얼른얼른 하란 말이야. 쇠고기 김밥이 떨어졌잖아!"

"지금 말고 있잖아요. 당신도 성질하고는."

보아하니 김밥을 마는 여자는 주인 남자와 부부 사이인 모양이다. 호준이 분식집 안을 허랑한 눈길로 일별하고는 명구의 어깨를 툭 치면서 말한다.

"야, 여기 열라 정신없다. 저 주인 새끼는 계속 인상을 쓰고. 얼른 먹고 나가자."

"그래, 형. 얼른 먹고 나가자."

그때 어디선가 목탁을 두드리는 소리가 들리기 시작한다. 호준이 목탁 소리가 들리는 쪽으로 눈길을 돌리니, 분식집 출입문 앞에 누더기와 다를 바 없는 승복을 입은 스님이 목탁을 두드리고 염불을 외며 고개를 연신 조아리고 있다. 시주를 바라는 탁발승인 모양이다. 그런데 그 스님의 모습이 어딘지 좀 이상하다. 주독이 올랐는지 콧등은 불그스레하고, 방금 어디서 누군가와 드잡이를 했는지 얼굴 곳곳에 생채기가 나 있다. 눈동자도 맑고 곧은 정기는 찾아볼 수 없을 정도로 누렇고 흐릴 뿐이다.

주인 남자가 그 스님을 보고는 입으로 씨발, 하고 들릴 듯 말 듯 욕한다. 그러고는 성큼성큼 출입문 쪽으로 가서 험악한 표정으로 소리친다.

"씨발! 이놈의 땡중이 또 왔네. 다른 집으로 가란 말이야."

주인 남자가 하는 말을 들어 보면 스님이 이 분식집에 시주를 청하는 건 이번이 처음은 아닌 모양이다. 스님은 주인 남자의 사나운 기세엔 아랑곳없이 여전히 목탁을 두드리며 염불을 욀 뿐이다.

"미치고 환장하겠네. 장사 안 되니까 다른 데로 가란 말이야."

주인 남자의 지청구가 높아질수록 스님의 목탁 소리도 커져만 갔다. 그런데 알 수 없는 것은 스님의 얼굴이 묘하게 일그러지며 언젠가부터 웃음을 띠고 있는 것이었다. 그걸 보고 명구가 호준에게 말했다.

"형, 저 스님이 웃고 있어. 마치 주인 남자를 비웃는 것 같은데."

주인 남자는 급기야 스님을 두 팔로 떠밀었다.

"시주할 생각 없으니 저리로 꺼지란 말이야, 이 땡중아."

그러자 스님은 예의 비웃음이 가득한 얼굴로 주인 남자를 바라보았다. 확실히 그가 딱하다는 표정이었다.

"지금 이 땡중이 나를 비웃나."

주인 남자는 소매를 걷어붙이며 스님을 향해 금방이라도 대들 듯한 기세다.

"여보, 그러지 마요. 그래도 스님인데."

김밥을 말던 여자가 일어나면서 주인 남자에게 말했다. 하지만 그녀의 말이 주인 남자의 기세를 더욱 사납게 한 것 같았다. 주인 남자는 어느새 두 팔로 스님의 멱살을 단단히 그러쥐면서 외쳤다.

"왜 웃어? 뭐가 우스워서 웃는 거야? 내가 사는 꼴이 그리 우스워? 넌 어느 절에 사는 땡중이야? 다시는 내 눈앞에 나타나지 말란 말이야!"

그러자 스님은 숨이 막히는지 욱욱하는 소리를 냈다. 호준이 김밥 하나를 입에 넣으면서 말했다.

"정말 밥 한번 먹는데 별게 다 방해하네."

주인 남자는 스님을 바닥에 내팽개쳤다. 스님은 주인 남자의 완력에 나가떨어지면서도 얼굴에서 웃음을 거두지 않았다. 스님은 바닥에 자빠져서야 염불을 그만두었다. 대신 그의 입에서 이상한 울음 같은 것이 새어 나왔다.

"불쌍한 내 보살, 문둥이가 되어 떠난 내 보살. 지금은 살았나 죽었나. 헛되고 헛되도다. 사랑은 떠나고 짓무른 얼굴만 남았네.

내 보살 문둥이는 지금 어디에서 무얼 할꼬."

호준이 그 소리를 듣고 명구에게 심드렁한 표정로으로 말했다.

"저 스님이 지금 뭐라고 하는 거야? 아무래도 미친 것 같은데."

#85 군부대 사병 막사, 실외 화장실 뒤

병영의 밤이 깊었다. 사병 막사, 내무반 전등도 모두 꺼진 채 취침 등만 요요한 빛을 내뿜을 뿐이다. 행정반의 책상에 엎드린 채로 꾸벅꾸벅 졸던 불침번 하나가 자리에서 일어나 내무반으로 들어간다. 그는 손전등을 비춰 깊이 잠든 사병들의 얼굴을 하나하나 세심하게 확인하고는 그들 중 하나를 지정해서 깨운다.

"일어나십시오. 오 상병님, 초소 근무 나가야 할 시간입니다. 일어나십시오."

단잠을 방해당한 오 상병의 입에서 자연스럽게 욕설이 튀어나온다.

"아이 씨발, 벌써 시간이 다 된 거야."

근무 교대를 해야 하는 오 상병은 몇 번 몸을 뒤척이다가 꾸물꾸물 일어나서는 전투복을 입기 시작한다. 그러고는 총기함의 잠금장치를 풀고 개인화기를 꺼낸다. 총기함의 자물쇠와 개인화기가 부딪치면서 챙그렁 소리가 날 때마다 잠든 사병들이 한 번씩 몸을 뒤척인다. 오 상병은 소총을 어깨에 건성으로 메고 반쯤 감은 눈을 비비며 막사를 나간다. 멀리서 알 수 없는 짐승들이 울부짖는 소리가 들린다. 사병 막사 안은 깊이 잠든 병사들의 코 고는 소리만 낮게 웅웅거릴 뿐 다시 고요해진다. 자기 할 일을 다 한 불침번은 다시 행정반으로 돌아가 책상에 엎드려 꾸벅꾸벅 졸기 시작한다.

얼마 후, 내무반 침상 맨 오른쪽에서 잠든 채 누워 있던 선규가 슬그머니 몸을 일으킨다. 그러고는 바로 옆에 누워 있는 사병 두 명을 살살 흔들어 깨운다.

"얘들아, 일어나. 일어나란 말이야."

그러자 기다렸다는 듯 사병 두 명도 잠자리에서 몸을 일으킨다. 그들의 동작은 담벼락을 짚는 고양이의 사지처럼 몹시 조심스럽다. 세 명의 그림자는 신발을 찾아 신고는 곤히 잠들어 있는 영표에게 다가간다. 그러고는 그를 함부로 흔들어 깨운다. 영표가 본능적으로 잠에서 깨며 소리친다.

"누구야! 무슨 일이야."

선규가 손으로 그의 입을 막으며 낮은 목소리로 말한다.

"이 새끼야, 조용히 하고 얼른 일어나기나 해!"

영표를 깨운 두 사병 중의 하나가 영표가 덮고 있는 모포를 획 뒤집어 젖힌다. 영표가 한숨을 내쉬며 꾸물꾸물 일어난다. 그러면서 날카로운 안광으로 선규를 쏘아본다. 선규는 잠시 움찔했지만 그것을 들키지 않으려고 목소리에 강세를 넣어서 낮게 윽박지른다.

"좋게 말할 때 얌전히 따라와."

잠시 후 영표가 세 그림자에 둘러싸여 내무반 막사를 빠져나간다.

"도대체 지금 어딜 가는 거예요?"

막사를 빠져나온 영표가 등 뒤에 바짝 따라붙는 선규에게 묻는다.

"아무 말 말고 따라오기나 해! 이 새끼야."

선규가 그렇게 말하며 영표의 등을 떠민다. 사병 두 명이 영표의 옆에 달라붙으며 양팔을 우악스럽게 붙잡는다. 그들은 실외 화장실 뒤의 공터로 영표를 데려간다. 그곳은 달빛도 미치지 않아 가물가물한, 적막하고 호젓한 곳이다.

영표는 화장실 뒤 공터에 이르자 붙잡힌 팔을 뿌리치듯 몸을 한 번 뒤틀면서 한껏 독이 오른 목소리로 소리친다.

"너희들이 나한테 무슨 짓을 할지 모르지만, 이런다고 내가 변할 것 같아."

그러자 선규가 영표의 뒷머리를 손바닥으로 내리치며 말한다.

"이 새끼, 고참한테 말하는 것 좀 봐. 너는 오늘 죽은 목숨이야. 이 새끼야."

그때 사병 두 명이 무언가를 기다리는 표정으로 선규를 바라본다. 선규가 그들을 향해 천천히, 하지만 분명하게 고개를 두 번 끄덕인다. 두 사병 중 키가 좀 더 작은 사병이 엉거주춤 서 있는 영표의 복부를 향해 다짜고짜 주먹을 날린다. 영표가 어쿠, 신음하며 복부를 감싼 채 상체를 수그린다. 영표는 간신히 고개만 들고 기어드는 목소리로 말한다.

"도대체 나한테 왜 이러는 거야."

그러자 선규가 그의 턱주가리를 향해 주먹을 날리며 빈정대는 목소리로 말한다.

"야, 이 새끼야. 몰라서 물어! 너는 나이만 믿고 고참인 내게 사사건건 대들었어. 이 새끼, 군대가 어떤 곳인지 오늘 확실하게 보여 주겠어."

그 소리를 들은 영표가 힘겹게 허리를 곧추세우고 선규를 노려본다. 그의 입술이 가늘게 떨리면서 움직인다.

"내가 뭘 어쨌다고 그래. 이 새끼야."

그 소리를 들은 선규의 표정이 크게 일그러진다.

"이 새끼, 말하는 것 좀 봐. 이제 막 가자는 거군."

선규는 영표를 향해 다시 매운 주먹을 날린다.

퍽.

"으윽."

주먹이 턱에 부딪는 소리, 그리고 숨이 멎는 듯한 신음 소리가 어둠 속에서 짧게 울려 퍼진다. 사병 두 명이 영표의 꺾인 등을 차례로 찍는다.

"아, 제발 이러지 말란 말이야."

영표가 기어 들어가는 목소리로 중얼거린다. 그 목소리가 선규에게 야비한 웃음을 불러일으킨다.

"이 새끼야, 넌 정신 좀 차려야 돼. 내가 쫄따구일 때는 어땠는지 알아."

그렇게 말한 선규가 다시 한번 영표의 복부에 빠르고 묵직한 주먹을 날린다. 주먹이 영표의 배에 그대로 스며들듯 꽂힌다.

"허억."

흐린 달빛 아래에서 가물가물 흔들리던 영표의 그림자가 서서히 옆으로 쓰러진다. 선규를 포함한 세 그림자가 잠시 웅성거리더니 일순간 어둠의 그늘 속으로 사라져 버린다.

#86 학원 원장실

한쪽 손으로 턱을 괴고 삐딱하게 앉아서 뭔가를 골똘하게 고민하던 철중이 인터폰으로 철민을 호출한다.

"철민아, 잠깐만 들어와."

철민이 지체 없이 문을 열고 원장실로 들어간다. 선숙과 미진이 그런 철민의 뒷모습을 다소 무연한 눈빛으로 쳐다본다.

철민의 얼굴에는 피로와 졸음의 기색이 역력하다. 철중이 철민의 얼굴을 뜨악하게 바라보며 한마디 한다.

"야, 부원장, 어제 또 술 먹었구나. 좀 작작 마셔라. 술 냄새 나면 아이들이 좋아하겠어."

"형님도, 내가 술을 어디 하루 이틀 먹어요. 잔소리 좀 그만 해요. 근데 왜 부르셨어요?"

철중은 잠시 뜸을 들이면서 의자 등받이에 등을 기대고는 양
손을 깍지 껴서 배 위에 올려놓는다. 그런 그를 철민이 빤히 쳐다
본다.

"왜 그러세요? 무슨 중요한 얘기라도."

철중은 담배를 하나 꺼내 손가락 사이에 끼워 놓고 잠시 딴전
을 부리더니 철민에게 손짓으로 가까이 오라는 표시를 한다. 그러
고는 무언가 비밀스러운 이야기를 하려는 것처럼 출입문 쪽을 살
피며 작은 목소리로 속삭인다.

"내가 요 며칠 곰곰 생각해 봤는데 말이야, 국어 선생 도저히
안 되겠어. 만날 자기가 무슨 시인이라도 되는 것처럼 시무룩한
얼굴을 해 가지고서는…… 볼 때마다 기분이 나빠. 내가 듣기로
는 젊었을 때 문학 공부를 했다는 것 같은데 말이야. 문학을 한다
는 작자들은 왜 하나같이 그렇게 배배 꼬였는지 모르겠어. 뭐가 그
리 고상하다고 말이야. 지금처럼 먹고살기 힘든 세상에 시 소설 나
부랭이가 다 뭐냐고. 그래서 하는 말인데, 그 자식을 잘라야겠어."

"네? 하지만 형님, 이선재 선생은 수업에도 충실하고 아이들한
테도 인기가 많아요. 당장 그만한 선생을 구하기도 힘든데."

"아무튼 마음에 안 든단 말이야. 원장인 내가 마음에 안 든다
는데, 어떻게 계속 월급을 주면서 그런 선생을 데리고 있을 수가
있겠어. 부원장 네가 책임지고 사표 받아."

"형님은 참, 좀 인물도 반반하고 실력도 있는 선생이다 싶으면
다 자르더라."

그러자 철중이 얼굴을 붉히면서 갑자기 목소리를 높인다.

"철민이 넌 왜 이렇게 말이 많아. 강희태 선생도 벌써 잘랐어야 하는 건데, 제때 자르지 못해서 뒤통수를 맞았잖아. 내가 시키는 대로 하란 말이야. 너도 잘리고 싶은 거냐, 응?"

"아니요, 아니에요. 이 선생에 관해서는 형님 분부대로 조치할게요."

"그리고 윤 선생 이년도 잘라야겠어. 흠, 선생으로서 전혀 품위가 없어. 매일 짧은 스커트나 입고 다니고, 수업 내용도 모니터링을 해 보면 별로 내실이 없는 것 같고."

철중이 그렇게 말하자 철민은 눈을 휘둥그레 뜨며 말한다.

"아니 윤미진 선생도 자른다고요? 윤 선생은 형님이 무척이나 챙기는 선생이었잖아요."

"챙기다니, 챙기긴 뭘 챙겨. 아무튼 우리 학원에 도움이 안 되는 선생들은 모두 자를 생각이야. 지금 월급 주겠다고 하면 신발 벗고 뛰어올 사람들이 얼마나 많은데."

"그렇긴 하지만……."

"그런데 철민아, 윤 선생은 성질이 여간 깐깐한 게 아니잖아. 내보낼 만한 적당한 구실을 좀 생각해 봐. 알았지? 이 선생이랑 윤 선생 조치하고 나서 화합 차원에서 회식이나 한번 하자."

"네…… 그러죠."

마지못해 대답하면서 철민은 못내 아쉬움이 남는 듯 뒷머리를 긁적인다. 그런 철민을 향해 철중이 호되게 소리친다.

"왜 안 나가고 서 있어! 어서 나가서 일 봐!"

#87 군부대 실외 화장실 뒤

어둠이 채 가시지 않은 새벽. 휴일인 탓인지 병영은 평온한 고요에 휩싸여 있다. 갓 임관되어 병영 내 BOQ에 거주하는 젊은 소대장이 구보 겸 산책을 하다가 실외 화장실 뒤편에서 간밤 동료들에게 린치를 당해 쓰러져 있는 영표를 발견한다. 영표의 입에서는 아직도 더운 피가 흐르고 있다.

"어, 이게 누구야. 이 상병 아냐? 이봐, 이봐, 이 상병!"

하지만 영표는 아무런 대꾸를 못 하고, 힘을 넣으려던 몸을 축 늘어뜨린다. 소대장은 훈련소에서 응급처치 교육을 받으면서 익힌 대로 영표의 맥을 짚어 보고 눈자위를 까뒤집어 본다. 흰자위가 밀려 올라온다.

"이거 큰일 났군."

혼자서는 어쩌지 못한다는 것을 안 소대장이 서둘러서 행정반 쪽으로 뛰어간다. 잠시 후 사병 막사에 불이 켜진다.

약 30분 뒤, 군용 앰뷸런스 한 대가 위병소 정문을 뚫고 쏜살같이 들어온다. 사이렌 소리의 기운이 제법 화급하다.

#88 단층집 선재의 자취방

퇴근을 한 선재가 심상한 표정으로 방에 들어서다가 자신의 방에서 막 나오고 있는 소라와 마주친다.

"아, 선재 씨."

"어, 소라 씨."

두 사람 다 눈빛이 물결이라도 치듯 흔들린다. 선재는 소라의 손에 빈 쟁반이 들려 있는 것을 본다. 선재는 그것을 보고 소라가 자기 방에 밥과 찌개를 가져다 놓고 나오는 것임을 안다.

"아니 소라 씨, 이러지 않으셔도 되는데……."

"아니, 그냥 찌개가 좀 많아서 덜어 드린 것뿐이에요……."

문턱을 경계로 마주 서 있는 두 사람이 잠깐 침묵한다. 그 잠깐 동안의 침묵 속에서 두 사람의 가슴이 알 수 없이 일렁인다. 선재와 소라의 눈이 허공에 잠시 부딪쳤다가 곧 흩어진다. 소라가 들릴 듯 말 듯 가느다랗게 한숨을 내쉰다. 선재의 이마에 땀방울이 맺힌다.

소라가 밑으로 시선을 내리깐 채 몸을 비켜서며 재빠르게 말한다.

"제가 이러는 게 부담스러우시다면 앞으론 이러지 않을게요."

선재는 소라의 목소리가 어린 여자, 정한 소녀의 목소리 같다고 생각한다. 소라의 몸이 문턱을 넘어선다. 그때 선재의 손이 소라의 손목을 잡는다.

“소라 씨, 잠시만요.”

선재는 그렇게 말하면서 소라의 팔을 가볍게 방 안쪽으로 잡아끈다. 소라의 얼굴이 심하게 붉어진다. 흡, 짧은 심호흡 소리도 들린다. 손목을 잡힌 채 어찌할 줄 모르던 소라가 선재의 눈을 바라본다. 그녀는 문턱을 넘었던 발을 다시 안쪽으로 거두어들인다. 곧 두 사람이 방 안으로 들어선다. 선재는 여자의 손목을 놓지 않은 채 방문을 닫는다.

“손목을 좀 놔주세요. 아파요. 아프거든요.”

그 소리를 듣고 선재는 자신이 아직도 소라의 손목을 꼭 움켜쥐고 있다는 것을 깨닫는다. 선재는 소라의 손목을 놔준다. 방 안에 단둘이 마주 서 있는 것이 어색한지 소라가 고개를 돌린다. 그때 소라의 길고 슬픈 목을 선재가 본다. 눈부시게 하얀 목.

“소라 씨!”

선재는 서러운 짐승처럼 외마디로 소라의 이름을 부르고는 그녀의 몸을 와락 껴안는다. 그의 입술이 황급히 소라의 입술을 찾는다. 소라가 흠칫 놀라며 몸을 움츠린다. 선재는 두 손으로 부드럽게 여자의 어깨를 어루만진다.

“소라 씨, 미안해요. 이러는 나를 용서하세요. 나, 당신을 꼭 안고 싶어요.”

선재가 금방이라도 울음을 터뜨릴 것 같은 목소리로 말한다. 그러자 소녀처럼 부끄럼을 타기만 하던 소라가 적극적으로 선재의 입맞춤에 응해 온다. 두 사람은 방 한가운데에 선 채로 길고 진한

입맞춤을 한다. 소라가 한쪽 손에 들고 있던 쟁반을 그제야 바닥에 떨어뜨린다.

챙그렁.

그 소리에 놀라 두 사람이 잠시 떨어진다. 두 사람은 다소 어색한 표정으로 아무 말 없이 마주 보고 서 있다. 선재가 손을 들어 자신의 입술을 훔친다. 소라의 눈에서 작고 투명한 눈물이 맺힌다. 그 눈물을 본 선재가 다시 격하게 소라를 껴안는다. 소라도 팔을 뻗어 선재의 허리를 감는다.

"고마워요. 소라 씨, 고마워요. 정말 고마워요."

선재는 가슴속에 왈칵 치밀어 오르는 뜨거운 무언가를 느낀다. 그것은 누대에 걸쳐 쌓여 온 설움 같은 것이기도 하고, 설익은 욕망 같은 것이기도 하다. 곧 두 사람은 방바닥에 기울어지듯이 쓰러진다. 선재는 사무친 듯 격하고 탐욕스럽게 소라의 얼굴과 뺨에 입을 맞춘다. 두 사람의 몸이 꿈틀꿈틀하면서 거칠고 퍽퍽한 숨이 새어 나온다. 소라의 입에서 가느다란 신음이 새어 나온다. 이어서 울먹이는 소라의 목소리가 들린다.

"전 몹시 외로웠어요."

선재가 소라의 머리칼을 쓰다듬으며 역시 목이 멘 목소리로 말한다.

"다 알아요. 제가 당신의 소리를 다 듣고 있었거든요."

선재는 한 손으로 소라가 입고 있던 남방의 단추를 끄르기 시작한다. 그때 선재의 바지 호주머니에서, 식당에서 주워 넣었던 미진의 반지가, 아니 원래 소라의 것이었던 반지가 슬그머니 미끄러져 나온다. 반지는 방바닥에 타원을 그리며 크게 돌기 시작한다.

쫴앵 쫴앵 쫴앵.

반지는 경쾌한 마찰음을 내며 방바닥에 타원을 몇 바퀴 그린다. 남자와 여자는 여전히 서로의 몸을 탐닉하는 데 열중할 뿐이다. 방바닥에 그려지는 타원의 궤적이 점점 작아지면서 반지는 뱅그르르 방바닥에 살며시 주저앉는다. 빈 방 안에는 이제 두 사람의 숨소리만이 들릴 뿐이다. 그때 벽 너머에서 뿌오뿌오뿌오, 장난감 나팔 소리와 따르릉따르릉, 전화벨 소리가 동시에 들려온다.

영국 밴드 Radiohead가 부른 「Let Down」이라는 곡을 듣다 보면 프란츠 카프카의 영문판 소설 『변신』에서 따온 구절이 나온다. "Let down and hanging around, Crushed like a bug in the ground(절망한 채 목적 없이 흘러가고 바닥의 벌레처럼 온몸이 바스러져서)"가 바로 그것이다. 내가 소설을 쓰면서 생각했던 이미지도 바로 그런 것이었다. 나는 부유하는 먼지로 가득한 세계, 아무 일도 일어나지 않은 채 종국에는 바스러지고 마는 지루한 존재의 비밀스러운 표정에 대해서 생각했다. 멋있는 행동과 세련된 말이 존재하지 않는 삶의 사소함에 대해 생각했다. 그런 삶은 주목의 대상이 되지 않을 뿐이지 언제나 압도적인 사실로 존재한다. 비주류적 세계의 질서 같은 게 있다면, 소설의 인물들을 통해 그걸 만들어 보고 싶었다. 이 소설이 의도한 게 있다면 이 정도다.

소설 속의 인물들은 하나같이 못난 존재들이어서 지극히 세속적인 방법으로 욕망하고 다투고 병들고 질투한다. 이 안에서 사랑을 하고 농밀한 상처를 드러내는 이가 있기는 하지만, 그렇다고 그 포즈가 한심해 보이지 않는 건 아니다. 그런데도 나는 이들 모두의 생이 관찰되고 존중되어야 한다고 믿는다. 왜냐하면 모든 삶은 예외 없이 비장하게 죽음과 맞서고 있기 때문이다. 소설을 거의 탈고할 즈음 단 한순간이라도 연민 없이 사람을 이해하기란 불가능하다는 생각에 이르렀다.

이 소설에서 나는 약간의 실험을 시도했다. 일부러 선택한 묘사 위주의 하드보일드한 문장은, 아찔할 정도로 치열하고 아름다운 삶에 대한 내 나름의 경의다. 짧은 문단의 연속적인 분절을 통해서는 우리의 삶이 여러 국면에서 불안이나 공포 혹은 고통 같은 것들에 얼마나 허술하게 노출되어 있는지를 보여 주고 싶었다. 나에게 이 삶은 어수룩해서 아름답다. 나는 누추하기 때문에 이 삶을 사랑한다. 마른 우물 속 같은, 이미 충분히 드러나 있는 세상의 틈을 들여다본 기분이다.

고마운 이들이 많다. 졸작에 추천의 글을 써 주신 구효서 선생님과 신동옥 시인, 해설을 맡은 정은경 씨께 감사의 말씀을 드린다. 원고를 읽고 조언해 준 민음사 편집부의 정성도 잊을 수 없다. 나를 자극하고 격려해 주시는 이인성, 이순원 선생님과 동료 작가들

에게도 고마운 마음을 올린다. 말없이 지지해 주는 가족들 생각
을 하면 가슴이 뜨겁다. 그리고 숨, 미안하고 고맙고 사랑한다. 시
방 나의 멜랑콜리는 이토록 사소하다.

2008년 2월

김도언

멜랑콜리, 구원을 향한 둔주곡(遁走曲)

정은경(문학평론가)

김도언의 첫 번째 장편소설 『이토록 사소한 멜랑꼴리』는 구원과 초월에 관한 이야기다. 이렇게 얘기하는 데는 다소 과장된 감이 없지 않다고, 독자들은 생각할지도 모른다. 왜냐하면 이 긴 이야기는 대개 구지레한 일상 그대로의 반복으로 채워져 있기 때문이다. 이 장편소설에는 서울, 대도시의 중산층에도 끼지 못하는 변두리 사람들의 활기가 아니라, 제목대로 과연 '그토록 사소한 우울'로 가득 차 있다. 변두리 입시 학원과 모텔, 허름한 단층집, 다세대주택 반지하를 오가는 군상들 — 학원 강사, 양아치, 군대 간 남편을 기다리는 어린 신부, 입시 학원 버스 운전사, 군인 등 — 은 좀 더 나은 삶에 대한 비전이나 야망 없이, 그로 인해 절절한 절망이나 핍진한 고통도 없이, 낡은 테이프처럼 똑같은 일상을 반복한다. 작가 김도언은 데뷔 이후 두 권의 창작집(『철제 계단이 있는 풍경』, 『악취미들』)에서 형식 실험과 하드보일드한 악취미를 통해 인간의 내면 풍경과 '하강하는' 욕망의 진상을 탐색해 왔다. 특히 '악취미' 연작에서 보여 준 잔혹극들은 표면적인 인간의 얼굴 이면에 있는 사악함과 위선, 모순과 부조리를 가차 없이 폭로함으로써 '적나라한' 인간이라는 또 하나의 가상(Schein)을 구축하여 작가의 비극적 세계관을 여지없이 드러낸 바 있다. 『이토록 사소한 멜랑꼴리』에도 이러한 비극적 세계관이 유지되는데, 이를 드러내는 매개체는 비합리적이고 기괴한 내면 의식이 아니라 지극히 평범한 생활 세계다.

김도언은 한 인터뷰에서 '욕망', 특히 '나쁜 것들'에 끌리는 이유를 묻자, 그것이 삶과 세상을 구성하는 배면의 어떤 것이기 때문에 그냥 마주 보는 것일 뿐이라고 답한 적이 있다.[1] 『이토록 사소한 멜랑꼴리』에서 그의 시선은 그 '배면'이 아니라 삶과 세상 자체로 향해 있다. 그것은 그가 기원과 본질이라는 연역적 방법을 대신하여 귀납적으로 인간을 재구성하기 시작했음을 의미한다. 예상대로, 그가 이 장편소설을 통해 펼쳐 놓은 보고서는 '그토록' 진부한, '낡은 잡지의 표지처럼' 지극히 '통속적'이고 신파적인 것 이상은 아니다. 거기에는 스펙터클한 사건도, 전율과 흥분을 불러일으키는 '잔혹극'도, 미학적 환상도, 카타르시스도 없다. 그것은 우리의 일상 그대로 출구 없이 '닫힌 하루' 그 이상도 이하도 아니

---

1) 「그의 판도라 상자 속 그의,」, 《문학과 경계》(2006년 여름호).

라는 점에서 지독히 우울한 풍경이다.

그런데도 이 장편소설을 구원과 초월의 이야기로 보고자 하는 것은 그 완강한 일상의 풍경 배면에 흐르는 멜랑콜리의 선율이 탈출 혹은 자유, 초월, 구원의 문제를 끊임없이 환기하고 있기 때문이다. 김도언은 홍상수의 영화처럼 수치스러울 수밖에 없는 우리의 환멸적인 일상과 디테일을 잔뜩 펼쳐 놓고는 의뭉스레 냉소하며 독자들 스스로 미쳐서 뛰쳐나가게 만드는 것 아닌가. 그것이 이 소설에서 반복되는 지루한 문장과 동선들에 내재된 작가의 전략인지도 모른다. 또 하나, 이 작품의 주인공 이름은 '선재'다. 그는 파계승인 아버지, 한센병을 앓고 있는 어머니의 아들, 그리고 실패한 시인 지망생이다. 그는 이 작품에서 우울한 학원 강사로 여느 다른 인물들과 크게 다르지 않은 평범한 '낙오자'로 그려지지만, 사실 이 작품을 구도의 소설로 읽게 만드는 구심점이기도 하다. 왜냐하면 '선재'는 53명의 다양한 인간들에게서 법을 구하여 깨달음을 얻는 『화엄경』의 동자 선재(善財)이기 때문이며, 파계한 아버지와 한센병에 걸린 어머니라는 '원죄'에서 벗어나기 위해 몸부림침으로써 기독교적 구원을 질문하는 인물이기 때문이며, 문학을 통해 끊임없이 '내재적 초월'을 꿈꾸는 시인 지망생이기 때문이다. 원죄를 짊어지고 초월과 구원을 향해 나아가는 포스트모던 '선재'는 길을 떠나는 대신, 일상에서 부딪치는 무수한 인간들과 현실을 향해 묻고 있다. 이토록 사소한, 완강한 일상에서 우리는 어떻게 벗어날 수 있는가? 어떻게 우주를 가로질러(across the universe) 저 최초의 인간의 얼굴과 마주할 수 있는가?

멜랑콜리가 거주하는 공간

① #1 주택가 골목 단층집 앞

인구 50만 남짓을 헤아리는 도청 소재지의 구도심에 속하는 이 동네는 붉은 기와지붕이 낮게 엎드려 있는 한옥들과 웅장한 맛을 잃고 퇴락한 양옥들이 마치 시위라도 하는 것처럼 골목의 좁은 폭을 사이에 두고 마주 서 있는데 얼핏 한가롭고 헛헛한 느낌을 준다. 오래된 구도심의 주거지가 대부분 그런 것처럼 원칙 없는 구획과 도로 정비 때문에 눈이나 비가 오면 포장도로가 오랫동안 질척거리는 것도 뭐 하나 내세울 것 없는 이 동네의 특징이랄 수 있다.

펵이나 낡아 보이는 1.5톤 이삿짐 트럭이 꽤 알심 있는 기세로 오르막인 골목길을 오르더니 단층집 대문 앞에 멈춰 선다.

— 10쪽

② #2 입시 학원 사무실

벌겋게 녹슬고 해진 물받이 홈통과 칠이 벗겨진 외벽 때문에 지은 지 족히 20년은 된 듯한 허름한 시멘트 골조 4층 건물은, 양 옆으로 들어선 매끈한 산부인과와 오피스텔에 가려 있어서 더욱

외관이 음습하고 우중충해 보인다. 이 동네에 오래 산 사람의 말
에 의하면 이 건물은 원래 등기소 건물이었다고 하는데, 지금은
영락을 반영이라도 하듯 문을 닫지 않을 만큼만 겨우 수업을 꾸
려 가는 입시 학원과 작은 식당과 사채업자의 개인 사무실이 세
들어 있다.   —13~14쪽

③ #21 모텔 마리아 301호

새벽 1시. '모텔 마리아'의 3층 방. 원형 침대 위에서 젊은 남녀
가 가쁜 숨을 몰아쉬면서 섹스를 하고 있다. 두 사람 모두 한 치
도 양보할 기색이 없는 것처럼 서로의 몸에 달라붙어 빨고 핥고
흔들면서 몸을 들썩인다. 에어컨에서 '강' 모드의 냉기가 나오기
는 하지만 이 방 안은 두 사람의 열기로 후끈해져서 화장대의 거
울에 김이 서릴 정도다.   —75쪽

위의 세 장면은 이 작품의 주요한 무대 세트다. '주택가 골목
단층집'은 주인공 선재가 새로 자취방을 얻은 집으로, 젊은 여주
인 소라는 군대 간 남편을 기다리며 중풍으로 누워 있는 아버지
를 돌보며 홀로 지낸다. 퇴락한 구도심의 낡은 단층집에서 선재는
방음도 제대로 안 되는 벽을 사이에 두고, 용덕(소라의 아버지)이
신호 삼아 불어 대는 '뿌오뿌오뿌오' 나팔 소리와 만화영화를 보
며 깔깔대는 소라의 웃음소리를 듣는다. 이 소리들은 무대 세트
에 맞춤한 효과음처럼 질병과 비루함과 권태를 환기함으로써 우

울을 위한 '훌륭한' 세트장을 형성한다. 두 번째 인용문은 선재가 새로 얻는 직장으로 매끈한 산부인과 건물과 대조되는 '허름한 시멘트 골조 4층'은 단층집과 더불어 언제 철거될지 모르는 그네들의 삶과 닮은꼴을 이루고 있다. 세 번째 공간은 영어 강사 미진이 드나드는 모텔로 어린 애인이자 양아치인 호준과 정사에 몰두하는 장소가 된다. 그 밖에 이 작품에 등장하는 장소들은, 대개 "끓인 지 며칠이나 지났는지 김치들이 가장자리에 말라붙어 있는 김치찌개 냄비와 역시 말라붙은 총각김치(34쪽)"가 나뒹구는 철민의 원룸, 고양이 울음소리가 들끓는 다세대주택 반지하(학원 버스 운전기사 진호의 집), 80킬로그램의 육중한 체중인 수학 강사 선숙이 사는 '○○아파트 205동 506호' 등이다.

프랑스의 누보로망 작가 알랭 로브그리예가 『질투』에서 그토록 지루한 장소 묘사를 통해 증명해 보여 준 바 있듯, 공간은 곧 인물과 이야기의 특성 그 자체이기도 하다. 사람의 입성이 대체로 그 사람의 계급과 취향, 지적 수준까지 대변하듯, 이야기의 공간은 서사의 성격과 방향까지 내포하기도 한다. 물론 그것은 객관적인 장소 그 자체에서 비롯되는 것이 아니라 이를 묘사하는 작가의 시선에서 비롯되는 것이다. 앞서 나열한 장소들의 특성은 작가에 의해 '비루함'으로 드러나고, 이는 멜랑콜리로 이어진다. 이는 다음과 같은 작가의 '선언'에 의해서 더욱 명증해진다.

선재는 짐칸에 실린 자신의 짐을 하나하나 들어서 단층집의 단칸방으로 옮긴다. 그러고 있자니 어쩔 수 없이 서늘한 감상이 몰려온다. '아, 이곳에서 나는 또 얼마나 내가 동의할 수 없는 의뭉스러운 세월을 보내야 하는 걸까.' 선재는 자신의 삶이, 희망이 거세된 뜨내기의 삶 같다고, 뿌리 없이 휩쓸리는 부초의 삶 같다고 느낀다. ─11쪽

요컨대 이들 공간의 특성은 대개의 인물들이 '동의할 수 없다'는 데 있다. 멜랑콜리는 단순하게 말하자면, 현실과 이상의 괴리에서 비롯된다. '동의할 수 없는' 삶의 조건 속에서 멜랑콜리는 곰팡이처럼 무럭무럭 자라나기 시작한다.

4시 55분, 멜랑콜리를 위한 시간

벽시계는 며칠 전과 마찬가지로 4시 55분을 가리키고 있다. 철중의 눈에 번쩍 촉기가 돌면서 그의 꼬장꼬장한 목소리가 터져 나온다.

"나 참, 이것들 봐! 내가 며칠 전에 분명히 시계를 맞춰 놓으라고 그랬지. 그런데 저것 좀 봐. 아직도 그대로야. 도대체 원장 말이 말 같지 않나." ─160~161쪽

위 인용문은 아무도 건전지를 갈지 않아 늘 '4시 55분'에 고정

되어 있는 벽시계를 보고 학원 원장 철중이 화를 내는 장면이다. 그 장면은 이 소설에 여러 번 등장하는데, 그것은 학원의 시간이 4시 55분에 고정되어 있음을 의미한다. 늘 그대로인 '4시 55분'처럼 아무도 시간을 맞추려 하지 않고 원장도 호통 치기를 반복한다. 고장 난 벽시계가 상징하듯 학원의 시간은 흐르지 않는다. 그것은 학원의 일상이 변화, 발전 등과 전혀 무관하다는 것, 어제와 다르지 않은 오늘, 오늘과 다르지 않은 내일의 연속이라는 것을 뜻한다. 이 고장 난 시계는 우울증 환자들의 삶의 감각을 대변하는 것으로, 그들의 우울과 비애감은 4시 55분이라는 지루한 시각에 붙박이고 만다. '멜랑콜리'는 현실과 이상의 괴리에서 오는 것이지만, 더욱 중요한 것은 탈출 불가능성에서 오는 절망감과 무력감이다. 이 우울의 서정을 '이토록 사소한'이라고 명명한 것은 「즐거운 편지」에서 '사소함'의 의미의 변전과 같은 맥락에 놓인다. "내 그대를 생각함은 항상 그대가 앉아 있는 배경에서 해가 지고 바람이 부는 일처럼 사소한 일일 것이나"에서 '작고 하찮은'이라는 '사소함'의 의미는 영원함으로, 절대 무변의 진리로 바뀐다. 『이토록 사소한 멜랑꼴리』에서 작가가 말하는 '멜랑콜리'는 사실 인류의 역사 이래로 계속되어 온 우리의 비루한 삶 그 자체를 의미한다고 할 수 있다. 아무리 문명이 발전하고 진보하더라도 구도심의 허름한 시멘트 건물 속에 갇힌, 지극히 통속적이고 신파적인 삶, 그것은 영원하다는 것, 따라서 그 '뻔한' 진리는 '사소함'으로 변전되는 것이다.

이 비루한 일상의 위력에 대한 암시는 소라가 낱말 퍼즐을 푸는 장면을 통해서도 드러난다. "'난'자로 시작되는 네 글자 단어 중에 세 번째 음절은 '불'인 단어"의 힌트는 "공격하기가 어려워 좀처럼 함락되지 아니함"이고 그 정답은 '난공불락'이다. 이를 풀어 놓고 소라는 아버지의 나팔 소리가 바로 그녀에게는 '난공불락'이 아닌가 생각한다. 소라에게 병든 아버지가 난공불락이듯, 그리고 선재에게는 비극적 운명이, 선숙에게는 80킬로그램의 비만이, 호준에게는 가망 없는 젊음이, 그리고 이들 개별적인 난공불락을 이루고 있는 이 나날의 생활 세계가 바로 붙박인 4시 55분으로 상징되는 것이다.

우울한 짝패들의 대위법(punctus contra punctum)

조악한 무대 세트와 나른한 오후에 붙박인 시간, 우울한 생을 위한 배경은 충분히 준비가 되었다. 이제 허름한 골조 건물 벽 사이로 나지막이 새어 나오는 멜랑콜리의 선율을 들어 보도록 하자. 이 작품의 인물 구성에서 특징적인 것은 각각의 인물들이 하나의 쌍(pair)을 이룬다는 점이다. 비슷한 성격의 두 인물은 짝패를 이루어 독립적인 선율을 구성하고, 다시 여러 짝패들이 어우러져 대위법적인 다성악을 이룬다. 이 다성악에서 제1주제 선율, 즉 선행성부(先行聲部)에 해당하는 것은 '선재와 소라'의 짝패다.

　선재는 앞서 언급한 대로 원죄와 천형, 초월을 향한 열망과 좌절에 의해 짓눌린 인물이다. 그가 자신의 존재를 끊임없이 부정하는 것은 탄생의 기원과 관련된다. 선재의 아버지는 일찍이 출가하여 10년을 용맹 정진하였으나 젊은 보살과 사랑에 빠져 야반도주한 파계승이다. 이들은 선재와 선규 두 형제를 낳고 분식집을 운영하며 남들처럼 평범하게 살아가는 듯했으나, 선재의 어머니가 한센병에 걸리자 모든 것이 산산조각 나고 만다. 어머니는 결국 소록도로 가고, 아버지는 그러한 불행이 자신의 '파계'로 인해 생긴 것이라 자책하며 산천을 떠돌게 된다. 고아 아닌 고아가 된 선재는 대학에 들어가 시를 열망하게 되고 남들에게 실력도 인정받지만 시인이 되지 못한다. 사랑했던 '은'과도 결별한 그는 결국 학원을 전전하며 상실감과 자괴감에 빠져 살아간다.

　프로이트에 의하면 우울증(Melancholie)이 슬픔(Trauer)과 다른 점은 자애심의 추락이다. 즉 슬픔이 보통 사랑하는 사람, 혹은 조국, 자유, 어떤 이상 등의 상실에 대한 반응이고, 그리하여 세상이 빈곤하고 공허하게 느껴지는 것이라면, 우울증은 '자아'의 빈곤을 특징으로 한다. "우울증 환자가 우리에게 내보이는 자아는 쓸모없고, 무능력하고, 도덕적으로 타락한 자아다. 그는 스스로를 비난하고, 스스로에게 욕설을 퍼붓고, 스스로가 이 사회에서 추방되어 처벌받기를 기대한다." 우울증이 자아 빈곤과 자기 비난으로 향하는 것은 원래 사랑의 대상 선택이 나르시시즘의 기반에서 이루어진 것이기 때문이다. 동일시를 핵심으로 하는 사랑의 메커

니즘은 나르시시즘에서 출발하지만, 성숙한 어른은 리비도를 자아가 아닌 대상에게로 계속 전이시킨다. 보통의 경우 거절을 당하면 리비도는 새로운 대상을 찾거나 사라지는데, 우울증의 경우는 다시 자아 속으로 들어가게 된다. 그리하여 대상 상실은 자아 상실로 전환되고, 자아와 사랑하는 사람의 갈등은 자아의 비판적 활동과 동일시에 의해 변형된 자아 사이의 분열로 바뀌게 되는 것이다. 결국 우울증은 '나르시시즘'으로 후퇴하거나 나르시시즘 성향이 강한 자에게 나타나는 것이라고 프로이트는 설명하고 있다.[2]

선재는 이러한 우울증 증상을 전형적으로 보여주고 있는데, 다음과 같은 예문들에서 그 편린을 찾아볼 수 있다.

① 선재는 자신이 이 세상에서 가장 비루하고 천박하고 보잘것없는 존재라는 생각이 들었다. 눈썹과 코가 달아난 문둥이의 자식, 육욕 때문에 법을 깨뜨린 파계승의 아들이 별수가 있을까. (…) 그리고 이어서 어머니의 살 냄새를 맡고는 짐승의 욕망을 끄집어내면서 어쩔 줄 몰라 하는 아버지의 혼돈스러운 얼굴까지. 그리고 짐승의 교미를 연상시키는 두 사람의 교접. 아아, 죄가 탄생하는 순간.
—151쪽

---

2) 프로이트, 「슬픔과 우울증」, 『정신분석학의 근본개념』(윤희기·박찬부 옮김, 열린책들, 2005), 239~265쪽 참조.

② 시인, 그것은 선재가 이루지 못한 꿈, 얻지 못한 이름이었다. 그는 얼마나 시인이 되고 싶어 했던가. 시인이 되기 위해 얼마나 많은 번민과 고통의 밤을 보냈던가. 시에 대한 주체할 수 없는 열망과 신념 때문에 얼마나 자주 아프고 어지러웠던가. (…) 선재의 푸른 청춘은 문학을 향한 맹목적인 구애와 배신, 그리고 그에 따른 참혹한 절망으로 채워졌다고 해도 과언이 아니다. 문학이 자신을 배신할 때마다 선재는 술에 취해 맨주먹으로 시멘트 담벼락을 부서져라 내리치기도 했다.　　　　　　　　　　—41~42쪽

③ "직장이 없을 때 하루 종일 무엇을 합니까?"
선재는 에밀 시오랑의 말을 흉내 내며 무심한 표정으로 대답했다.
"저 자신을 견딥니다."
(…) 선재는 그 말이 패배와 절망으로 점철된 자신의 파괴적인 자의식에서 유발된 것이란 걸 모르지 않았다.　　　　　　　—79쪽

선재의 우울은 인용문 ①에서 알 수 있듯 존재 부정에서 출발한다. 인용문 ②는 시인을 열망했던 선재의 절망감을 드러내는 대목이다. '시'와 연인 '은'은 선재가 리비도를 가장 강력하게 집중했던 대상이다. 그러나 '문학'으로부터도 외면당하고, '은'을 친구이자 시인인 '인명'에게 빼앗김으로써 선재의 자기 부정은 더욱 가열된다. 인용문 ③에서 선재의 '우울증'은 더욱 선명하게 드러난다. 작품 전체에서 선재는 끊임없이 열등감과 자학, 자기 비하, 자살

충동으로 점철된 모습을 보여 주는데 이는 세상을 향한, 그리고 시와 '은'을 향한 선재의 대상 리비도가 결국 자아로 향하고 있음을 의미한다. '세상'을 견디는 것이 아니라 '자신을 견딘다'는 것은 자아에 갇힌 리비도를 자폐적으로 소모하고 있다는 것, 또한 "제가 죽이고 싶은 인간쓰레기가 누구인 줄 아세요. 그건 바로 저라고요, 저요!"(182~183쪽)라고 고백하는 대목은 선재가 자기 징벌(Selbstbestrafung)의 '사디즘' 단계에 있음을 선명하게 드러내는 예라 할 수 있다.

선재와 짝패를 이루는 '소라'의 과거 또한 신산하기는 마찬가지다. 어머니가 죽자 군인이었던 아버지는 생의 의욕을 상실하고, 어린 동생 호준은 불량 청소년이 되고, 급기야 아버지는 중풍으로 쓰러진다. 그녀는 놀이 공원 계약직 사원인 영표를 만나 아이를 가지고 결혼을 하지만 유산하게 된다. 5년째 아버지를 간병하면서 아버지 연금으로 근근이 생계를 꾸리고 있는 그녀의 현재도 즐거울 리 만무하다. 그러나 그녀에게는 우울이 없다. 그 이유는 선재와 비교하여 무엇을 향한 강렬한 욕망이, 더 근본적으로는 나르시시즘적 성향이 없기 때문이다. 그녀는 그녀가 읊조리는 노래처럼 "옛날부터 전해 오는 쓸쓸한" 생의 한 대목을 묵묵히 살아 내고 있는 소박한 인물이다. 한집에 살면서 벽을 사이에 두고 살아가는 선재와 소라는 많은 부분 서로의 상처를 공유하고, 또 이를 통해 자신을 되비춘다. 그것은 작가에 의해 의도된 측면이 많은데, 예를 들어 선재의 과거 일기장에 뒤이어 소라의 일기장을 반복적으로 제시하는 구성이 그 예증이라 할 수 있다. 비슷한 삶의 조건과 상처라는 음표를 달고 두 사람이 공명하면서 내는 하모니는 각각의 태도 차이로 인해 색다른 화성을 이룬다. 선재의 선행성부를 모방하면서 좇는 소라의 후행성부는 선재의 음울함을 상쇄하는 명랑함으로 가득 차 있는 것이다.

　두 번째 짝패는 미진과 호준이다. 학원 영어 강사인 미진은 자질이나 실력 면에서는 떨어지지만, 빼어난 미모를 이용해 학원에 취직하고 학원 원장과도 돈을 대가로 함부로 몸을 섞는 탕녀로 나온다. 그녀는 어린 양아치 호준과 모텔을 전전하며 난잡한 생활을 하지만 죄책감이나 자괴감으로부터 자유롭다. 그것은 그녀의 타락이 능동적으로 '실천'되는 위악적 행위이기 때문이다. "착한 것은 약한 것이고 약한 것은 착한 것이다", "어떤 일도 내가 선택한 것이라면 후회하지 않는 거야. 살아남기 위해서는 독해져야 하는 거"(93쪽)라며 삶의 벼랑으로 자신을 몰아대는 미진의 과거에는 양아버지에게 강간을 당한 트라우마가 있다. 호준은 미진에 비해 훨씬 자의식이 약한 탕아로 등장하지만, 그 또한 불행한 가정사로 인해 상처받은 영혼으로 나온다. 고등학교를 중퇴하고 유흥가를 떠돌며 약자들에게 금품이나 갈취하는 호준에게 생은, 주체할 수 없는 에너지를 아무렇게나 탕진해 버려야 하는 '귀찮은' 것일 뿐이다. 퇴폐와 향락에 몸을 맡긴 그들은 선재의 상승을 향한 열망과 좌절에서 비롯된 우울과 대조되면서 하강의 아이러니한 우울을 표상한다. 선재의 우울한 자기 비하가 생을 견디기 위한

하나의 방식이듯, 미진에게도 위악은 "한없이 불투명한 삶"과 '상
처'를 견뎌 내는 처세술인 셈이다.

　이 둘의 짝패가 『이토록 사소한 멜랑꼴리』에서는 중요한 서사
를 이루는데, 그 밖에도 철중과 철민, 진호와 선숙, 영표와 선규
등의 짝패들이 있다. 30대 후반의 독신 철민은 사촌 형 철중(원장)
덕분에 사회 과목을 강의하면서 부원장으로 학원 강사들 위에 군
림한다. 전형적인 속물형 인간에 속하는 철민에게 유일한 고통은
단지 '욕망과 소유의 불일치', 가령 미진에 대한 욕망에서 발생하
는 초조함 정도다. 철중과 철민이 속물을 대변한다면, 진호와 선
숙은 선량하지만 평균 이하의 서민을 대변한다. 학원 버스 운전사
로 일하는 진호는 부원장에게 모멸과 학대를 받으면서도, 다세대
주택 반지하에서 앓고 있는 아내와 쌍둥이 자녀를 위해 어쩔 수
없이 수모를 견뎌 낸다. 진호는 그러한 자신의 삶이 늘 커피를 엎
지르고 마는 '얼룩진 인생'이라고 생각한다.

:‖ ─둔주곡, 되돌아가는

　이 작품은 총 89개의 신(scene)으로 구성되어 있다. 각 신은 빠
른 장면 전환을 보여 주지만 이야기는 좀처럼 클라이맥스나 파국
등의 드라마틱한 국면들을 보여 주지 않는다. 이 작품의 서사는
'단층집'과 '학원 사무실', '모텔 마리아 301호', '철민의 원룸', '다

세대주택 반지하' 등의 동선과 '4시 55분'이라는 상징적인 시각 안에서 맴돌고 있다. 물론 이야기 전개에 따른 '사소한' 변화는 있다. 가령 선재는 소라와 급격히 가까워져 그녀와 사랑을 나누고, 미진은 호색한 원장을 떨쳐 내고, 호준에게 린치를 당한 원장은 미진과 선재를 학원에서 내보내려 하고, 진호는 술을 마시고 부원장에게 대들고, 철민은 80킬로그램인 선숙의 순정을 받아들이는 듯하다. 그리고 무엇보다 소라의 남편 영표가 군대에서 집단 폭행으로 사망하게 된다. 영표의 사망이 물론 선재와 소라의 사랑이 긍정적으로 이어질 수 있게 만드는 계기가 되리라는 것은 분명하다. 그런데도 이러한 변화들은 '사소한' 것이다. 왜냐하면 선재의 우울, 미진과 호준의 위악, 진호의 얼룩진 인생에 근본적인 변화가 없을 것이기 때문이다. 술김에 항의를 늘어놓았던 진호가 곧장 부원장에게 사과하고 다시 비루한 일상으로 되돌아간 것처럼 미진과 호준은 계속 호텔을 전전할 것이고, 선재는 열등감과 콤플렉스에 시달릴 것이고, 속물 철민과 철중의 비합리적인 학원 경영은 계속될 것이다.

즉 이 작품의 '단층집—학원 교무실—다세대주택 지하'의 동선이 표상하는 멜랑콜리한 일상은 그들이 다른 장소에 존재하더라도 다시 반복된다는 것. 이들의 멜랑콜리의 선율은 이제까지 그러했듯 도돌이표(𝄇)의 지시를 받아 처음으로 되돌아가서 지루한 일상을 반복하게 될 비극적 운명의 선율이다. 따라서 이 작품은 원환적 구성에 해당된다고 할 수 있는데, 이는 '반지'의 행방을 통해서도 짐작할 수 있다. 호준은 누나인 소라의 결혼반지를 훔쳐서 미진에게 선물한다. 미진은 이를 학원 건물 식당에서 흘리고, 선재가 이를 주워서 호주머니에 넣고 있다가 소라를 포옹하면서 흘린다.

> 그때 선재의 바지 호주머니에서, 식당에서 주워 넣었던 미진의 반지가, 아니 원래 소라의 것이었던 반지가 슬그머니 미끄러져 나온다. 반지는 방바닥에 타원을 그리며 크게 돌기 시작한다.
> 쾌앵 쾌앵 쾌앵. ——247~248쪽

위 인용문에서 반지가 주인에게 되돌아가리라는 것을 짐작할 수 있다. 반지의 순환과 반지의 '둥근' 모양, 그리고 "타원을 그리며 크게" 도는 반지의 움직임은 이 작품의 원환적 구성에 대한 일종의 메타포다. 그렇다면 구원과 초월을 향한 갈망을 표상하는 선재라는 하나의 '의지', 그것은 되돌아가기를 반복하는 일상처럼 구원으로부터 영 달아나고야 마는 것인가. 구원의 성취는커녕 어떠한 결과물도, 뚜렷한 성찰도 없이 선재의 갈망은 처음으로 회귀하고 마는 것인가. 물론 선재는 "전복과 부정과 성찰과 전망을 다 아우르며 빛나는 구원은 어쩌면 현실에서는 도저히 성취할 수 없는 환상인지도 모른다. 누가 누구를 구원하고 누가 누구로부터 구원을 받는다는 것인가. 삶은 늘 순간순간을 견디는 것뿐이다." (203쪽)라며 '견인'의 자세를 터득하기도 한다. 그러나 그것이 구원을 향한 갈망을 멈추지 못하리라는 것은 분명하다. 견인주의는 단지 미봉책일 뿐이기 때문이다.

이 작품에서 얼핏 스치는 구원의 암시는 선재의 이러한 의식적인 성찰과는 다른 곳에서 엿보인다. 즉 선재가 "누대에 걸쳐 쌓여 온 설움 같은 것", "설익은 욕망 같은 것"(247쪽)을 소라의 가슴에 털어놓는 순간. 그 순간이 구원일 수 있는 이유는 니체 식으로 말하자면 '과거—현재—미래'가 공존하는 지점이기 때문이며, 부정의 의지가 아니라 긍정의 의지에 의해 생성의 가능성을 여는 순간(Augenblick)이기 때문이다. 그것은 최인훈이 『광장』에서 은혜의 몸뚱어리에서 본 '진리' 혹은 '길' 같은 것, 모든 긍정과 생성을 품은 원환의 세계를 뜻한다. 따라서 이후에 그들이 또다시 우울한 일상을 반복하더라도 그것은 동일한 반복이 아니라 조금은 다른 반복이 될 것이다. 멜랑콜리의 차이, 그것도 차이라면 차이다. 그것이 비록 '자기와 조금 다른 자기'의 차이더라도 니체의 관점에서 보면 그것은 생성이기 때문이다.

또 하나, 서론에서도 밝혔듯 이 작품은 구원과 초월 그 자체가 아니라 시종일관 우리의 비루한 일상과 그 고통에 대해 얘기하고 있다. 이 작품의 멜랑콜리의 선율은 하나도 바뀔 것 같지 않은 우리의 일상에 대해 공감하게 하고, 독자를 더욱 침울하게 만들 것이다. 그러나 그래도 그것이 필요하다면? 다음과 같은 경구를 참고할 수 있을 것이다.

나는 병에서 나의 더 높은 건강을 얻었다. 이 건강이란 병이 말살해 버리지 못한 모든 것들에 의하여 오히려 더 강해지는 건강을 말하는 것이다! ─「나는 병에게서 나의 철학도 얻어 내었다……」 고통이야말로 정신의 최후의 해방자다. (…) 그러나 나는 고통이 우리를 '심오하게' 한다는 것을 안다…….[3]

위 인용문의 조언을 따르자면, 『이토록 사소한 멜랑꼴리』는 구원 불가능성에 절망하며 달아나는 둔주곡(遁走曲)이자 구원을 향한 전조곡이라 할 수 있다. 왜냐하면 무라카미 하루키의 말대로 '사람이 진정으로 구원받기 위해서는 홀로 어둠의 가장 깊은 부분까지 내려가지 않으면 안 되기 때문이며, 그것이 게임이 규칙'이기 때문이다.

---

3) 니체, 『비극의 탄생/바그너의 경우/니체 대 바그너』(김대경 옮김, 청하, 1998), 223쪽.

김도언

1972년 충남 금산에서 출생. 1998년《대전일보》신춘문예와 1999년《한국일보》신춘문예에 당선되면서 작품 활동을 시작했다. 그동안 펴낸 책으로 소설집 『철제 계단이 있는 천변풍경』, 『악취미들』이 있다. 미술과 사진을 글쓰기와 연계하는 작업에 관심이 많으며 '작업' 동인으로 활동하고 있다.

이토록 사소한 멜랑꼴리

1판 1쇄 펴냄 2008년 2월 29일
1판 9쇄 펴냄 2011년 1월 18일

지은이   김도언
발행인   박근섭·박상준
편집인   장은수
펴낸곳   (주)민음사

출판등록   1966. 5. 19. 제16-490호
주소   서울시 강남구 신사동 506번지 강남출판문화센터 5층 (135-887)
대표전화   515-2000 | 팩시밀리   515-2007
홈페이지   www.minumsa.com

ISBN 978-89-374-8176-5 (03810)